Bibliografische Information der Deutschen Nationalbibliothek:
Die Deutsche Nationalbibliothek verzeichnet diese Publikation in
der Deutschen Nationalbibliografie; detaillierte bibliografische
Daten sind im Internet über dnb.dnb.de abrufbar.

Lektorat und Korrektorat: Michael Lohmann, Worttaten.de
Umschlagdesign und Verlag: BoD · Books on Demand GmbH,
In de Tarpen 42, 22848 Norderstedt
Druck: Libri Plureos GmbH, Friedensallee 273, 22763 Hamburg
ISBN 978-3-7597-7671-6

Für meine Eltern

Kapitel 1

Mark sieht die bezaubernde Unbekannte, noch bevor der Zug anhält. Vor zwei Wochen fiel sie ihm das erste Mal auf. Eine Erscheinung wie eine Elfe. Zart, zierlich und graziös. Ein mystisches Wesen, das ihm den Kopf verdreht. Es würde ihn nicht wundern, wenn sie einen Rückzugsort in einem alten, knorrigen, mit Moos überwuchernden Baum hätte. Abends, wenn sie liest, flackert das Kerzenlicht durch die kleinen Fenster und lädt einen ein, sich zu ihr zu gesellen. Sie sitzt auf ihrem Lesesessel, die Beine angezogen und mit einer Decke bedeckt. Daneben auf dem Tisch mit den Kerzen dampft eine Tasse Tee vor sich hin.

Mark grinst. Nie im Leben hätte er sich erträumt, dass ihn eine Frau derart fasziniert und aus der Bahn wirft. Sicher, er hatte tief gehende Beziehungen, aber nichts fühlte sich so an wie jetzt. Er kann seine Gefühle nicht in Worte fassen. Zu unbekannt ist seine Situation.

Er wartet mit anderen Reisenden auf dem Bahnsteig in Lyssach. Eine kleine Haltestelle mit nur zwei Gleisen. Je eines pro Fahrtrichtung. Der grün-graue Zug hält quietschend an und die Türen öffnen sich mit einem begleitenden Piepston. Nachdem vereinzelt Personen ausgestiegen sind, steigt er mit den wenigen Wartenden ein und versucht, einen Platz in ihrer Nähe zu erkämpfen. Vergeblich. Er stellt sich in den Stehbereich neben der Tür. Von hier aus hat er sie direkt im Blickwinkel.

Sie sitzt wie immer am Fenster des Zweiersitzes vor dem Abteilwechsel. Ihrem Stammplatz. Ein Buch in den Händen – abwesend in dieser Welt.

Ihre Sitznachbarn wechseln, ohne dass sie es zur Kenntnis nimmt. Iron Maiden könnte neben ihr spielen – und sie würde es nicht wahrnehmen.

Mark wird von ihr magisch angezogen wie die Bienen vom Nektar. Er beobachtet sie während seiner Zugreise zur Arbeit. Während dieser Zeit ist auch er abwesend in dieser Welt. Es scheint, als sei sie mit ihren Büchern verwachsen. Er beobachtet sie, wie sie am Leben der Protagonisten teilnimmt und wie sie mit ihnen fühlt. Verstohlen wischt sie sich eine Träne weg oder lächelt vor sich hin. Auch die Stirn krauszuziehen, gehört dazu. Doch das ist nicht das Einzige, das ihm an ihr gefällt.

Die unbekannte Schönheit – er nennt sie ›seine Elfe‹ – zeigt eine Haut, die dem Bone-China-Porzellan seiner Großmama ähnelt. Die vollen roten Lippen gleichen süßen Erdbeeren, die vernascht werden möchten. Ihre Stupsnase entzückend und erregend zugleich. Wie gern würde er die mit Küssen bedecken. Ihre goldbraunen Haare, die sich zu Locken kräuseln und sich an ihren Oberkörper schmiegen, würde er gern durch seine Finger gleiten lassen. Bisher trug sie die Pracht immer offen. Es wäre ein Vergehen, diese Locken in eine Hochsteckfrisur zu zwingen.

Nur der Anblick ihrer Augen blieb ihm bisher verwehrt. Welche Farbe mochten sie haben? Braun, Blau oder Grün? Und die Wimpern? Vermutlich lang und reizvoll geschwungen.

Der Zug stoppt. Welche Haltestelle mochte es sein? Eilig schweift sein Blick zur Anzeige und im letzten Moment verlässt Mark den Waggon. Er war erneut in seinen Tagträumen gefangen und hätte beinahe vergessen, auszusteigen. Seit die Frau seines Herzens im Zug sitzt, hat er sich dreimal innerhalb zwei Wochen verspätet. Sein Vorgesetzter war davon nicht begeistert. Doch er kann sein Herz nicht beeinflussen und mittlerweile ist ihm der Ärger seines Chefs einerlei.

Seine Elfe könnte er stundenlang beäugen. Sie löst in ihm einen inneren Frieden aus, den er noch nie zuvor erlebt hat. In einer aufreibenden Situation genügt es, wenn er an sie denkt. Sein Herzschlag normalisiert sich dann und das Stressgefühl lässt nach. Sie ist für ihn momentan der einzige Lichtblick in seinem eintönigen Leben.

Seit er die Stelle als Schadensexperte angetreten hat, schwand seine Leidenschaft für den Job nach nicht mal einem Jahr stetig. Zu

Beginn fand Mark es interessant, als Drehscheibe zwischen den Versicherungsnehmern, den Brokern und Fachleuten zu fungieren: zusammen nach den Umständen entsprechenden Sofortmaßnahmen zu suchen und die notwendigen Reparaturarbeiten einzuleiten. Mittlerweile kann er das Leid der Betroffenen nicht mehr ertragen. Mit ansehen zu müssen, wie ihr geliebtes Daheim einen Schaden erleidet oder ganz weg ist. Auch behagt es ihm nicht, wenn er ihnen mitteilen muss, dass sie keine genügende Deckung für den Schaden abgeschlossen haben. Nur weil sie bei der Summe sparen wollten und nun auf dem Schuldenberg sitzen bleiben. Was dann mit ihnen geschieht, will Mark lieber nicht wissen.

Hinzu kommt, dass sein derzeitiger Vorgesetzter Alain nicht der einfachste ist. Ein junger Schnösel, der seine Haare immer gelt und ein schmutziges Lächeln im Gesicht mit sich trägt. Er ist der Sohnemann seines vorherigen Chefs. Der leider viel zu früh gehen musste. Der war ein anderes Naturell. Für ihn waren die Mitarbeiter nicht bloß eine Nummer. Er war für sie da und setzte sich für sie ein. Als Dank gab es ab und zu einen feinen Kuchen, und wenn er sehr zufrieden war, dann gab es einen kleinen Bonus bar auf die Hand. Alain hingegen: ein Egoist der ersten Klasse und nur auf den Profit aus. Ob der Profit für sein eigenes Bankkonto ist oder das der Firma, weiß niemand genau. Doch seine Protzerautos, Armbanduhren und Designeranzüge sprechen Bände. Zu allem Überfluss hat er von der Materie keine Ahnung.

Mark weiß, dass sich etwas verändern muss, bevor er zugrunde geht und sich seine Gesundheit verabschiedet. Doch bis heute hatte er keinen Ansporn – die notwendige Energie fehlte ihm einfach. Nun gibt ihm seine Elfe Kraft und neue Zuversicht. Sie ist das Licht am Ende seines schwarzen Tunnels und er wird von ihr magisch angezogen. Das morgendliche Aufstehen und Sich-auf-den-Weg-zur-Arbeit-Machen fällt ihm leichter. Die Zugfahrten sind das Glanzlicht des Tages. Zwei mal zwanzig Minuten purer Verträumtheit. Zu Hause und bei der Arbeit zählt er die Stunden, bis er sie wiedersieht. Dabei weiß er nicht einmal, ob sie verheiratet oder liiert ist.

Letztens hat er sich ihre gemeinsame Zukunft ausgemalt. Sie saßen in ihrem Garten unter der Pergola. Reben schlängelten sich elegant ums Holz und trugen saftiges grünes Blattwerk mit prallen schwarzblauen Trauben. Die verströmten einen süßlichen Duft. Marks Blick glitt zum Naturteich, der einem Schwarm Goldfische und weißen Seerosen ein Zuhause bot. Libellen und Mücken zogen über dem Wasser ihre Runden. Die danebenstehende Weide spendete Schatten und eine angenehme Kühle. Zu gegebener Zeit ließe sich an einem

Ast eine Kinderschaukel anbringen. Als Junge verbrachte er Stunden mit Schaukeln. Die Grenze des Grundstücks säumte ein weißer Holzzaun, der von gelben, roten, orangen und lila Rosenstöcken begleitet wurde. Ein eigens von ihnen angelegter Gemüsegarten würde über die gesamte Saison Frische und Farbe auf den Tisch bringen. Ihr Heim entsprach einem typischen Haus auf Sylt – warum er an Sylt dachte, konnte er sich nicht erklären. Er war nie dort und kannte es nur aus Erzählungen. Einerlei! Ein ausladendes Reetdach, eine weiße Fassade und große Fenster, die viel Sonnenlicht hereinlassen. Die Helligkeit durchflutete die Räume und das warme Licht wäre ein gern gesehener Gast, bei dem es sich auf der breiten Fensterbank gut lesen ließe.

Die hauseigene Bibliothek würde er nach den Wünschen seiner Elfe bauen. Er würde ihr einen Raum mit wandhohen Regalen einrichten. Ein bequemes Lesesofa mit Kissen und vielen Kerzen. Die Bücherauswahl würde er ihr überlassen. Auch wenn es um Kinderbücher ginge.

Mark wünscht sich nichts sehnlicher als eine Familie. Da er selbst in frühen Jahren seinen Vater verlor und dadurch das der Norm entsprechende Familienbild. Doch an Liebe fehlte es ihm nie! Er erfreut sich immer wieder an den wissbegierigen Kindern, die er im Zug sieht. Wie sie aus dem Fenster blicken und auf alles zeigen, was sie zu erkennen meinen. Die Unmengen an Fragen, die aus den kleinen Mündern sprudeln und sich schier überschlagen. Und dann die strahlenden Augen, wenn sie etwas Neues entdecken oder ein Geschenk erhalten … das ist unbezahlbar. Die Abenteuerlust der Kinder öffnet den Erwachsenen die Augen für das Kleine und lehrt sie, wieder Momente zu genießen. Die Erwachsenen sollten vermehrt mit Kinderaugen durch die Welt gehen. Vielleicht wäre dann der Umgang untereinander freundlicher und es würde weniger Neid herrschen.

Abends träumt er von einem anderen Leben als dem jetzigem. Von einem, bei dem Kinderlachen an der Tagesordnung ist und Familienzeit an oberster Stelle steht. Ihm ist es zweitrangig, ob sie ein eigenes Haus mit einem großen Garten besitzen werden oder eine Mietwohnung. Hauptsache, er ist mit seiner Elfe zusammen.

Doch wie könnte er den ersten Schritt machen?

Kapitel 2

Der Wecker hat wieder einmal viel zu früh geklingelt. Mark reibt sich den Schlaf aus den Augen und streckt sich. Seine Muskeln protestieren, hat er doch gestern Abend beim Joggen maßlos übertrieben. Er ist trotzdem froh, die fünf zusätzlichen Runden gelaufen zu sein. So konnte er sich vom miserablen Tag abreagieren und seinen Kumpels Ben und Jon beweisen, dass auch er als Schreibtischtäter sportlich aktiv ist. Die beiden, Ben als Gärtner und Jon als Förster, waren anderen körperlichen Belastungen ausgesetzt als er. Regelmäßig zogen sie ihn damit auf. Wobei alle drei groß gewachsen sind und eine sportliche Statur zeigen. Da steht Mark ihnen in nichts nach. Durch ihren Beruf haben Ben und Jon ein paar Muskeln mehr. Aber das stört Mark nicht.

Seit er denken kann, spornen sie einander zu Bestleistungen an. Was nicht immer förderlich war. Ben trug schon gebrochene Rippen davon, Jon eine ausgekugelte Schulter und Mark einen Schienbeinbruch. Ihr neuestes Hobby, das Alpinwandern, gehört nicht zur Kategorie der verletzungsfreien Freizeitbeschäftigungen. Doch das ist der Reiz daran. Alle drei suchen nach dem Nervenkitzel. So kam es, dass sie noch gestern nach dem Joggen eine neue Route besprochen haben. Ihr Ziel ist es, mindestens jedes zweite Wochenende eine Tour durchzuziehen. Über dem Kartenbrüten haben sie die Zeit völlig aus den Augen verloren. Wenn die drei Herren sich hinter die Planung setzen, ist alles andere um sie herum vergessen.

Am liebsten würde Mark liegen bleiben. Das warme Bett und das weiche Deckbett laden dazu ein. Seine malträtierten Muskeln würde es freuen. Er gähnt ausgiebig und streckt sich erneut. Da erscheint wie aus dem Nichts das Bild seiner schönen Elfe vor seinem geistigen Auge. Umgehend sind seine Lebensgeister geweckt und der Muskelkater vergessen. Mit einem breiten Lächeln und einer riesigen Vorfreude hüpft er aus dem Bett. Seinen Frischekick holt er unter dem kalten Wasser. Danach rubbelt er seine schwarzen Haare trocken und fährt sich übers Kinn. Die ersten Stoppeln sind spürbar und dank der schwarzen Färbung auch sichtbar. Doch für eine Rasur reicht es nicht mehr. Er sprüht sich mit seinem Lieblingsduft Boss von Hugo Boss ein und verlässt die Wohnung. Leichtfüßig und vor sich hin pfeifend schlendert er zum Bäcker um die Ecke, seinem Lieblingsbäcker Neuhaus. Ein Croissant und ein Coffee to go sind sein Frühstück für unterwegs.

Am Bahnsteig ist nur noch der Pappbecher übrig, der vom Abfalleimer verschluckt wird. Mark gesellt sich zu den wenigen anderen

Wartenden. Jeder steckt seine Nase in die Gratiszeitung oder hat die Augen stur auf das Handydisplay gerichtet. Nur wenige tauschen sich untereinander aus. Was bedauerlich ist! Wo sind die Konversationen und das Lachen hin?

Keine fünf Minuten später fährt der Zug ein. Mark macht drei Schritte nach vorn, um eine freie Sicht zu haben. Er reckt den Kopf und blickt erwartungsvoll in den Waggon. Und ja, auch heute sitzt sie da, den Kopf vornübergebeugt. Ihr Buch aufgeschlagen und fest in den Händen haltend.

Da fällt es ihm wie Schuppen von den Augen. Dass er nicht eher daran gedacht hat! Für heute ist es zu spät. Aber schon bald würde der lang ersehnte Tag eintreffen. Er sieht sich neben ihr sitzen und sie lächeln einander zu. Ihre Hände haben von selbst zueinandergefunden. Glücklich über seinen Einfall und den daraus folgenden Auswirkungen steigt er ein.

Einige Tage später hält Mark ein Buch in der Hand. Er trägt es gut sichtbar am Bahnsteig umher, als wolle er allen zeigen, dass er nicht nur die Gratiszeitung liest. Er, der noch vor ein paar Wochen Bücher aus sicherer Distanz betrachtete. Jede Minute, in der er für die Schule ein Buch lesen musste, war für ihn verlorene Zeit. Stunden, die er mit Fußball oder seinen Kumpels hätte verbringen können. Ihm kam es vor, als würden die Buchseiten sich vermehren und nicht weniger werden, wenn er las. Nicht nur einmal ließ er das Buch aus Frust durch sein Zimmer fliegen. Dementsprechend wurden die Ecken gebogen, als es an die Wand klatschte und dann zu Boden fiel. Dem Lehrer sagte er, dass sein kleiner Bruder schuld sei, und entkam so einer Strafe. Dabei hatte Mark keinen kleinen Bruder. Er war nie um eine Ausrede verlegen, die ihm zugutekam.

Seine größten Hürden waren die Buchpräsentationen. Missmutig reihte er ein paar Sätze aneinander, rezitierte die vor der Klasse so schnell wie möglich und hoffte, der Lehrer möge Bedauern oder Nachsicht mit ihm haben und eine genügende Note verteilen. Denkt er heute daran, läuft es ihm wie damals eiskalt den Rücken runter.

Und nun steht er mit einem Buch da, weil eines Tages eine unbekannte Schönheit in sein Leben trat. Ihretwegen steckt er freiwillig seine Nase in Bücher und findet sogar Gefallen daran. Er schüttelt amüsiert den Kopf. Was ein engelhaftes Wesen alles mit einem anstellen kann! Irgendwie belustigend.

Sein verträumter Blick klärt sich, als er auf das Cover sieht. Eine Schwarz-Weiß-Abbildung einer Altstadt und der Titel ist in Rot gehalten: ein Thriller von Dan Brown. Zu seinem Erstaunen hat ihn ›Diabolus‹ derart in den Bann gezogen, dass die Seiten nur so flogen. Noch am selben Abend hatte er die Hälfte davon gelesen. Seitdem kribbelt es ihm in den Fingern weiterzulesen. Er fragt sich immerzu, wie die Geschichte ihren Lauf nehmen wird. Wird die Bedrohung durch einen virtuellen Feind gestoppt werden können? Reicht die Zeit aus? Was geschieht, wenn es nicht gelingt? Marks Verstand hat sich verschiedene Szenarien ausgemalt. Aber welches mag der Erzählung am nächsten kommen? Am liebsten hätte er heute die Arbeit geschwänzt und das Buch zu Ende gelesen, was jedoch bedeutet hätte, seine Elfe nicht zu Gesicht zu bekommen. Und das brachte er nicht übers Herz. Dan Brown hin oder her.

Er fühlt mit der Unbekannten und allen anderen Lesern. Wie nervenaufreibend es ist, nicht zu wissen, wie die Geschichte weitergeht. Eigene Theorien aufzustellen über den Fortgang der Geschichte, um dann abends festzustellen, dass man auf der falschen Fährte war. Wie die meisten hier im Zug muss sich Mark mit seinem immer mehr zur Last fallenden Job als Schadensexperte auseinandersetzen, bevor er sich wieder dem Buch widmen kann. Schade, dass es keine Anstellung als Vorleser gibt. Er hätte sich umgehend beworben.

Er drängelt sich an den Wartenden vorbei – was im Normalfall nicht seinen Umgangsformen entspricht. Doch heute muss er unbedingt den Platz neben ihr ergattern. Er kann keinen weiteren Tag mit Nichtstun verplempern.

Mark hat sich an der richtigen Stelle positioniert und jubelt innerlich. Die Tür geht direkt vor ihm auf. Nachdem die beiden Personen ausgestiegen sind, tritt er ein. Hier ein ›Entschuldigung‹, dort ein ›Verzeihung‹ und schon sitzt er neben ihr. Er fühlt sich, als stünde er ganz oben auf dem Podest und hätte die Goldmedaille um den Hals baumelnd. Mark kann sich ein Grinsen nicht verkneifen.

Dankbar, neben seiner Elfe sitzen zu können, nimmt er ihr Parfüm nicht sogleich wahr. Dafür trifft es ihn mit voller Wucht. Ein zarter Lavendelduft umhüllt sie wie eine Wolke. Am liebsten würde er seine Nase in ihr Haar stecken, seine Lungen mit ihrem Duft füllen. Ihre Halsbeuge liebkosen und ihr verliebte Worte ins Ohr flüstern.

Er räuspert sich, um seiner Gedanken Herr zu werden. Von der Elfe geht keine Reaktion aus. Wie auch? Ist sie doch in ihr Buch vertieft.

Enttäuscht schlägt er seinen Dan Brown auf. Die Buchstaben schwirren vor seinen Augen. Er ist zu abgelenkt, um sich zu konzentrieren. Ihre Wärme und der betörende Lavendelduft, den er bei jedem Atemzug wahrnimmt, werden ihm zu viel. Er muss sie ansprechen, bevor die Fahrt vorbei ist und ebenso seine Chance.

»Was lesen Sie gerade?«

Keine Reaktion. Mark tippt ihr auf die Schulter und wiederholt seine Frage. Ein Stromschlag breitet sich in seinem Körper aus. Eine kaum merkliche Berührung und Mark ist wie elektrisiert. Sein Finger kribbelt fortwährend, auch ohne Kontakt.

»Wie bitte?« Sie sieht ihm direkt in die Augen. Das aufgeschlagene Buch hat sie auf ihre Oberschenkel abgelegt.

Mark bringt einige Sekunden kein Wort heraus. Er verliert sich in ihrem Anblick. Nun ist auch das Geheimnis um ihre Augen gelüftet. »Sie ... sie sind haselnussbraun«, stottert er.

»Wie bitte?« Sein Gegenüber hebt die Augenbrauen.

»Oh! Entschuldigen Sie.«

»Was möchten Sie von mir?«

»Wissen, welches Buch Sie lesen.«

»Haben Sie keine lausigere Anmache?«

Das läuft ja gut. Mark könnte sich ohrfeigen.

»Jein.«

»Sprechen Sie nicht in Rätseln mit mir und kommen Sie zum Punkt!«

Seine Elfe ist über die Leseunterbrechung gar nicht erfreut. Ihre Augen verdunkeln sich. Die Ahnungslosigkeit weicht Ärgernis.

»Ich bewundere Sie. Wie Sie den Trubel ausblenden und sich auf Ihre Lektüre konzentrieren. Ich habe Sie die letzten Tage beobachtet.«

Ihre Augenbrauen ziehen sich zusammen und ihre Lippen presst sie aufeinander.

Er hebt abwehrend die Hände. »Nicht als Stalker, sondern als Verehrer. Wenn ich ehrlich bin, habe ich mich ein wenig in Sie verliebt.«

Mark verstummt. Hatte er diese Worte wirklich ausgesprochen? Augenscheinlich, denn die Elfe sitzt wie erstarrt da.

»Das klingt für Sie alles ziemlich abgefahren. Aber jedes Wort ist wahr. Dank Ihnen habe ich wieder zu den Büchern gefunden. Sie sind der Lichtblick in meinem monotonen Leben.«

Mark schüttelt den Kopf.

»Entschuldigen Sie, dass ich durcheinanderspreche. Ich bin ziemlich nervös. Mein letztes Rendezvous ist viel zu lange her. Darf ich Sie auf einen Kaffee einladen?«

»Hier ist meine Haltestelle. Ich muss aussteigen.« Achtlos schließt sie das Buch und greift nach ihrer Tasche. Fahrig erhebt sie sich.

»Natürlich.« Mark erhebt sich ebenso. Seine Elfe verlässt verwirrt den Zug. »Entschuldigen Sie meinen Überfall.«

Mark sieht ihr aus dem Fenster nach. Sie blickt nicht zurück, sondern geht zielstrebig ihren Weg. Wie ein Sack Kartoffeln lässt sich Mark auf den Sitz fallen. Weg war seine Elfe und so auch seine Chance mit ihr zu sprechen. Ihm blieb nicht die Zeit, sich zu verabschieden oder sich wenigstens zu erklären. Hatte er sie geängstigt? Fühlte sie sich in die Enge getrieben? Würde sie wiederkommen oder ihn meiden?

Seine Haltestelle hatte Mark längst verpasst. Am Endbahnhof nimmt er den Zug zurück. Was sollte er auch sonst tun? In der Firma meldet er sich krank. In gewisser Weise ist er es auch. Krank aus Liebe und Dummheit.

Kapitel 3

Obwohl es ihm schwerfällt, nimmt Mark einige Wochen lang einen anderen Zug als seine Angebetete. Der Zwischenfall – so nennt er seinen Auftritt, ja, seine – hier ein wirklich passendes Wort – Entgleisung im Zug ist ihm peinlich. Wie konnte das Gespräch dermaßen aus dem Ruder laufen? Er ist doch sonst nicht auf den Mund gefallen.

Einen weiteren Dämpfer erfuhr er von seinen Kumpels. Als er sich bereits zum zweiten Mal nicht mit ihnen zum Freitagbier im Pub traf, standen sie vor seiner Tür. Je ein Sixpack Burgdorfer Bier unter dem Arm. Ein Abwimmeln war unmöglich. Mark musste sich ihren Fragen stellen. Eingequetscht wie Sardinen saßen sie um den kleinen Esstisch in der Küche.

»Was ist mit dir los? Warum lässt du uns außen vor? Gibt es etwas Besseres als unsere Trainings? Im Übrigen siehst du scheiße aus«, meint Ben. »Hast du gestern einen über den Durst getrunken und uns nicht dabeihaben wollen?«

»Er hat sicher Liebeskummer wegen seiner Göttin, die er immer im Zug sieht«, fotzelt Jon und hält Mark ein Bier hin, das er aus dem Sixpack genommen und bereits geöffnet hat. »Trink, das hilft.«

»Du musst ihm einen Hochprozentigen hinstellen. Der löst seine eingefrorene Zunge. So teilnahmslos habe ich dich noch nie gesehen, Mark. Müssen wir uns ernsthaft Sorgen machen?«, meint Ben.

»Haltet mal die Luft an!«, braust Mark auf. »Ihr wisst ja nicht, was vorgefallen ist.«

»Stimmt. Aber wir reimen uns die Lösungen zusammen.« Jon erhebt sich. »Ich geh für kleine Jungs. Vielleicht findest du deine Erklärung wieder, wenn ich zurückkomme.«

Mark und Ben wechseln kein Wort. Was selten vorkommt.

Nach wenigen Minuten kehrt Jon zurück. Während er sich setzt, meint er: »Seit du diese Tussi ins Auge gefasst hast, bist du nicht mehr du selbst. Ist sie von einem anderen Planeten?« Er legt den Diabolus auf den Tisch. »Sodass du wieder zu lesen begonnen hast?« Ihm fallen schier die Augen heraus.

»Seit wann denn das?«, will Ben wissen. »Du hasst das Lesen. Das war für dich in der Schule der blanke Horror.«

»Sie hat schon jetzt ihre Krallen nach dir ausgestreckt, obwohl sie dich nicht kennt. Das glaube ich nicht.« Jon schüttelt den Kopf und leert sein Bier.

»Du hattest seit der dritten Klasse eine Bücherphobie. Manchmal war es so schlimm, dass du zu zittern begonnen hast und dadurch befreit wurdest. Was haben wir dich beneidet!

Erinnerst du dich oder hat sie diesen Teil deiner Jugend weggebeamt?«

»Lasst mich doch!«, braust Mark auf.

»Mark, verstell dich nicht für eine, die du nicht kennst. Lesen, pha. Oder willst du nicht mehr mit uns in den Bergen wandern und klettern gehen?«

Mark schlägt mit der Faust auf den Tisch. Seine Kumpels schauen sich überrascht an. »Nun mal halblang! Eine Phobie kann man überwinden. Und so wie es scheint, habe ich das nach Jahren geschafft. Da könntet ihr ein wenig stolz auf mich sein! Zudem lassen sich Lesen und Alpinwandern sehr gut vereinbaren. Da sehe ich keine Probleme. Und was meine Elfe angeht ...« Mark schweigt schlagartig und seine Augen weiten sich.

»Elfe?« Kommt es wie aus einer Kanone geschossen.

»Du nennst sie ›Elfe‹?«, bohrt Ben nach.

Mark lässt den Kopf hängen. Mist aber auch, nun hat er sich verraten.

»Ja, ich nenne sie Elfe, weil sie wie eine aussieht.« Er sieht seine Kumpels einen nach dem anderen an.

»Sieh mal seinen verträumten Blick.« Ben stupst Jon in die Seite.

»Jesses, Maria und Josef ... dich hat es voll erwischt. Wer hätte das gedacht?«

Ben und Jon beginnen zu grölen. Mark kann nicht anders als miteinzustimmen. Ist er

doch erleichtert, dass seine Freunde nun einge-
weiht sind.

»Ja, ich habe mich in sie verliebt. In dieser
Intensität ist mir das schon lange nicht mehr
passiert. Das Buch dient dazu, dass sie mich
überhaupt wahrnimmt und ich einen Grund
habe, sie anzusprechen.« Ein tiefer Seufzer
entfährt ihm. »Doch mein Gespräch vor ein
paar Wochen mit ihr verlief alles andere als
optimal.«

»Okay. Und seither bläst du Trübsal? Was
ist mit dir los? Nimmst du Medikamente, dass
du so feinfühlig bist? Brich mir ja nicht in
Tränen aus. Meine Schwester hat sich gestern
schon bei mir ausgeheult.«

»Danke für dein Mitgefühl, Ben. Möchtest
du auch noch Jon?«

»Ach, komm, seit du deine Elfe anhim-
melst, bist du wie ausgewechselt. Mit dir kann
man kein Wort mehr sprechen. Du bist da und
doch weit weg.« Jon boxt Mark in den Arm.
»Wenn es die Richtige ist, wird es sich wieder
einrenken. Das ist nicht auf meinem Mist
gewachsen. Das sagt meine Mama ständig.
Und sie hatte zu fünfundneunzig Prozent recht.
Nur wenn du hier herumsitzt, wird das nichts.
Du musst sie ansprechen und alles klarstellen.
Ansonsten nimmt ein anderer deinen Platz ein,
sollte sie wirklich einer Elfe gleichen.«

»Komm, Jon, lassen wir Mark weitergrü-
beln.« Ben legt seine Hand auf Marks Schulter.

»Wenn sie dir wichtig ist, bleib dran. Bis die Tage und vergiss unsere Tour nicht.«

»Bis dann, Mark, und halt die Ohren steif.«

Letzten Endes nimmt Mark all seinen Mut zusammen. Seine Kumpels haben recht. Nur hier zu sitzen, nützt nichts. Er muss um seine Elfe kämpfen, möchte er seine Zukunft mit ihr verbringen. Zumindest das fehlgeschlagene Gespräch will er ihr noch mal erklären, und zwar der Reihe nach und nicht wie in einem Labyrinth.

Mit dem Dan-Brown-Thriller ›Sakrileg‹ in der Hand – vier hat er in der Zwischenzeit verschlungen – steht er am Montagmorgen auf dem Bahnsteig. Viel zu früh, doch er hielt es in seiner Wohnung nicht mehr aus. Wie ein Käfig erschienen ihm seine vier Wände. Die Frische des Morgens lüftet seine Gedanken und verweht für eine Weile den Fragenkatalog. Nicht einmal beim Bäcker kehrt Mark ein. Sein Magen rebelliert allein, wenn er an Kaffee denkt. Er kann sich an keine Situation erinnern, in der er gleichermaßen aufgeregt war, um eine Frau zu treffen.

An Lesen ist in diesem Zustand nicht zu denken. Um die Zeit anderweitig totzuschlagen, geht er an der Haltestelle auf und ab. Es würde ihn nicht wundern, wenn heute Abend seine Spur zu sehen wäre. Allmählich füllt sich der Bahnsteig und sein Trotten hat ein Ende.

Doch er kann nicht nur dastehen wie seine Mitstreiter. Er wippt von den Zehenspitzen auf die Fußsohlen und danach wieder zurück. Diese Bewegung wiederholt er so lange, bis endlich der Zug in den Bahnhof einfährt. Pünktlich wie immer. Das Schweizer Uhrwerk lässt grüßen. Für Mark eine Ewigkeit. Noch länger dauert es, bis der Zug zum Stillstand kommt. Sein Herz rast und er ist der Ohnmacht nahe. Gefühle, die bei einem Mann nichts verloren haben, hört er seinen Großvater foppen. Er verscheucht die Stimme und fragt sich in Dauerschleife, ob sie im Zug sitzt oder nicht. Sitzt sie im Zug oder nicht?

Der Zug stoppt nach gefühlten Stunden. Sein Herz schlägt ihm bis zum Hals, als er zu ihrem Platz sieht. Er umklammert sein Buch so fest, dass seine Fingerknöchel weiß hervortreten.

Eine Welle der Freude überkommt ihn, weil er seine Elfe sieht. Als wäre nichts geschehen, sitzt sie da und liest.

Mark steigt ein. Der freie Platz neben ihr fällt ihm umgehend auf. Doch er traut sich nicht, sich neben sie zu setzen. Er öffnet sein Buch und liest ein, zwei Sätze. Dann wirft er einen Blick in ihre Richtung. Sie sitzt immer noch da. Seine Augen richten sich wieder auf den Text. Als er aussteigt, weiß er nicht, was er gelesen hat. Seine Gedanken waren die ganze Zeit über bei ihr.

Das Spiel wiederholt sich Tag für Tag. Sein Mut, die Elfe erneut anzusprechen, sinkt mit jedem vergeudeten Tag. Zu groß ist die Angst, dass er das Gespräch abermals in den Sand setzt und somit seine letzte Hoffnung verflogen ist. Er gibt sich schon zufrieden, wenn er sie nur beobachten kann. Was aber nicht seinen Wunschvorstellungen entspricht.

Er ist fasziniert von ihren vollen Lippen, die sich zu einem Lächeln oder zu einem Schmollmund verziehen. Ihre Locken, die sich sanft über ihre Schultern legen. Ach, wenn er doch nur der Wind wäre, um durch ihre Haare gleiten zu können. Gern würde er eine Träne von ihr sein, die sich den Weg über ihre zarte Wange sucht.

Hätte er nur sein erstes – und wohl letztes – Gespräch mit ihr auf eine andere Weise geführt. Vielleicht würde er seither jeden Morgen neben ihr Platz nehmen. Dieses Hin und Her in seinem Kopf macht ihn verrückt. Doch er fühlt sich nicht imstande, sie anzusprechen, da er nicht weiß, wie sie auf sein Erscheinen reagiert.

In den vergangenen Tagen ist er immer wieder die Unterhaltung durchgegangen. Wo hätte er andere Wörter benutzen sollen und wo schweigen? Wie hätte er das Gespräch am besten begonnen? Ihr Parfum hatte ihn verzaubert und ihre haselnussbraunen Augen hatten ihn komplett umgehauen. Seine Gedanken waren seither nicht mehr klar, sondern drehten sich nur um ihren Duft, ihr Aussehen und was sie darunter anhatte. Seine ewige Grübelei macht das Geschehene nicht rückgängig. Im Gegenteil, es raubt ihm den letzten Nerv.

Es ist, wie es ist. Mark muss es akzeptieren und nach vorn schauen.

Die Tagestour in den Berner Alpen hielt Mark von seiner Grübelei ab. Ben und Jon taten ihr Bestes, um ihn abzulenken. Die Natur gab ihnen Rückendeckung. Sie zog alle Register: Die Sonne schien, blühende Wiesen säumten den Weg und die Fernsicht war top. Da konnte keiner der drei an etwas anderes denken als ans Genießen und im Hier zu sein.

Der Duft der feinen Berggräser erinnert an die Bonbons von Ricola. Erfrischend, wohltuend und die beste Medizin bei Halsschmerzen. Grasende Kühe und deren Muhen sowie das Glockengebimmel vertiefen das Berggefühl. Mark fühlt sich in eine andere Zeit versetzt. Eine Zeit, ohne Hektik und dem Bestreben, es allen recht zu machen.

Mark saugt gierig die Luft ein, so als wolle er damit den Kummer aus seinem Körper hauchen.

Nach den Strapazen des Aufstiegs folgt das Gefühl der Freiheit. Die Aussicht ist einzigartig und beflügelnd. Die Weite ist befreiend und lässt einen ganz klein erscheinen. Man fühlt sich wie ein Vogel, der sorgenfrei durch die Lüfte schwebt.

Die drei Männer beglückwünschen sich zum Aufstieg und machen sich nach einer kurzen Rast auf den Rückweg.

Kapitel 4

Ein weiterer Tag. Und doch komplett anders. Als er in den Zug steigt, sitzt sie nicht an ihrem Platz. Sein Herz hört für einen Moment auf, zu schlagen. Hat sie Ferien oder ist sie krank? Hat ihre Abwesenheit etwas mit ihm zu tun? Waren seine Blicke zu intensiv? Eine innere Leere breitet sich in ihm aus. Seine Mundwinkel wandern nach unten. Er lehnt sich gegen die Waggonwand – schlaff wie ein Sack Mehl. Was nun? Da tippt ihm jemand auf die Schulter.

»Ich habe dich beobachtet.«

Seine Elfe. Sie ist nicht krank und hat keine Ferien, sondern steht direkt vor ihm. Er kann sein Glück nicht fassen. Er möchte etwas sagen. Nein, er müsste etwas sagen.

»Hat es dir die Sprache verschlagen?«

Sie lächelt.

»Ich würde gern mit dir einen Kaffee trinken.« Sie hält inne. »Ich habe mir unser verkorktes Gespräch durch den Kopf gehen lassen.« Ein Schmunzeln umgibt ihren Mund. »Und musste feststellen, dass ich dich in eine falsche Schublade gesteckt hatte. Durch dein Durcheinanderbringen der Informationen war ich total überrumpelt. Leider habe ich in der Vergangenheit schlechte Bekanntschaften gemacht und bin deswegen vorsichtiger geworden. Als du eine Weile nicht im selben Zug warst, dachte ich, ich hätte mit meiner Vermutung recht. Doch dann warst du plötzlich wieder da und sahst so traurig aus. Nein, das trifft es nicht. Eher zerknirscht. Die letzten Tage habe ich dich beobachtet und weiß nun, dass ich dich falsch eingeschätzt habe.«

Mark nickt unbeholfen.

»Sonntagnachmittag um drei Uhr im ›Rosengarten‹ in Bern.«

Sie lächelt ihn noch einmal an, steigt dann ohne ein weiteres Wort aus.

Hatte er geträumt? Er kneift sich in die Hand. Nein, alles echt. Leider auch die Gewissheit, dass er erneut an seiner Haltestelle vorbeigefahren ist.

»Sonntag ist gut«, flüstert er.

Der Sonntag kommt schneller als gedacht. Er möchte nichts dem Zufall überlassen und ist daher schon früh auf den Beinen. Diesmal ist es ernst.

Nach der Rasur gönnt er sich eine lange und warme Dusche, sodass der Badezimmerspiegel beschlägt. Gut gelaunt malt er ein Smiley auf den Spiegel, das nach wenigen Minuten wieder weg ist. Mit dem Badetuch um die Hüfte geschwungen schlendert er ins Schlafzimmer und bleibt vor dem Kleiderschrank stehen. Er öffnet ihn und greift nach einer Bluejeans und einem roten Poloshirt.

Zurück im Bad stylt er seine kurzen schwarzen Haare mit Gel auf und besprüht sich mit Boss.

Zufrieden verlässt er das Bad, als auch schon die nächsten Fragen auf ihn einhämmern. Was soll er seiner Elfe mitbringen? Blumen? Etwas Süßes? Ein Buch? Er fährt sich durch die Haare. Wie kann ein erstes Rendezvous so viele Fragen aufwerfen? Den Buchgeschmack seiner Elfe kennt er nicht und mit einem falschen Buch könnte er sich ins Abseits befördern. Im ›Rosengarten‹ Blumen zu schenken, sieht seltsam aus. Daher entscheidet Mark sich für Pralinen. Mit Schokolade liegt Mann mehrheitlich richtig.

Im Bahnhof Bern wird er beim bekannten Chocolatier Suisse Läderach fündig. Es bleibt nicht nur beim Geschenk für seine Elfe. Wie selbstverständlich wandern zwei seiner geliebten Caramel-Truffle in den Mund. Seine Nervennahrung. Da er viel zu früh in Bern ist, nimmt er den Weg zu Fuß in Angriff. Das bietet ihm die Gelegenheit, seine Gesprächsthemen erneut durchzugehen und sich vom Charme der Altstadt inspizieren zu lassen.

Er will die zweite Chance packen, die ihm auf dem Silbertablett serviert wird.

Die Strecke vom Bahnhof in den ›Rosengarten‹ hat er im Eilschritt hinter sich gebracht, dass er immer noch eine Stunde vor der vereinbarten Zeit den Park betritt. Das Farbenpotpourri der über zweihundert Rosenarten lassen seine Nervosität für einen Moment verschwinden. Die Artenvielfalt lässt ihn immer wieder einen Augenblick innehalten und staunen. Welche Schönheiten die Natur ohne die Hilfe des Menschen zutage bringt. Die Luft ist von den Düften der traumhaften Rosen geschwängert. Ein Parfüm, das von unbeschwerten Zeiten spricht und zum Verweilen einlädt.

Für Mark ist der Park eine Oase der Ruhe und der Erholung. In jungen Jahren war er viel hier, dann flauten die Besuche ab, da er andere Interessen verfolgte. In Zukunft möchte er wieder vermehrt hierherkommen, um zu lesen oder sich mit anderen Lesenden auszutauschen. Am liebsten natürlich mit seiner Elfe.

Mark schlendert den Kiesweg zum Restaurant entlang. Die Gelassenheit, die ihn beim Betreten der Anlage ergriffen hat, breitet sich im Innern in eine wohlige Wärme aus.

In diesem Moment ist er bereit, um seine Herzensdame zu kämpfen. Seine Worte gehen ihm immer wieder durch den Kopf. Sie stimmen zu hundert, ja, zu tausend Prozent. Mark hat sich in seine Elfe verliebt. Sein Herz hat sich eigenständig gemacht, ohne den Verstand um Erlaubnis zu fragen. Allein an sie zu denken, lässt sein Herz höher schlagen und seine Sinne vernebeln. Ein so intensives Gefühl von Liebe hatte er noch nie.

Das Restaurant erblickt Mark von Weitem. Auf der Terrasse, unter ausladenden Lindenbäumen, stehen Holztische und Stühle auf Kies. Ein laues Lüftchen fährt durch das Geäst und lässt die Blätter rascheln. Die warmen Temperaturen werden dadurch erträglicher.

Seine Augen suchen die gut besuchte Terrasse ab. Als Erstes registriert er den Kellner, der sich mit einem vollen Tablett um die Tische schlängelt. Mit seinem weißen Hemd sticht er aus der Masse heraus. Marks Augen suchen weiter und finden seine Elfe an einem Zweiertisch. Ihr Anblick lässt erahnen, dass sie sich wohlfühlt. So wie sie dasitzt, zurückgelehnt und die Beine übereinandergeschlagen. Wie immer in ein Buch vertieft. Vor sich auf dem Tisch stehen eine Latte macchiato und ein Stück Apfelkuchen mit Sahne. Von diesem schiebt sie sich gerade eine Gabel voll in den Mund, ohne dabei vom Buch aufzusehen. Eine umwerfende Persönlichkeit, seine Elfe.

Marks Herz macht einen Sprung. So hat er sich seine Elfe in ihrer Freizeit vorgestellt. Eine seiner zahllosen herbeifantasierten Begebenheiten, die er für ihre gemeinsame Zukunft sieht. Damit sie in der kalten Jahreszeit nicht friert, würde er ihr eine flauschige Decke vor dem Kamin ausbreiten, in dem ein knisterndes Feuer lodert. Verständlicherweise dürften ein Buch und eine heiße Tasse Schokolade nicht fehlen.

Dank seiner älteren Schwester Chantal kennt er sich in der Romantik bestens aus. In ihrer Kindheit hat sie jeden Freitagabend ohne Ausnahme das Fernsehprogramm bestimmt. Was zu seinem Missfallen einzig und allein aus Liebesfilmen bestand.

Er lächelt über seine chaotischen Gedanken und geht die wenigen Schritte bis zu ihrem Tisch.

Kapitel 5

Mark bleibt vor dem Tisch ihr gegenüber stehen. Wie vermutet bekommt seine Elfe von der Annäherung nichts mit, da sie mit einem ihren Protagonisten zu leiden scheint.

»Hallo.«

Erschrocken sieht sie auf. »Oh. Hallo.« Sie steckt das Lesezeichen ins Buch und legt es geschlossen auf den Tisch. »Schon drei Uhr?«

»Noch nicht. Ich bin zu früh.«

»Da bin ich froh.« Rose steht auf. »Ich habe befürchtet, dass ich mein Handy überhört hätte.« Sie greift danach. »Denn wenn ich lese, vergesse ich immer die Zeit. Daher stelle ich mir den Wecker. Verrückt, nicht?«

Ihr perlendes Lachen lässt sein Herz schneller schlagen und nimmt ihm seine Beklommenheit.

»Nein, überhaupt nicht.« Er räuspert sich. »Ich weiß, dass unser erstes Treffen nicht ideal war. Vielleicht können wir einfach noch einmal von vorn anfangen?« Er streckt seine Hand aus. »Ich bin Mark.«

Sie greift danach. »Rose.«

»Ein bezaubernder Name für meine Elfe.«

Ihre Augenbrauen stellen eine Frage.

»Entschuldige. Ich sollte zuerst überlegen, bevor ich spreche. Nicht dass ich erneut denselben Fehler begehe. Ich möchte ungern einen ähnlichen Ausgang wie im Zug haben. Das hat mich lange beschäftigt.« Er grinst sie verlegen an. »In meinen Augen siehst du wie eine Elfe aus. Daher der Spitzname.«

»Das ist ein wunderschönes Kompliment. Danke.« Ihre Wangen glühen und sie senkt verlegen den Blick.

»Ich habe dir eine kleine Nascherei mitgebracht.« Mark hält ihr sein Geschenk hin. »Um ehrlich zu sein, wusste ich nicht, welche Geschmacksrichtung dir am ehesten zusagt. Daher habe ich eine größere Auswahl getroffen.«

»Wie aufmerksam von dir. Danke vielmals.« Rose nimmt die Tüte entgegen. Gemeinsam setzen sie sich an den Tisch. Sie studiert den Inhalt und gelangt zur Etikette. »Oh wow, von Läderach. Das sind die besten Pralinen, die ich weit und breit kenne.« Ihre Augen strahlen mit der Sonne um die Wette. »Jedes Mal, wenn ich an einem Geschäft vorbeikomme, muss ich mir ein oder zwei Pralinen gönnen. Ich hoffe, du denkst nun nicht, dass ich verfressen bin.« Ein Lächeln zeichnet ihr Gesicht.

»Mir ergeht es ähnlich, da es auch meine Lieblingsschokolade ist. Erfreulich, dass wir eine süße Gemeinsamkeit haben.« Mark hält inne, als er seine Wortwahl realisiert. Schlagartig wechselt er das Thema: »Welches Buch hast du heute dabei?«

»›Die Hofgärtnerin‹ von Rena Rosenthal. Es sind drei Bände. Ich bin beim ersten. Die Geschichte spielt im Jahr 1891. Die Protagonistin heißt Marleene. Sie träumt davon, die schönsten Blumen der Welt zu züchten. Leider war dazumal eine Gärtnerlehre ausschließlich Männern vorbehalten. Aber sie gibt nicht auf. Sie verkleidet sich als Junge und schneidet ihre wunderschönen Haare ab. Der Erfolg lässt nicht lange auf sich warten. Sie erhält eine Anstellung in der angesehenen Hofgärtnerei. Der Einstieg ist nicht einfach. Aber mit ihrem starken Willen übersteht sie alles. Gerade eben lernt sie die beiden Söhne der Hofgärtnerei kennen und ihre Gefühle spielen verrückt. Ich bin gespannt, wie es weitergeht.« Rose gönnt sich einen Schluck von ihrem Kaffee. »Entschuldige, aber ich kann nicht nur in einem Satz über Bücher sprechen. Jedenfalls nicht, wenn sie mich faszinieren.«

»Da bin ich deiner Meinung. Aber erst, seit ich wieder zu lesen begonnen habe. Davor fand ich es, ehrlich gesagt, müßig, wenn sich jemand stundenlang über ein Buch auslassen konnte. Weißt du, dass ich deinetwegen wieder zum Lesen gefunden habe?«

»Meinetwegen?«

»Ja. Das Buch, das ich an unserem ersten Gespräch dabeihatte, habe ich extra gekauft, um mit dir über Bücher sprechen zu können. Ich begann zu lesen und konnte es nicht mehr aus der Hand legen. Der Thriller hat mich derart mitgerissen, dass ich mir mittlerweile alle Bücher des Autors gekauft habe.«

»Unglaublich! Fantastisch, wenn ich dich wieder zum Lesen bewegen konnte. Für mich ist es das schönste Hobby auf der Welt. Wer ist der Autor?«

»Dan Brown.«

»Habe ich alle gelesen. Mir erging es wie dir. Ihn würde ich gern einmal treffen. Besser gesagt, alle Autoren, von denen ich ein Buch oder mehrere gelesen habe.«

»Du liest Thriller?«

»Warum nicht?« Sie zuckt mit den Schultern. »Ich lese alles außer Science-Fiction. Jedoch muss ich gestehen, wenn der Thriller zu realitätsnah ist, fürchte ich mich im Dunkeln. Kindisch, oder?«

»Nein.«

»Was darf ich Ihnen bringen?« Der Kellner blickt zu Mark. Beide haben ihn nicht kommen hören und sehen ihn überrascht an.

»Einen Cappuccino.«

An Rose gewandt: »Haben Sie noch einen Wunsch?«

»Gern noch eine Latte macchiato und ein Glas Wasser.«

»Kommt sofort.«

»Deine Worte gehen mir nicht mehr aus dem Kopf.« Sie lehnt sich nach vorn und stützt ihre Ellbogen auf dem Tisch ab. »Warum hast du mich tagelang beobachtet, ohne mich anzusprechen?«

»Ich war zu schüchtern. Und als ich es versucht habe, weißt du, in welchem Desaster es geendet hat.« Auch Mark lehnt sich nach vorn. »Ich habe dich beobachtet, weil du mir imponiert hast. Wie du mit deinem Buch dasitzt, als wärst du mit ihm verschmolzen. Die Außenwelt blendest du komplett aus, damit du bei den Figuren sein kannst, als wären sie Teil deines Lebens. Und wie eingangs erwähnt, siehst du wie eine bezaubernde Elfe aus.«

Rose ist von seinen Ausführungen und den grünen Augen zu abgelenkt, um vom Gemurmel der umstehenden Gäste eine Notiz zu nehmen. Obwohl die Terrasse gut besetzt ist und die Geräuschkulisse hoch. Selbst das fröhliche Zwitschern der umherfliegenden Vögel nimmt sie nur schwach wahr. Der Kellner schlängelt sich gekonnt mit einem Lächeln auf dem Gesicht durch die Tische, bis er bei ihnen angelangt ist.

»Ihre Bestellung.«

»Danke.«

Der Kellner stellt die Tassen und das Glas ab und entschwindet zum nächsten Kunden.

»Die ersten Tage habe ich deine Gabe bewundert«, fährt Mark fort und zieht die Tasse näher zu sich. »Je mehr Zeit verstrich, desto tiefer hast du dich in meinem Herzen festgesetzt. Obwohl ich nie ein Wort mit dir gesprochen hatte, wusste ich, mit dieser Frau will ich mein Leben verbringen. Eine Person, die Bücher verschlingt und sich als ein Teil der Geschichte sieht, kann nur ein gutes Herz haben.«

»Ich bin sprachlos. Derart wunderschöne Komplimente habe ich noch nie erhalten.«

»Ich empfinde so. Ob es dir genauso ergeht, weiß ich nicht.« Er lässt das Gesagte auf sie wirken. Bevor er weiterspricht, räuspert er sich. »Wenn du nicht liest, was machst du?« Mark gibt den beiliegenden Zucker in seinen Kaffee und rührt um.

»Das Lesen gehört zu meinem Beruf.« Sie nimmt einen Teelöffel Schaum.

»Ah ja?« Er hält in der Bewegung inne und löst seinen Blick von der drehenden Flüssigkeit, um sie anzusehen.

»Ich erhalte immer als eine der Ersten die neuesten Ausgaben.« Roses Augen leuchten.

»Da beneide ich dich. Aber wie kommt das?« Er legt den Löffel auf die Untertasse und gönnt sich einen Schluck.

»Ich arbeite in einer Buchhandlung.«

»Großartig!«

»Ja und nein. Ich liebe die Gespräche mit den Kunden. Von manchen erfahre ich einiges über ihr bewegtes Leben oder die Person, die sie mit einem Buch beschenken möchten. Andere hingegen sind in Eile und schnauzen mich an, wenn ich den gewünschten Titel nicht

umgehend finde oder der nicht vor Ort verfüg-
bar ist und zuerst bestellt werden muss. Doch
das ist es nicht, was mir meinen Job streitig
macht. Seit Kurzem habe ich eine neue Chefin.
Die krempelt alles um.«

Rose verdreht die Augen.

»Ich weiß, ich sollte offen für Neues sein
und Veränderungen willkommen heißen. Doch
warum etwas ändern, wenn alles bestens
funktioniert? Ich bin dafür, dass bestehende
Abläufe optimiert werden. Aber das Rad neu
erfinden?«

»Reorganisationen gehören bei jedem Vor-
gesetztenwechsel dazu. Ob nun positiv oder
negativ. Was ich bis zu einem gewissen Grad
nachvollziehen kann. Denn jeder hat andere
Ideen und Sichtweisen. Ich musste bereits drei
davon durchmachen. Bei der ersten war ich zu
hundert Prozent dabei und bei den zwei anderen ... na ja, da habe ich einfach alles abgenickt
und mitgemacht. Ich bin sozusagen mit dem
Strom geschwommen, um Reklamationen zu
vermeiden.«

»Dann ergeht es nicht nur mir so?« Rose
seufzt. »Wechseln wir lieber das Thema. Es
belastet mich zu sehr. Zudem haben wir
Wochenende, oder nicht? Da lassen wir die
Arbeit ruhen. Der Montag winkt uns schon
bald entgegen.«

»Stimmt.« Er hebt seine Kaffeetasse. »Ist
zwar kein Champagner, aber stoßen wir auf

unseren Nachmittag an, Rose. Die schönste Rose unter allen hier.«

Ihre Wangen röten sich erneut.

»Ich möchte dich mit meinen Äußerungen nicht in Verlegenheit bringen. Falls dein Mann zu Hause auf dich wartet, beenden wir umgehend unser Rendezvous.«

Kapitel 6

Nach einer unangenehmen Stille ergreift Rose das Wort. »Auf mich wartet nur meine vierbeinige Miezekatze. Ich möchte jedoch festhalten, dass sie mir sehr am Herzen liegt. Wenn du also allergisch auf Katzenhaare bist oder Tiere nicht magst, dann ...«

Rose lässt den Satz absichtlich unvollendet.

Marks Augen leuchten und seine Mundwinkel verziehen sich zu einem breiten Lächeln. »Ich ...« Er hüstelt. »Ich habe weder eine Haarallergie noch etwas gegen Tiere. Ich fände es angebracht, wenn du mir ein paar Fotos zeigen würdest. Dann weiß ich, welche Konkurrenz auf mich wartet.« Er zwinkert ihr zu.

Sie lächelt ihn an und tastet nach ihrem Handy. Sie sucht ein Foto aus vielen hervor und hält es ihm hin.

»Das hier ist von gestern.«

»Eine Augenweide. Ist das eine Siamkatze?«

»Genau. Wenn wir uns länger kennen, darfst du sie gern besuchen kommen.« Nun ist es Rose, die Mark zuzwinkert. »Und was machst du?«

Ihm wird ganz warm. Das Gespräch entwickelt sich ganz nach seinen Vorstellungen. Nun darf er sich ja keinen Fauxpas leisten.

»Ich bin als Schadenspezialist tätig.«

»Oh je, da hast du sicher schon einiges erlebt.«

»Leider ja. Am Anfang hat mir das Elend der Versicherten nicht viel ausgemacht. Entschuldige, das klingt abgedroschen. Aber es war so, dass ich mich anfangs gut abgrenzen konnte. Mittlerweile muss ich sagen, dass mir einige Geschichten sehr nahegehen. Ich kann das auf längere Zeit nicht mehr verkraften. Daher werde ich den Job nicht mehr lange ausüben. Ich halte Ausschau nach offenen Stellen und sollte sich etwas ergeben, wechsle ich.«

»Kannst du nicht intern einen Wechsel vornehmen? Oder welche Optionen stehen dir offen? «

»Das ginge wohl schon. Aber der Sohn meines ehemaligen Chefs hat den CEO-Posten übernommen. Notabene … ohne davor in der Firma gearbeitet zu haben. Und wie soll ich sagen ... ich war wirklich offen für viele seiner Veränderungen, so wie vorhin erwähnt. Doch seine Ansichten werden mit jedem Tag unerträglicher. Ich kann mich mit seiner Haltung nicht mehr identifizieren. Zum Glück kann ich mich mit dem Joggen oder den Alpintouren ablenken und den Frust so auspowern.«

»Auf deinen Touren werde ich dich nie begleiten.« Rose verzieht ihr Gesicht.

»Warum nicht? An der Kondition kann man arbeiten. Da helfe ich dir gern dabei. Ich bin mir sicher, dass weder Ben noch Jon etwas dagegen hätten.«

»Danke für dein Angebot, aber ich habe Höhenangst.«

»Dagegen ist leider noch kein Kraut gewachsen.« Mark lächelt sie an. »Ich werde dir somit von jeder Wanderung ein kleines Geschenk mitbringen.«

»Danke, das ist lieb. Wer sind Ben und Jon?«

»Meine langjährigen Freunde. Wir kennen uns, seit wir denken können. Ohne sie kann ich mir ein Leben nicht vorstellen.«

»Unglaublich! Ich bewundere Menschen, die über Jahre hinweg eine innige Freundschaft pflegen.« Rose lacht herzlich, um kurz darauf wieder ernst zu werden. »Ich habe das leider nicht. Meine Bücher geben mir Halt und lassen mich an andere Orte reisen. Beim Lesen wird mein Kopfkino gezündet und alles andere verbannt.«

»Und was ist mit deinen Eltern?«

»Sie haben ihren Wohnsitz im Graubünden. Also nicht gerade um die Ecke. Zudem haben wir uns einmal wegen einer Lappalie gestritten.« Sie blickt auf ihre Tasse. »Seither ist das Verhältnis nicht mehr das beste. Wir treffen uns nur zu Feiertagen oder Geburtstagen.«

»Das kann ich mir nicht vorstellen. Familie geht doch über alles. Meine Mama und mich verbindet ein starkes Band. Ich habe meinen

Vater früh verloren. Ich weiß es noch, als wäre es erst gestern geschehen. Ich und meine Mama standen vor dem Schulhaus. Meine Schultüte, die ich zur Einschulung erhalten hatte, überragte mich beinahe.« Ein Lächeln huscht über sein Gesicht. »Die anderen Eltern gingen mit den Kindern bereits hinein und wir warteten bis zur letzten Minute auf Vater. Doch er erschien nicht. Wir vermuteten, dass er auf der Arbeit aufgehalten wurde, und so gingen wir ohne ihn hinein. Mama wollte nicht, dass ich am ersten Tag schon zu spät erscheine. Die Lehrerin begann mit ihrem Tagesablauf und wir Kinder hingen gespannt an ihren Lippen. Es läutete gerade zur Pause und wir wollten hinausstürmen, doch ein Polizeibeamter versperrte den Weg. Mit Gekreische hielten wir vor ihm an. Die Eltern drehten sich zur Tür hin.« Mark atmet hörbar aus.

»Du musst nicht weitererzählen, wenn es dich zu sehr mitnimmt.«

Mark schüttelt den Kopf. »Danke, aber mir ist es wichtig, dass du von vorneherein über meinen schlimmsten Verlust informiert bist. Dadurch kannst du mich besser verstehen, wenn ich in gewissen Situationen befremdlich reagieren sollte.« Mark genehmigt sich einen Schluck Cappuccino. »Der Polizist trat zur Seite und ließ uns hinaus. Wir haben ihm keine Beachtung geschenkt und erst, als ich meine Mama schreien hörte ...«

»Hatte er einen Unfall?«

»Ja. Ein Lastwagenfahrer hat ihn auf dem Zebrastreifen übersehen.«

Rose legt eine Hand vor ihren Mund. »Wie schrecklich.«

»Von da an war für mich und Chantal, meine ältere Schwester, die Kindheit beerdigt. Wir wurden durch diese Tragödie schlagartig in die Erwachsenenwelt katapultiert.«

»Mir fehlen die Worte und ich denke, dass ich nur etwas Falsches sagen kann. Daher schweige ich lieber.«

»Ist okay. Viele Menschen können nicht mit Schicksalsschlägen umgehen. Vor allem, wenn Kinder betroffen sind. Das haben wir in der Trauerzeit zu spüren bekommen.«

Mark fährt sich durch die schwarzen Haare und übers Gesicht.

Roses Herz macht einen Hüpfer. Sie ist überrascht wie ihr Körper auf seine Geste reagiert. Eilig widmet sie sich dem letzten Bissen Kuchen.

»Wie im Zug erwähnt …« Mark nimmt den Faden von vorher auf. »… habe ich mich in dich verliebt. Das habe ich noch nie zuvor in dieser Intensität erfahren dürfen. Ich kann es mir selbst nicht erklären.«

Er zuckt mit den Schultern. »Seit du meine Aufmerksamkeit erregt hast, muss ich immerzu an dich denken. Du bist wie die Luft zum Atmen, ohne die geht nichts. Der einzige

Grund, warum ich morgens aufstehe und in den Zug steige, bist du. Meine Gedanken kreisen ständig um dich.«

»Mir wird um einiges wärmer.« Sie fächelt sich Luft zu. »Bitte keine weiteren Komplimente, ich weiß nicht, wie ich das verdient habe.«

»Habe ich etwas Falsches gesagt?«

»Nein, überhaupt nicht. Doch, wie kannst du dir bei deiner Sache so sicher sein? Du kennst mich nicht.«

»Mein Herz hat die Führung übernommen und dem vertraue ich blind.«

Kapitel 7

Nach einem behaglichen Nachmittag kehrt Mark mit einem beflügelnden Gefühl in seine Wohnung zurück. Er ist von Rose entzückt. Seine Einschätzung über ihr Wesen hat ihn nicht enttäuscht. Er wünscht sich sehr, dass sie sich mit ihm ein gemeinsames Leben vorstellen kann. Er selbst kann keinen Tag länger ohne seine Elfe sein.

Bevor sie sich verabschiedeten, haben sie ihre Handynummern ausgetauscht. Momentan schweben seine Finger über den Tasten. Soll er sich bei ihr für den erfreulichen Nachmittag bedanken? Oder wird sie es als aufdringlich empfinden? Mark schüttelt seine Gedanken ab. Wenn Rose nichts mit ihm zu tun haben möchte, hätten sie die Handynummern nicht ausgetauscht.

Liebe Rose, ich danke dir für den reizenden Nachmittag. Ich würde mich freuen, wenn wir unsere Treffen auch außerhalb der Zugfahrten vertiefen könnten. Herzlichst Mark

Rasch drückt sein Zeigefinger auf ›Senden‹. Hat er das Richtige getan?

Keine zehn Minuten später gibt sein Handy ein Klingeln von sich. Sein Herz hämmert gegen seinen Brustkorb und er schluckt leer. Ist es Rose? Freudig nimmt er sein Telefon in die Hand und entsperrt es.

Seine Vorfreude ist wie Schießpulver binnen Sekunden verpufft. Es ist nicht seine Elfe, sondern sein Chef. Nicht einmal an einem Sonntag hat er Ruhe vor ihm. Als ob es nicht genügen würde, dass er die ganze Arbeitswoche bei ihm verbringt.

Guten Abend, Mark, morgen früher eintreffen, da ich unverhofft auf ein dringendes Meeting muss. Gruß Alain

Mark schnaubt. Nicht einmal ein ›Bitte‹ oder ein ›Dankeschön‹. So ist eben sein Chef. Für ihn zählen das Unternehmen und der Gewinn, nicht seine Mitarbeiter. Warum sich das Mark immer noch antut, ist einfach erklärt: Bisher hatte er keinen Anreiz etwas zu ändern, obwohl er mit den betroffenen Kunden und deren misslicher Lage nicht mehr klarkommt. Dank Rose hat sich seine Einstellung zum Jobwechsel geändert und seit heute Nachmittag noch mehr. Mark hält seine Nachricht kurz.

OK.

Leider bedeutet das, dass er seine Elfe morgen nicht wiedersehen wird. Seine Vorfreude auf morgen, die er auf dem Nachhauseweg verspürte, weicht einer Niedergeschlagenheit. Ein

Tag ohne seine Elfe ist so, als wäre er ein halber Mensch.

Bevor sich Mark zum Schlafen legt, nimmt er abermals sein Handy zur Hand. Immer noch keine Nachricht von Rose. War er doch zu weit gegangen? Das heutige Treffen verlief zu hundertachtzig Grad anders als damals im Zug. Mark konnte Stellung zu seinem Auftritt beziehen und die Ungereimtheiten aus der Welt schaffen. Danach verlor sich die Befangenheit auf beiden Seiten. Bis zuletzt waren sie in eine unbeschwerte Plauderei vertieft. Jedenfalls kam es ihm so vor. Aber wieso steht ihre Antwort aus?

Nie hätte er gedacht, dass er sich in dieser Situation wiederfinden würde. Er, der seine Gefühle vor der Zeit mit Rose immer bedeckt hielt. Für ihn waren Tränen ein Zeichen der Schwäche. Ihm wurde von seinem Großvater eingetrichtert, dass ein Mann Schmerzen ohne mit der Wimper zu zucken aushalten muss. Gefühle müssen unter der Oberfläche bleiben und dürfen nicht nach außen getragen werden. Egal, ob Freude, Trauer oder Liebe. Ein Mann muss stark sein.

Kurz bevor der Wecker klingelt, schläft Mark ein. Das Schellen des alten Glockenweckers reißt ihn aus seinem Kurzschlaf. Im ersten Moment findet er den Ausknopf nicht, sodass der Wecker mit einem lauten Rums zu Boden fällt. Nun ist Mark endgültig wach, aber dementsprechend mies gelaunt. Zum Glück hat er Rose gestern Abend sein Fernbleiben mittels einer weiteren WhatsApp erklärt. Mit seiner Laune von heute Morgen wäre die Nachricht eher schroff ausgefallen.

Den Tag übersteht er mehr schlecht als recht. Er ist unendlich dankbar, als es siebzehn Uhr ist. Das einzig Positive an diesem Tag ist, dass Alain nicht ins Büro zurückgekehrt ist. Wahrscheinlich hat der sich einen schönen Tag gemacht.

Am Bahnsteig wartet er mit anderen Reisenden auf den Zug. Jeder froh, den Arbeitstag hinter sich zu lassen und zu seinen Liebsten nach Hause zu fahren. Mark hält sein Buch freudlos in der einen Hand und in der anderen sein Handy. Wichtiger erscheint ihm im Moment sein Smartphone, das er normalerweise in der Hosentasche mit sich trägt. Bereits beim Aufleuchten des Bildschirms wird ihm klar, dass keine Meldungen eingegangen sind. Nicht einmal auf seine Nachricht, dass sie sich heute nicht sehen, hat Rose geantwortet.

Wie in Trance besteht er die Zugfahrt. Die Strecke vom Bahnhof bis zu seinem Zuhause legt er mit Scheuklappen zurück. Er möchte verhindern, dass er in seinem Zustand mit jemandem in ein Gespräch verwickelt wird. Er würde sein Gegenüber nur anschnauzen. Grübelnd betritt er seine Parterrewohnung. Während er im Flur seine Schuhe wegkickt, klingelt sein Handy.

»Hallo?«

»Ich bin's.«

»Was gibt's, Ben?«, fragt er mit teilnahmsloser Stimme und tapst in die Küche.

»Bist du heute Abend bei einer Joggingrunde dabei?«

»Nein.« Er schleudert sein Buch unsanft auf die Arbeitsplatte.

»Welche Laus ist dir denn über die Leber gelaufen?«

»Mein Chef.« Er fixiert das Buch.

»Kann nicht nur an dem liegen, auch wenn er ein Riesenarsch ist. Hat sie dich gestern versetzt?«

»Nein.«

»Was dann?«

»Lass mich einfach.«

Ben kennt seinen Kumpel zu gut, um weitere Fragen zu stellen, und meint nur: »Na dann ... adieu.«

Mark schiebt sein Handy in die Hosentasche und holt sich den Eistee aus dem Kühlschrank. Er füllt ein Glas und trinkt gierig davon. Mit dem wieder aufgefüllten Glas tritt er auf seinen Gartenplatz hinaus und macht es sich gemütlich. Vielleicht erlösen ihn die Sonne und das Trällern der Vögel von den dunklen Gedanken.

Mark genehmigt sich gerade einen Schluck des kühlen Getränks, als sein Handy erneut klingelt. Freudlos fischt er es aus der Hosentasche und nimmt widerwillig den Anruf entgegen.

»Ich habe gesagt, dass ich nicht joggen komme!«

»Hallo? Ist da Mark?«, fragt eine Frauenstimme.

»Ja«, brummt er.

»Hier ist Rose.«

Schlagartig richtet er sich auf dem Stuhl auf. »Rose?«

»Entschuldige bitte, dass ich mich länger nicht auf deine Nachrichten gemeldet habe. Leider gab es einen nicht erfreulichen Zwischenfall.«

»Geht es dir gut?«

»Nein.« Ihre Stimme zittert.

»Was ist ...?« Mark hört ihr Schluchzen. »Rose?«

»Es ist so schrecklich ... meine Miezekatze Coco ...«

Mark weiß, wie sehr Rose an ihrer Siamkatze hängt. Erst gestern hat er Bilder von Coco gesehen. Die elegante Erscheinung lässt jedes Herz erweichen und man verliert sich in den mandelförmigen blauen Augen. Ein weiterer Hingucker ist das helle Fell mit den dunklen Pointierungen an Gesicht, Ohren und Pfoten. Nie zuvor hat er eine solch schöne Katze gesehen.

»Rose, was ist mit Coco?«

»Sie wurde angefahren und verstarb diese Nacht.« Ein herzzerreißender Schluchzer folgt.

»Oh Gott! Mein herzliches Beileid.«

Rose schluckt geräuschvoll. »Mark?«

»Ja?«

»Könntest du mir heute Abend Gesellschaft leisten?«

»Aber sicher.«

Kapitel 8

Rose hatte kaum aufgelegt, greift Mark bereits nach seinem Autoschlüssel. Keine halbe Stunde später sitzt er neben ihr auf dem schwarzen Sofa. Vereinzelt sind Haare von Coco darauf verteilt, was ihm einen kleinen Stich versetzt. Wie muss sich erst Rose fühlen? Ein Blick in ihr fahles Gesicht zeigt gerötete Augen und dunkle Augenringe, die markant hervortreten.

Rose erzählt Mark unter Tränen von den letzten beiden Tagen. »Kaum war ich am Sonntagnachmittag zu Hause, hat mein Handy geklingelt. Es war die Tierklinik. Zum Glück habe ich Coco gechippt. So konnten sie in kürzester Zeit feststellen, dass sie mir gehört. Dadurch konnte ich ihr bei der letzten Reise beistehen.« Rose nimmt sich ein neues Taschentuch und tupft ihr Gesicht trocken.

»Ich verstehe nicht, wie Coco angefahren werden konnte. Du hast mir erzählt, dass sie die ganze Zeit über in der Wohnung ist.«

»Sie kann ... konnte auf den Balkon.« Rose seufzt. »Ich habe extra ein Netz gespannt, dass sie nicht runterspringen konnte. Als ich es heute überprüfte, fand ich ein Loch.«

»Hat sie das Netz zerfressen?« Sein Blick wandert auf den Balkon.

»Nein. Es war durchgeschnitten.«

»Wie bitte? Durchgeschnitten? Wie kann das sein? Und wo ist es jetzt?«

»Jemand will mir Schmerzen zufügen. Ich weiß nur nicht, wer. Momentan habe ich keine Kraft, auch noch dem nachzugehen.« Rose holt tief Luft. »Das Netz habe ich demontiert, um den Tatgegenstand aus den Augen zu haben. Es war unerträglich, immerzu das Loch zu sehen, wo Coco hinauskam.«

»Hast du die Polizei informiert?«

Rose schüttelt den Kopf. »Ich mag nicht. Die Aussicht, den oder die Täterin zu finden, ist gering. Und die Kraft mag ich momentan nicht aufbringen.«

»Verständlich.«

»Seit dem Telefonat bin ich durch die Hölle gegangen. Ich weiß nicht, wie ich den Weg in die Klinik hinter mich gebracht habe. Die Empfangsdame hat mich direkt in den Behandlungsraum zu Coco gebracht.« Rose wimmert. »Sie da so liegen zu sehen ...«

Mark lässt Rose Zeit mit dem Erzählen und den Pausen. Um ihr ein wenig Trost zu spenden, nimmt er ihre Hand.

»Ich konnte ihr nicht helfen, sondern musste warten und zusehen, wie es ihr mit jeder Minute schlechter ging.«

Mark nimmt Rose in den Arm. Ihm fehlen die Worte. Wie schrecklich musste die Nacht sein und wie groß musste sich erst recht der Schmerz anfühlen? Er vergleicht Roses Verlust mit seinem und weiß zu gut, wie es sich anfühlt.

Nach einigen Minuten lassen sie sich los und schauen sich unbeholfen an.

»Entschuldige.«

»Es hat gut getan, danke.«

Stille.

»Mark?«

Er sieht in ihre bezaubernden Augen.

»Könntest du das wiederholen?«

Ohne weitere Worte drückt er sie erneut an sich und streicht ihr sanft über den Rücken.

»Würdest du mit mir die Asche von Coco verstreuen?«, fragt sie an seine Schulter gelehnt.

»Das versteht sich von allein.«

Gegen Mitternacht betritt Mark seine Wohnung. Rose hatte ihm ihr Sofa für die Nacht angeboten, doch das hat er abgelehnt. Die Entscheidung fiel ihm nicht leicht. Hin- und hergerissen zwischen ihrer Trauer und seinem Verlangen nach ihrer Präsenz. Gern hätte er sie getröstet, doch er möchte ihre Situation nicht ausnutzen. Allein die Umarmungen ließen Begierde in ihm auflodern. Daher beschloss er, zu gehen.

Nach einer gewissen Zeit konnte Rose ihre Anspannung ablegen und die schrecklichen Stunden durch andere Gesprächsthemen für eine Weile vergessen. So zeigte sie Mark ihre

Wohnung. Er ist immer noch verblüfft über die Berge an Lesestoff. Bei ihr stehen in jedem Zimmer Bücher, obwohl sie eigens ein Buchzimmer hat. Dort reichen einige Stapel, fein säuberlich sortiert, bis zur Decke. Gelesene, ungelesene, derzeit gelesene, und jeder Buchturm ist nach Autor kategorisiert. Und ja, Rose liest mehrere Bücher gleichzeitig. Wie sie das schafft, ist Mark ein Rätsel. Zu all dem hängt an der Tür zum Buchzimmer eine Liste mit allen Büchern, die demnächst erscheinen und die sie lesen will.

Rose gab zu, lesewütig zu sein. Sie stuft sich sogar als Bibliomanin ein. Das heißt, sie sammelt so viele Bücher, die sie niemals allesamt zu lesen vermag, aber unbedingt haben muss. Wegen der Leserei hat sie keinen großen Freundeskreis. Und wenn sie einmal eine Verabredung hatte, sagte sie diese auch schon ab, um ein Buch zu Ende zu lesen.

Sie liebt es, durch Buchhandlungen zu schlendern und sich Bücher zu kaufen. Allein der Geruch in den Buchhandlungen lässt ihr Herz höher schlagen. Geschweige denn, wenn sie mit einem Stapel neuer Bücher den Laden verlässt.

Zum Glück sah sie früh genug ein, dass dieses Verhalten kein positives Ende nehmen würde und sie in naher Zukunft vor einem Schuldenberg stünde. Aus diesem Grund hat sie sich bei einer Bibliothek eingetragen. Bei der sie die Ausleihstatistik stark in die Höhe treibt.

Dank ihres Jobs in der Buchhandlung erhält Rose eine Vielzahl an Neuerscheinungen gratis. Dadurch kann sie ihrer Kundschaft gezielt ein Buch empfehlen. Es erfüllt Rose mit Stolz, wenn sie positive Rückmeldungen auf ihre Empfehlungen erhält, wenn nicht sogar neue Kundschaft durch Mundpropaganda gewinnt.

Mark versteht ihre Passion. Hatten er und seine Kumpels doch auch Perioden in ihren Leben, die damit vergleichbar sind.

Aber wenn er daran zurückdenkt, schüttelt er über sich selbst den Kopf.

Kapitel 9

Mark ist hin- und hergerissen. Seit gestern Abend möchte er mehr denn je jede freie Minute mit Rose verbringen. Nur möchten seine Kumpels spontan heute Abend die Tour in der Greina-Hochebene oberhalb Disentis besprechen. Die für alle eine neue Erfahrung sein wird, denn in Graubünden waren sie noch nie wandern. Allein die Planung lässt es allen in den Füßen jucken. Er kann seine Freunde nicht vor den Kopf stoßen, zumal sie letzthin nicht freundlich über Rose gesprochen haben. Oder sollte er gerade deswegen? Er weiß es nicht.

Kurzentschlossen wählt er ihre Nummer.

»Hallo, Mark.«

»Rose ... ehm ...«

»Was ist los, Mark?«

»Ich kann heute Abend nicht wie besprochen bei dir sein. Ben und Jon möchten spontan die Tour in der Greina-Hochebene planen.«

»Okay.«

Das O ist ein wenig zu lang gezogen.

»Wir wollen seit geraumer Zeit in dieser Gegend wandern gehen«, erklärt Mark.

»Du bist zu nichts verpflichtet.«

In ihrer Stimme schwingt ein gewisser Unterton mit.

»Geht es dir gut, Rose?«

»Es gibt bessere Momente und schlechtere. Danke der Nachfrage.«

»Soll ich morgen Abend bei dir vorbeischauen?«

»Wenn du Zeit übrig hast, würde ich mich sehr darüber freuen.«

»Ich verstehe deinen Missmut, aber ...«

»Du musst dich nicht rechtfertigen. Momentan bin ich nicht ich selbst. Der Schmerz und die furchtbare Nacht sitzen tief. Ich hatte nur gehofft ...« Ein Seufzer entfährt ihr. »Gehofft, dass ich mit dir darüber hätte sprechen können. Mir meine Sorgen und Ängste von der Seele sprechen. So wie gestern Abend. Für einen Augenblick konnte ich das Schreckliche hinter mir lassen und unbeschwert sein. Deine Anwesenheit und das Gespräch haben mir gestern sehr geholfen.«

Um Marks Herz legt sich eine eiserne Hand. Wie konnte er ihr zusätzlichen Schmerz zufügen?

»Ich werde Ben und Jon absagen. Du bist mir wichtiger.«

»Bitte nicht. Sie zählen auf dich. Wir sehen uns morgen Abend und darauf freue ich mich. Vergiss meinen Unmut! Ich kann nicht verlangen, dass du alles meinetwegen stehen und liegen lässt.«

Doch insgeheim hofft sie es.

»Danke für dein Verständnis. Das weiß ich zu schätzen. Doch, du bist mir wichtiger. Ich melde mich bei beiden ab und bin bald bei dir.«

»Danke.«

Mark betritt die Terrasse bei Jon zu Hause.

»Du konntest dich tatsächlich von deiner Elfe losreißen?«, fragt Jon. Er und Ben sitzen bereits auf der Terrasse und haben die Karten vor sich ausgebreitet.

»Keine Buchbesprechung?«, foppt Ben.

»Hallo zusammen und nein, keine Buchbesprechung.« Mark setzt sich mit einem Seufzer hin.

»Was ist?«

»Ich bin gekommen, um mich abzumelden.«

»Wieso?«

»Rose hat ihre geliebte Katze verloren und musste ihr beim Sterben zusehen. Das hat sie sehr mitgenommen und ich möchte ihr beistehen.«

»Doch kein Losreißen«, grummelt Jon.

»Ihr könnt die Tour auch ohne mich besprechen und mir dann die Einzelheiten durchgeben. Das hatten wir schon einmal so gemacht«, meint Mark und fragt: »Wann soll die Tour stattfinden?«

»Dieses Wochenende passt das Wetter hervorragend.«

»Passt nicht«, schießt es aus Marks Mund.

»Was gibt es so Wichtiges?«

»Rose möchte voraussichtlich am Wochenende die Asche von Coco verstreuen und ich habe ihr versprochen, sie zu begleiten. Am Freitag holen wir die Urne beim Krematorium ab.«

Jon und Ben werfen sich einen fragenden Blick zu.

»Meinst du das ernst?«

»Seit wann bist du so feinfühlig? Hast du eine Gehirnwäsche erhalten?«

»Mein Herz hat die Führung übernommen. Da kann ich nichts machen. Solche Gefühle habe ich noch nie für jemanden empfunden.«

»Mein alter Schwede, wer hätte das gedacht?«

Ben sieht seine Kumpels einen nach dem anderen an. »Deine Mama wird Luftsprünge machen. Nun, da du deine Herzensdame gefunden hast, malt sie sich sicher schon die Hochzeit und die Schar an Enkelkinder aus.«

Ben prustet los und Jon fällt ebenfalls in ein lautes Lachen.

»Was du wieder für einen Stuss daherredest!« Mark verpasst Ben einen Fausthieb an dessen Schulter. »Mama weiß nur, dass ich Rose kenne und ihr wegen des Verlustes von Coco beistehe.«

»Aber werd jetzt nicht zum Sesselfurzer«, kündigt Jon an. »Wir werden weiterhin unsere Touren machen und das zu dritt! Die Greina-Hochebene werden wir meinetwegen um eine

Woche verschieben, sofern das Wetter mit-
macht.«

»Machen wir«, verspricht Mark und verabschiedet sich von seinen Kumpels.

Kapitel 10

Rose ist erleichtert, als Mark auftaucht. Mit ihm konnte sie erneut über das Erlebte sprechen, was für sie eine Erleichterung war. Und danach döste sie ein wenig. Doch der Freitagmorgen kam viel zu früh.

»Guten Morgen.« Mark wusste nicht, was er sonst sagen sollte.

Rose sieht von ihrer Kaffeetasse auf, als Mark sich neben sie aufs Sofa setzt. »Morgen.«

»Ich habe uns Croissants geholt.« Er hält Rose die fein duftende Tüte hin.

»Danke, aber ich habe keinen Hunger.«

»Ein, zwei Bissen. Ich will nicht, dass dir schwarz vor Augen wird und du zusammenbrichst. Damit ist niemandem geholfen.«

Widerwillig greift Rose in die Tüte und beißt vom Croissant ab. Schweigend verbringen sie die nächsten Minuten.

»Bist du bereit? Wir sollten langsam aufbrechen«, unterbricht Mark die Stille.

»Nicht wirklich. Aber ändern kann ich es nicht.« Rose schluckt schwer und erhebt sich. Ihre Tasse ist unberührt und dem Croissant fehlt nur ein Bissen.

Mark tut es ihr gleich und nimmt ihre Hand. »Ich bin bei dir. Du bist nicht allein. Gemeinsam stehen wir das durch.«

»Danke.«

Nach fünfzehn Minuten fahren sie beim Krematorium auf den Besucherparkplatz. Mark umrundet das Auto, während Rose die Tür öffnet. Galant reicht er ihr den Arm. Sie stützt sich an ihm ab, als sie aus dem Auto steigt. Einen Moment stehen sie umschlungen da. Er räuspert sich und entlässt Rose aus der Umarmung. Ihre Augen schwimmen in Tränen, als er sie ansieht. Er schließt ab und sie gehen die wenigen Schritte.

Die automatische Schiebetür öffnet sich, so als wolle sie den Weg zu einem verborgenen Schatz öffnen. Dabei ist es alles andere als erfreulich.

Zu schnell sind sie beim Empfangsbereich, der zur Linken von der Theke aus Eichenholz begrenzt wird und zur Rechten von den verwaisten Wartestühlen.

»Wie kann ich Ihnen behilflich sein?«, erkundigt sich die junge Dame, die plötzlich hinter der Holztheke erscheint.

»Wir ...« Rose bricht ab. Tränen kullern über ihre Wangen. Mark zieht sie an sich heran.

»Wir möchten die Urne von Coco abholen«, beendet Mark den Satz.

»Mein herzliches Beileid ... unter welchen Namen ...?«

»Ich bin Rose Zimmermann.«

»Danke.« Die Dame tippt etwas in ihren Computer ein und sieht die beiden wieder an.

»Einen Moment bitte. Ich bin gleich zurück.«
Und weg war sie.

»Danke«, flüstert Rose.

Sie verharren in der Stille des Raumes, wo jedes Wort nur stören könnte.

Die Empfangsdame kehrt mit einer Urne zurück. Sanft stellt sie das bordeauxfarbene Gefäß auf die Theke und dreht sie so zu Rose hin, damit die vier goldenen Pfoten ersichtlich werden. Mit dem Antippen der Maus erwacht der Computer wieder zum Leben. Sie druckt ein Dokument aus und legt es mit einem Kugelschreiber neben die Urne.

»Darf ich Sie bitten, mir den Erhalt der Asche mit Ihrer Unterschrift …« Sie tippt auf die Stelle auf dem Papier. »… zu bestätigen?«

Rose nickt und überfliegt mit leerem Blick das Schriftstück. Letztendlich ist es unwichtig, was drinsteht. Coco kommt nie mehr zurück, egal, wo sie eine Unterschrift daruntersetzt. Sie gibt das Blatt Papier und den Schreibstift zurück.

»Danke. Ich mache Ihnen schnell eine Kopie.«

Rose nickt.

»Mein herzliches Beileid zu Ihrem Verlust.« Beteuert die Dame abermals und reicht die Kopie.

»Danke.« Rose nimmt das Blatt entgegen, faltet es unbeholfen und steckt es in die Gesäßtasche. Mit beiden Händen hebt sie die Urne von der Theke und drückt sie an sich. Ihre Schultern zucken und die Tränen tropfen auf den Deckel. Mark legt seinen Arm um ihre Taille. Sein Herz ist schwer, er weiß nicht, wie er Roses Schmerz lindern kann. Es fühlt sich an, als läge eine tonnenschwere Last auf seinen Schultern.

Im Handumdrehen sind sie beim Auto; er hilft Rose auf den Beifahrersitz. Sie hält die Urne immer noch fest umklammert. Ihr Blick starr nach vorn gerichtet. Die Augen vom vielen Weinen gerötet. Sanft legt er ihr den Sicherheitsgurt um.

Mark setzt sich hinters Steuer und schnallt sich ebenfalls an. Bevor er losfährt, dreht er sich achtsam zu Rose. »Möchtest du die Asche bereits heute verstreuen?«

Rose schüttelt den Kopf. »Ich kann nicht. Jetzt, wo ich sie bei mir habe.«

»Verständlich. Fahren wir zu dir nach Hause.«

Wenig später stellt Rose die Urne auf den Salontisch. Sachte berührt sie das Gefäß und küsst eine der Pfoten. Danach setzt sie sich aufs Sofa und schlingt die Arme um die angezogenen Beine. Einen Moment lang starrt sie auf das bordeauxfarbene Gefäß. Sie schüttelt den Kopf, als könne sie es nicht fassen, und legt ihn auf ihre Knie ab. Mark setzt sich neben sie und streicht ihr sanft über den Rücken.

»Sag mir bitte, wie ich dir helfen kann.« Mark fühlt sich unsicher.

»Bleib bei mir und halt mich fest.«

Ein Haufen Papiertücher sind Zeugen von tränenreichen Momenten. Rose zittert so stark, dass ihr Mark Baldriantropfen verabreicht. Danach geht es ihr ein wenig besser.

Die kommenden Tage werden nicht einfacher. Allein schon dadurch, dass Coco anwesend ist und ihre Sachen in der Wohnung verstreut sind. Mark hofft, dass es Rose besser geht, wenn die Asche verstreut ist und die Gegenstände weggeräumt.

Während des Abendessens, bei dem Rose nur darin herumstochert, verkündet sie: »Ich möchte Cocos Spielsachen, Näpfe und all das wegräumen. Hilfst du mir?«

»Bist du sicher?« Mark ist verwundert. Heute Morgen war Rose aufgelöst und wollte Cocos Asche partout nicht verstreuen und nun das?

»Ich denke, dass es besser ist, wenn ich nichts mehr von Coco um mich herum habe. Egal, wie schwer es ist, aber so habe ich einen klaren Schlussstrich.«

»Finde ich gut. Lass uns direkt beginnen. Ich habe nämlich auch keinen Hunger.«

»Aber der Herr musste unbedingt kochen.«

»Ich will ja vor meiner zukünftigen Frau nicht schlecht dastehen.«

Rose kann sich ein Lächeln nicht verkneifen.

»Allein wegen deinem Lächeln würde ich immer wieder kochen. Schön, dass du das nicht verlernt hast.« Mark steht auf. »Ich räume den Tisch ab und du holst die Säcke hervor.«

Fünf Minuten später hält Mark den Abfallsack auf, damit Rose in der Küche die Wasserschale, den Fressnapf sowie die Unterlage zusammenräumen kann.

Stumm läuft sie voran ins Wohnzimmer. Sie nimmt Cocos Decke vom Sessel und drückt sie Mark in die Hände, um sie gleich wieder an sich zu reißen.

»Ich muss noch mal dran schnuppern.« Rose schließt die Augen und atmet einige Male tief ein. Mit Tränen in den Augen reicht sie Mark die Decke wieder. Stumm macht sie mit dem Einsammeln der Spielsachen weiter. Wie ein Wirbelwind streift sie durch die Wohnung. Mark sieht dem Ganzen mit Argwohn zu und läuft ihr ins Bad hinterher.

Sie kauert vor dem Katzenklo und ihr Körper bebt.

Mark legt seine Arme um sie. »Rose, beruhige dich. Niemand verlangt von dir, dass du Coco so schnell vergisst und aus deinem Leben verbannst.«

»Ich ...« Die Trauer bricht durch. Ihre Tränen fließen in Bächen. »Es tut so weh. Hört dieser Schmerz jemals auf?«

»Lass die Trauer zu. Ich bin bei dir und unterstütze dich, soweit ich kann.«

Mark setzt sich hin und zieht Rose auf seinen Schoß. Er wiegt sie hin und her wie ein Kind. Bei ihm hat das früher immer geholfen. Warum sollte es nicht die gleiche Wirkung auf Erwachsene haben?

Nach einer Weile hat sich Rose beruhigt und sie bleiben einfach sitzen. Jeder hängt seinen Gedanken nach.

»Wo willst du die Sachen von Coco hinbringen?«, erkundigt sich Mark.

»Ins Tierheim oder in eine Auffangstelle.«

»Eine schöne Idee. Komm, wir setzen uns aufs Sofa. Der Badezimmerboden ist einfach zu hart und zu kalt.«

Auf dem Sofa kuscheln sie sich aneinander. Mark breitet eine Decke über Rose aus und streichelt ihren Rücken. In kurzer Zeit hört er den gleichmäßigen Atem von Rose. Die durchwachte Nacht und der heutige Besuch beim Tierarzt haben an ihren Reserven gezehrt.

Mark erwacht als Erster. Sein Rücken schmerzt von der Nacht auf dem Sofa. Doch ein Blick auf Rose, die neben ihm liegt … und die Schmerzen sind wie weggeblasen. Ihr feenhaftes Gesicht zeigt keinen leidenden Ausdruck und ihre Augen keine Leere. Wie ein Baby schläft sie den Schlaf der Gerechten. Für den Moment keine Trauer und keine Sorgen.

Ein wenig später öffnet Rose die Augen, streckt sich und blinzelt den Schlaf weg. Dann sieht sie Mark direkt an und ein Lächeln breitet sich auf ihrem Gesicht aus.

»Guten Morgen.«

»Hallo, meine Elfe. Wie geht es dir?«

»Mit dir an meiner Seite besser, danke. Ich hätte den gestrigen Abend ohne dich nicht überstanden und das Wegräumen ...«

Mark legt seinen Zeigefinger auf ihren Mund. »Man hält in guten wie auch in schlechten Zeiten zusammen und unterstützt einen. Oder nicht? Ich bin für dich da. Gemeinsam stehen wir die dunkle Zeit durch.« Mark nimmt ihre Hand.

»Hättest du Zeit, heute mit mir die Asche zu verstreuen?«

Er nickt. »Wir haben unsere Tour um eine Woche verschoben. Der heutige Tag gehört dir.«

»Du bist ein Schatz, danke.« Bei diesen Worten weiten sich ihre Augen und ihre Lippen nehmen einen erstaunten Ausdruck an.

»Keine Angst, ich weiß, wie du es meinst.«

»Einen besseren Mann als dich kann man sich nicht vorstellen. Du verstehst einen ohne Worte.«

»Nun ist aber Schluss mit Komplimenten. Möchtest du einen Kaffee?«

»Das nenne ich einen Themenwechsel.«

Beide lachen verhalten.

»Wir nehmen das Frühstück mit zu meinem Lieblingsplatz, wo ich auch Coco verstreuen werde«, bestimmt Rose.

Kapitel 11

Gegen halb zehn Uhr erreichen sie den Hügel, auf dem die mächtige, ausladende Linde thront. Ihr Stamm hat einen Durchmesser von mindestens drei Metern und die grüne Krone ragt mehr als zwanzig Meter in den stahlblauen Himmel. Geäst und Blätter spenden wohltuenden Schatten – und kennen einige Geschichten.

Mark parkt den Wagen und starrt zum Baum hin. Sein Mund ist leicht geöffnet und er traut seinen Augen nicht. Erst nach zwei, drei Mal blinzeln wendet er den Blick ab zu Rose hin. Auf ihrem Gesicht zeichnet sich ein zartes Lächeln ab.

»Gewaltig, nicht?«, sagt sie, ohne ihn dabei anzusehen.

»Und wie. Ich bin platt wie eine Briefmarke.«

»Ich komme gern hierher. Vor allem in der Blütezeit der Linde. Die Luft ist während dieser Zeit mit dem süßlichen Blütenduft vermischt und im Geäst summt es wie im Bienenstock. Ein unbeschreibliches, beruhigendes Gefühl.«

Auf der gesamten Strecke hat Rose die Urne immerzu gestreichelt und mit unzähligen Küssen überhäuft. Wie ein Kleinkind seine liebste Puppe, so hielt sie das Gefäß auf dem Schoß.

Mark zerreißt es schier das Herz, wenn er seine Elfe leiden sieht.

Er steigt nach einigen Minuten aus und öffnet Rose die Tür. Er hält ihr die Hand hin, damit sie mit Coco leichter aussteigen kann und nicht ins Stolpern gerät.

»Riechst du es?«, fragt sie und hält immer noch seine Hand.

»Der Duft ist sehr intensiv. Das habe ich bisher so nie wahrgenommen und bin doch schon an einigen Linden vorbeigekommen. Vermutlich war ich immer zu abgelenkt.« Mark blickt sich erneut um. »Ein herrliches Plätzchen hast du dir ausgesucht.«

»An diesen Ort komme ich, wenn es mir schlecht geht und ich mich erden muss. Dabei lege ich meine Hände auf die von den Jahren gezeichnete Rinde. Ihre Rauheit und die tiefen Furchen lassen mich immer wieder erschaudern. Ich vertraue ihr auch meine Geheimnisse an. Ach, wenn sie nur sprechen könnte ... ich hätte ab und an gern ihren Rat gehört.«

Rose hält einen Moment inne und sieht auf die Urne. Sie seufzt und schaut in die Natur. »Die Aussicht auf die Berge und die Weite lassen mich ganz klein dastehen. So kommen mir dann meine Probleme auch vor. Und kleine Dinge kann man besser bewältigen, oder nicht?«

»Deinen Optimismus möchte ich haben. Vor allem in diesem Moment.«

»Das sagst ausgerechnet du? Wer von uns beiden möchte mit einer Unbekannten sein Leben verbringen?«

»Eine Unbekannte bist du nun auch wieder nicht. Wir haben letztens viel Zeit miteinander verbracht. Auch wenn es aus unerfreulichen Gründen geschah.«

»Ich möchte mich bei dir für deine Hilfe bedanken. Ohne dich wäre ich heute nicht hier.«

Rose stellt sich samt Coco auf die Zehenspitzen und gibt Mark einen Kuss auf die Wange. Sie bleibt länger in ihrer Position. Seine Nähe und Wärme scheinen ihr gutzutun. Er hat das Gefühl, sie sei etwas entrückt.

»Rose?«

Seine Stimme holt sie zu ihm zurück. Sie fragt sich, ob solche Gefühle in diesem Moment angebracht sind. Rose ignoriert ihre Gedanken und gibt Mark einen längst überfälligen Kuss.

»Ich ... bist du sicher?«, fragt Mark nach dem Kuss. Er wirkt aufgewühlt.

»Ich war mir noch nie so sicher.«

Über sein Gesicht breitet sich ein riesiges Lächeln aus. Er nimmt Rose und Coco fester in seine Arme und gibt ihr einen leidenschaftlichen Kuss. Sie verweilen einige Zeit in der wohltuenden Umarmung. Bis Mark Rose daraus entlässt. Er blickt ihr tief in die Augen, als er sie fragt: »Bist du bereit, Coco in den

Katzenhimmel zu entlassen und ihr ihren Frieden zu geben?«

»Bereit werde ich nie sein. Aber damit ich das Kapitel abschließen kann, muss ich loslassen.«

Rose umarmt die Urne ganz fest und drückt ihr ein letztes Mal einen Kuss auf die Pfote. Vorsichtig nimmt sie den Deckel ab und reicht ihn Mark.

»Lass es dir gut gehen, Coco.« Rose streut die Asche aus, die wie eine Wolke davonschwebt. »Ich werde dich auf ewig vermissen. Du wirst immer einen Platz in meinem Herzen haben.«

Mark nimmt Rose die leere Urne ab und zieht sich zurück. Er möchte ihr einen Augenblick mit Coco gewähren.

Während Rose in Gedanken verweilt, holt er den Picknickkorb aus dem Auto und breitet die Decke unter dem Baum aus. Er schenkt sich einen Kaffee ein und nippt daran. Die atemberaubende Aussicht und das Summen sind für ihn reine Meditation, die natürliche Geräuschkulisse Balsam für die Seele. Keine Hektik ist zu spüren. Es ist, als wäre er in einer anderen Zeit. Mark kann Rose gut nachvollziehen, warum es ihr Lieblingsplatz ist.

Nach einer Weile setzt sich auch Rose zu ihm. Er hält ihr einen Becher Kaffee hin.

»Danke.« Sie nimmt einen Schluck. »Es hat sich befreiend, aber auch endlich angefühlt.

Ich bin sicher, dass Coco ins Paradies gelangt ist und somit im Schlaraffenland.«

»Das glaube ich auch.« Er blickt in den Korb. »Hast du Hunger?«

»Jetzt, wo du es ansprichst, meldet sich mein Magen.« Rose hält die Hand auf den Bauch. »Ich hatte die letzten Tage keinen allzu großen Appetit.«

Mark nickt und reicht ihr ein Brötchen.

Sie muss an sich halten, um es nicht allzu gierig zu verschlingen.

Gemeinsam genießen sie die Natur. Der Gesang der Bienen wird durch Vogelgezwitscher ergänzt. Ansonsten nichts. Keine nervenden Handys und hupenden Autos. Genauso, wie wenn er mit seinen Kumpels eine Bergtour unternimmt.

Mark schreibt sich hinter die Ohren, dass er regelmäßig mit Rose oder allein hierherfahren wird. Am liebsten würde er für immer hierbleiben. Leider hat dieser Ausflug eine Endzeit.

»Möchtest du dich noch mal von Coco verabschieden? Ich räume derweil zusammen.«

»Danke, das ist nett von dir.«

Mark wartet unter dem Baum auf Rose und Arm in Arm verlassen sie den idyllischen Platz.

Rose hält die Urne erneut fest in den Händen. Jedoch diesmal ohne Coco, was ihr Herz schmerzen lässt. Auch die Küsse bleiben aus. Die gesamte Heimfahrt über ist sie in sich gekehrt und sagt kein Wort.

»Was ist los?« Mark klingt besorgt.

Ihre Lippen beben und erneut bahnen sich Tränen ihren Weg. Sie schluchzt auf. »Ich kann heute Abend nicht allein sein. Meine Trauer überrollt mich soeben wie eine Dampfwalze. Die Emotionen habe ich nicht im Griff. In einem Augenblick bin ich glücklich und im Handumdrehen todtraurig.« Sie sieht ihn von der Seite an. »Kannst du bei mir bleiben?«

»Gewiss. In diesem Zustand lasse ich dich nicht gern allein. Ich fahre rasch bei mir vorbei, um ein paar Sachen zu holen. Leider muss ich morgen Sonntag einige Fälle aufarbeiten, die liegen geblieben sind. Ansonsten habe ich ein Problem mit meinem Chef.«

»Und das nur wegen mir.« Rose senkt ihren Kopf.

»Ach was! Du bist mir wichtiger! Mit meinem Vorgesetzten komme ich schon klar und wenn nicht, kündige ich.«

»Das sagst du so einfach daher. Zuerst musst du einen neuen Job finden.«

»Ach wo. Ich kann mich über die Runden schlagen, bis ich eine neue Festanstellung habe.«

»Meine Chefin wird keine Luftsprünge machen, wenn ich wieder auftauche. Ich habe mich seit ein paar Tagen nicht gemeldet. Meine Gedanken waren bei Coco und nicht bei dieser unfreundlichen Dame. Ich denke jedoch, dass ich sie nachher anrufe, wenn du in deiner Wohnung bist.«

»Gute Idee.« Wenige Minuten später parkt Mark das Auto am Straßenrand. »Da sind wir. Ich hole ein paar Dinge. Bin gleich zurück.«

Bevor er aussteigt, gibt er Rose über die Mittelkonsole hinweg einen Kuss. Wie ungewohnt es sich anfühlt! Aber auch ungewohnt schön.

Keine Viertelstunde später legt er seine Tasche auf die Rückbank und steigt ein. Ehe er den Motor startet, sieht er zu Rose. Ihre Augen sind gerötet, in den vergangenen Tagen der Dauerzustand. Daher fragt er unbekümmert. »Und? Was hat sie gesagt?«

»Mich ausgelacht.« Ihre Augen schwimmen in Tränen.

»Wie ausgelacht?« Er nimmt ihre Hand. Seine Stirn ist in Falten gelegt.

»Meine Chefin denkt, bei einem Haustier sei es nicht notwendig, in einem solchen Umfang zu trauern. Ich übertriebe maßlos. Ich könne mir ja eine neue Katze als Ersatz kaufen. Dann sei alles wieder gut.«

»Sind bei ihr sämtliche Sicherungen durchgebrannt?« Marks Stimme überschlägt sich.

»Morgen soll ich um sieben Uhr antraben. Das sind ganze zwei Stunden vor den Ladenöffnungszeiten. So früh war ich nur im Büro, wenn wir Inventar machten.«

Rose zieht die Nase hoch. »Sie will mich auf den neuesten Stand bringen. In meiner Abwesenheit sei einiges geändert worden. Das müssen ja unglaubliche Veränderungen sein, die da stattgefunden haben ...« Rose kämpft mit den Tränen. »So eine blöde Nuss!«

»Von Mitgefühl keine Spur. Hat sie keine Haustiere?«

»Ich vermute nicht. Sonst hätte sie nicht in dieser Weise reagiert. Zudem soll ich ihr bis Montag ausrichten, wie ich die neuen Bücher finde, die sie mir gestern per Post zustellen ließ.«

»Hä? Das ist nicht ihr Ernst.«

»Doch!«

»Sind es viele?«

»Das spielt doch keine Rolle. Das schaffe ich nie. Meine Trauer um Coco kann ich nicht einfach abschalten wie einen Lichtschalter und mich den Büchern widmen, obwohl ich diese liebe.«

»Brauchst du auch nicht. Wie viele Bücher musst du bis Montag lesen?«

»Drei.«

»Das passt.«

Erstaunt sieht in Rose an.

»Wenn ich eins lese, du eins liest und ich eins meiner Mama gebe, dann könnten wir das schaffen. In einer Leserunde wird es dir vermutlich leichter fallen, ein Buch zu lesen als allein. Was meinst du?«

»Du bist dir bewusst, dass es zwei Uhr nachmittags ist?«

»Sicher. Deshalb sollten wir jetzt beginnen. Je früher wir mit dem Lesen anfangen, umso eher sind wir durch und können die Bücher besprechen.«

»Okay«, antwortet Rose zaghaft.

»Ich sollte aber vielleicht zuerst meine Mama fragen.« Marks Lachen erfüllt den Wagen.

»Wäre wohl besser.« Rose stimmt in Marks Lachen ein.

»Ich habe ihr übrigens von uns erzählt.«

Roses Augen weiten sich.

»Nicht, dass wir ein Paar sind. Das waren wir dazumal noch nicht.« Er lächelt verträumt. »Aber dass ich dir beistehe, damit du nicht allein um Coco trauern musst, und dass ich dank dir wieder zum Lesen gefunden habe.«

Rose drückt Marks Hand. »Danke.«

Kapitel 12

Am späteren Nachmittag finden sich alle drei entspannt auf dem kleinen Balkon ein. Jeder vertieft sich in die Seiten seines Buches, während vor ihnen auf dem runden Minitisch eine frische Karaffe mit Wasser, Zitronenscheiben und duftender Minze steht. Die Gläser sind akkurat neben der Karaffe platziert. Marks Mama war gerade beim Backen, als er sie zu Hilfe rief. Nun verströmen selbst gemachte Muffins ihren süßen Duft und runden das gemütliche Beisammensein auf dem Balkon ab.

Für Mark ist es ungewohnt, einen Samstagnachmittag nur sitzend zu verbringen. Bewegt er sich doch in seiner Freizeit nonstop in der Natur und kann sich nicht stillhalten. Im Moment jedoch, scheint er wie aus dem Nichts diese Fähigkeit zu besitzen. Nicht einmal sein Fuß wippt hin und her – was Ben und Jon ihm regelmäßig vorwerfen, wenn sie auf einer Bank sitzen und die sich im Takt von Marks Fuß bewegt.

Rose ist es nicht recht, dass Mark seine Mama Adelheid ihr zuliebe einspannt. Vor allem für eine dermaßen kurzfristige Angelegenheit, die ein paar Stunden Zeit in Anspruch nimmt. Immerhin kennen sie sich nicht einmal. Aber das macht den Zusammenhalt in Marks

Familie ersichtlich. Wenn Not am Mann oder Frau ist, wird geholfen.

Mittlerweile reagiert Adelheid nicht mehr mit einer Schockstarre über Nachrichten, die mit dem Tod zu tun haben. Doch für sie und die Kinder wird der Tag immer präsent sein, obwohl es mittlerweile bald achtzehn Jahre her ist. Der Tag, der Adelheid um Jahre altern ließ und die Kinder von einer Sekunde auf die andere Erwachsene wurden. Das Lachen wich Tränen. Tränen, die wie Bäche über die Wangen rannen. Alle drei gaben einander so gut wie möglich halt. Doch wie kann man einander trösten, wenn jeder in seinem eigenen Selbstmitleid versinkt? Die Verwandten und Bekannten gaben sich die Türklinke in die Hand und brachten zu essen mit, sodass der Kühlschrank überquoll. Den dreien wäre es lieber gewesen, wenn die Verwandten den Ehemann oder Vater nach Hause gebracht hätten. Leider konnte ihnen niemand den Wunsch erfüllen.

Still und in sich gekehrt saßen alle drei auf dem Sofa oder am Küchentisch. Von den Gesprächen um sich herum nahmen sie wenig bis nichts wahr. Ab und zu nickten sie, so als hätten sie Anteil an der Unterhaltung. Abends waren sie dankbar, wenn die Tür nach dem letzten Gast ins Schloss fiel. Erst dann konnten sie unter sich sein und versuchen, das Geschehene zu verarbeiten. Die gut gemeinten Ratschläge, bemitleidenden Blicke und die aufmunternden Berührungen konnten sie nach einer Weile nicht mehr ertragen.

Einzig Frau Molinari konnte ihnen einen Weg aus der Dunkelheit zeigen. In kleinen Schritten kamen sie den Lichtstrahlen entgegen. Einige Rückschläge mussten sie einstecken. Mit einigen kamen sie besser zurecht als mit anderen. Zum Glück gab ihre Familienpsychologin nie auf und suchte immer andere Wege, um ihnen die Freude am Leben zurückzubringen, auch ohne den geliebten Mann und Vater. Am Anfang besuchten sie Frau Molinari dreimal die Woche. Mit der Zeit wurden die Abstände zwischen den Sitzungen länger, bis nach fünf Jahren eine Abschlusssitzung stattfand. Doch konnte man die Trauer archivieren?

Durch ihre feuerroten Haare blieb Frau Molinari Mark im Gedächtnis. Aber nicht nur deswegen. Sie hatte eine Art, seine Ängste hervorzuholen und zusammen daran zu arbeiten, die ihn immer wieder staunen ließ. Noch wenn er versuchte, diese zu verstecken.

Während der Pubertät suchte Mark Frau Molinari wieder auf. Er konnte dem Druck während der Ausbildung nicht standhalten und wollte seine Mutter nicht unnötig damit belasten. Noch heute konsultiert er nach Bedarf seine Psychologin und er schämt sich in keiner Weise dafür.

Bei der Begrüßung zog Adelheid Rose in eine herzliche Umarmung. Rose musste sich zusammenreißen, um nicht in Tränen auszubrechen. Erinnerte sie die Umarmung doch an ihre verstorbene Großmutter, die immer wusste, wann Rose eine herzliche Liebkosung oder ein aufmunterndes Wort benötigte. Leider musste sie die Welt viel zu früh verlassen. Wie alle geliebten Menschen.

Schweigsam verbringen sie die nächsten Stunden. Ein mattes Rascheln vom Umblättern der Seiten und das Zwitschern der Vögel ist zu vernehmen.

»Ich bin bei der Hälfte angelangt«, wirft Adelheid in die Runde, legt das Buch auf ihren Schoß und streckt sich.

»Was? Schon?« Mark sieht seine Mama mit großen Augen an.

»Ich bin kurz davor«, sagt Rose und sieht zu Adelheid, die ihre Brille von der Nase genommen hat. Nun hängt sie mit der Kunstperlenkette um ihren Hals. Ihr pechschwarzes Haar glänzt in der Sonne, als sie sich zum Tisch beugt und nach einem verführerischen Muffin greift.

»Wie macht ihr das? Ich habe erst ein Drittel geschafft.« Mark hält entmutigt sein Buch als Beweis hoch.

Beide Frauen brechen in Gelächter aus.

»Sehr witzig.«

»Alles gut.« Adelheid tätschelt beruhigend Marks Knie. »Vertreten wir uns ein wenig die Beine?«

»Gute Idee«, sagt Rose.

»Ich bleibe da und lese weiter.«

»Selbstverständlich bleibst du da. Die Frage war allein an Rose gerichtet. Denn wie, um Himmels willen, willst du uns sonst einholen?« Adelheid zwinkert Rose zu und erhebt sich vom Stuhl.

Mark brummelt missmutig eine Antwort vor sich hin und Rose neigt sich zu ihm hin und küsst seinen Scheitel.

»Bis später, mein Lesetiger.«

Lachend verlassen die beiden Frauen den Balkon und Adelheid hakt sich bei Rose unter. Er hört nicht mehr, wie die Eingangstür hinter den beiden ins Schloss fällt, so sehr ist er in seine Geschichte vertieft. Genau wie seine Elfe würde er Iron Maiden nicht spielen hören, noch wenn sie nebenan stehen würden. Er vergisst sich vollends und erschrickt derart, als die Frauen mit einer großen Pizzaschachtel zurückkehren. Als Folge davon lässt er sein Buch fallen.

»Mist!«

»Was ist denn?«

»Ich habe das Buch fallen lassen. Nun muss ich mich wieder einlesen.«

»Es gibt Schlimmeres.« Rose hält Mark die Schachtel vor die Nase. »Riech mal!«

»Hmmm, lecker. Da krieg ich gleich Hunger. Danke, meine Liebe.«

»Ich hole rasch Servietten«, meint Rose.

In der Zwischenzeit setzt sich Adelheid zu ihrem Sohn an den Minitisch und öffnet die Schachtel. Nebenher erkundigt sie sich: »Bist du mit deiner Lektüre vorangekommen?«

»Ja, bis auf vorhin, als mir das Buch zu Boden fiel.«

Adelheid schüttelt belustigt den Kopf.

Rose kehrt im Nu zurück. In der einen Hand die Servietten und in der anderen eine Karaffe mit frischem Wasser. Rose schenkt allen etwas kühles Nass nach und dann greifen alle wie auf Kommando gleichzeitig in die Schachtel. Dankbar, dass der Pizzaiolo die Pizza vorgeschnitten hat, ansonsten hätte es nun ein Desaster gegeben.

Ein heiteres Gelächter folgt. Es grenzt an ein Wunder, dass alle ein Stück ergattern konnten und die Schachtel sowie Gläser auf dem kleinen Tisch blieben.

»Tut das gut! Danke, dass ihr ans Essen gedacht habt.«

»Hmm«, nuschelt Rose.

Nach weiteren zwei Stücken reibt sich Mark den vollen Bauch und meint: »Jetzt habe ich wieder Energie für die restlichen Seiten.«

»Geht mir genauso.« Rose legt ihre Serviette in den Karton und steht auf. »Möchte jemand einen Kaffee, bevor der Verdauungsprozess anfängt, und die Energie wieder verpufft?«

»Gern einen Espresso.« Adelheid lehnt sich entspannt zurück.

»Für mich einen Kaffee, danke.« Und während Rose samt Karton in die Küche verschwindet, nutzt Mark die Zeit: »Hattet ihr einen schönen Spaziergang?«

Sie lächelt ihren Sohn an. »Ich weiß jetzt, warum du von ihr schwärmst. Ich fühlte mich während des gesamten Spaziergangs gut begleitet. Sie ist eine inspirierende und rücksichtsvolle Persönlichkeit.«

»Fertig über mich getuschelt. Ich komme mit dem Kaffee«, ruft Rose aus dem Wohnzimmer.

Für Mark ist sie viel zu schnell zurück.

Adelheid nimmt ihre Tasse entgegen und gönnt sich einen ersten Schluck der braunen Flüssigkeit. Sie seufzt zufrieden und angelt sich ihr Buch. »Na dann.«

Als Mark die Stelle im Buch wiederfindet, sind beide Frauen bereits wieder tief in ihre Geschichten eingetaucht.

Der Nachmittag verging wie im Fluge und die Sonne wird gleich den Horizont küssen. Die Wärme des Tages weicht und es wird kühl.

»Ich habe noch zwanzig Seiten zu lesen«, sagt Adelheid. »Aber langsam wird es mir zu frisch hier draußen, doch die letzten Seiten beiße ich durch. Nur mit dem Licht wird es für meine alten Augen schwierig. Hast du eine Außenlampe, die du anknipsen könntest?«

»Bedauerlicherweise nicht.« Rose schüttelt den Kopf. »Verlegen wir unseren Buchclub ins Wohnzimmer. Da haben wir Licht und es ist wärmer. Wer will noch einen Kaffee?«

»Da sage ich nicht Nein.« Mark erhebt sich vom Stuhl und streckt sich. Die beiden Frauen tun es ihm gleich. Rose geht voran in die Küche und während sie dort hantiert, setzen sich Mark und Adelheid auf das Sofa. Adelheid ist erstaunt über die Vielzahl von Büchern, die im Wohnzimmer gestapelt sind. Am Nachmittag hat sie diese nicht wahrgenommen. Zu sehr war sie mit Rose ins Gespräch vertieft.

»Rose könnte eine eigene Bibliothek eröffnen. Der Anzahl der Bücher nach zu urteilen, die sie hier herumstehen hat.«

Mark lächelt. »Das stimmt und du siehst nur einen kleinen Teil davon.«

»Wie meinst du das?«

»In den anderen Zimmern befinden sich mindestens gleich viele Bücherstapel wie hier. Aber ich denke kaum, dass sich Rose von denen trennen möchte.«

»Von was will ich mich nicht trennen?«, fragt Rose, die die letzten Worte aufgeschnappt hat, als sie mit dem Kaffee und den Keksen zu den beiden stößt.

»Von deinen unzähligen Büchern«, meint Adelheid. »Ich bin überwältigt, wie viele du hier herumstehen hast. Hast du die alle schon gelesen?«

»Die meisten. Ich habe alles fein säuberlich in Stapel aufgeteilt, damit ich weiß, was ich schon gelesen habe und was noch nicht, oder mit welchen ich mich momentan beschäftige.«

»Du liest Bücher parallel?«

»Warum nicht?«

»Unglaublich! Für mich ist deine Wohnung das reinste Paradies. Überall, wo ich hinsehe, sind Bücher.« Sie steckt sich seufzend ein Kissen in den Rücken, damit sie nicht zu weit nach hinten rutscht. »So, fertig geträumt. Nun sollten wir zu Ende lesen, damit wir unsere Bücher im Nachgang besprechen können. Das ältere Semester unter euch hat Mühe, bis in die Morgenstunden wach zu bleiben.« Lächelnd lehnt sich Adelheid an ihr Kissen und liest weiter.

Rose wirft Mark einen belustigten Blick zu, bevor auch sie sich wieder dem Buch widmet. Er erwidert ihn und beobachtet eine Weile seine Elfe, während sie liest – obwohl er den Anblick in- und auswendig kennt. Widerstrebend wendet er seinen Blick ab und trinkt einen Schluck Wachmacher. Erst dann befasst er sich mit den restlichen Seiten seiner Geschichte.

Kapitel 13

Den gesamten Abend verbringen sie mit dem Besprechen der Bücher. Adelheids Erzählungen sind bildlich, und sie gestikuliert, um den Worten mehr Bedeutung zu verleihen. Ihre Bewegungen sind derart ausladend, dass sie einen Stapel Bücher neben dem Sofa wegfegt. Ihr Schreck weicht einem glockenhaften Lachen, in das Rose und Mark einstimmen. Noch während des Lachanfalls kniet sich Rose nieder, um den Stapel in Ordnung zu bringen.

Durch Adelheids Erzählungen fühlt sich Rose mitten in die Geschichte katapultiert. So als hätte sie das Buch selbst gelesen.

Mark hingegen hält seine Zusammenfassung kurz und bündig. Er hasst es auch heute noch, wenn er gelesene Bücher präsentieren muss.

Jedenfalls genießt Rose die unerwartete Ablenkung. Ihre trüben Gedanken über Cocos Tod und der Termin mit ihrer Chefin sind für eine Weile vergessen. Das Zusammensein gibt ihr ein Gefühl der Geborgenheit, obwohl sie Adelheid erst seit einigen Stunden kennt. Man muss sie einfach gern haben. Ihre herzliche Art und ihre gute Laune stecken einen an. Ob man es möchte oder nicht.

In den frühen Morgenstunden, was alles andere als normal für Adelheid ist, verabschiedet sie sich von ihnen. Für jeden gibt es eine dicke Umarmung.

»Ich wünsche dir am Montag einen guten Wiedereinstieg. Und lass dich von deiner Chefin nicht unterkriegen. Genießt den Sonntag.«

»Danke.«

Später liegen sie Arm in Arm in Roses Bett. Sie diskutieren eine Weile im Dunkeln. Es ist nicht nur die angeregte Buchdiskussion, die sie nicht schlafen lässt, sondern das Wissen, dass es ihre erste gemeinsame Nacht ist. Die vergangene Nacht auf dem Sofa zählt nicht.

Der Morgen kommt wie immer viel zu früh. Marks Plan ist es, um acht Uhr im Büro einzutreffen, seinen Stapel Dossiers abzuarbeiten und am frühen Nachmittag wieder bei Rose zu sein. Er hofft, dass alles klappt.

Solidarisch steht Rose mit ihrem Liebsten auf. Während er unter der Dusche steht, wirft sie die Kaffeemaschine an und binnen kürzester Zeit erfüllt der Duft nach frischen Bohnen die Küche. Sie blickt aus dem Fenster und ein Lächeln breitet sich auf ihrem Gesicht aus. So kann es für immer bleiben.

Kaum hat sie den Gedanken zu Ende gedacht, schlingen sich zwei Arme von hinten um ihre Mitte. In ihrem Bauch beginnen die Schmetterlinge wie wild umherzuflattern.

Eilig schlürft Mark seinen Kaffee, denn er ist spät dran. Widerwillig verabschiedet er sich von Rose. Doch er weiß, wenn er heute nicht einen deutlichen Fortschritt macht, wird sich sein Verhältnis zu seinem Vorgesetzten noch mehr zuspitzen. Das würde morgen in einem Desaster enden. Und auf das kann er verzichten.

Entgegen seinen Vorstellungen kehrt Mark erst abends zu Rose zurück. Der Stapel war um einiges höher und mit schwierigeren Fällen bestückt als angenommen. Wer ihm diese Fälle zugeschoben, ist klar.

»Na, endlich.« Rose schlingt ihre Arme um ihn. »Ich dachte schon, du kommst nicht mehr.«

»Hättest du denn nach mir gesucht?«

»Vermutlich.« Sie beißt sich provozierend auf die Unterlippe.

»Du kleiner Frechdachs!« Mark hebt sie hoch und trägt sie aufs Sofa. Über ihr kniend knöpft er ihre Bluse auf und bedeckt sie mit Küssen.

»Mark?«

»Ich bin beschäftigt.« Seine Augen leuchten vor Erregung und er senkt seinen Kopf auf ihre Brust, um sie zu liebkosen.

Das Klingeln an der Tür lässt ihn innehalten. Er hebt den Kopf und sieht Rose fragend an.

»Vreni von der Tierauffangstation holt die Sachen von Coco.«

»Bist du dir sicher? Ist es noch nicht zu früh?« Seine Begierde ist verflogen.

»Ich muss einen Schlussstrich ziehen. Ansonsten kann ich mich nicht meiner Trauer hingeben.«

Mark steht auf und reicht Rose die Hand. Sie knöpft sich die Bluse zu und Mark öffnet derweil die Tür.

»Hallo. Ich bin die Vreni und das ist mein Sohn Nino.«

»Mark. Freut mich. Kommt bitte herein. Rose ist im Wohnzimmer.«

»Hallo zusammen.« Rose kniet neben die Auslage von Cocos Sachen.

Mark fragt sich, ob er diese vorhin übersehen hat, oder ob Rose alles in so kurzer Zeit ausgebreitet hat.

»Schaut euch die Sachen in Ruhe an. Ihr dürft aussuchen, was ihr benötigt.«

»Das ist das reinste Paradies. Du hast dich sehr gut um deine Katze gesorgt.«

Sie nickt. »Meistens sehen wir nur das Gegenteil.« Ein Stöhnen entweicht ihrer Kehle. »Es zerbricht mir das Herz, wenn ich erfahre, dass Personen, wie du, das geliebte Tier auf tragische Weise verlieren. Wohingegen andere, die das Tier misshandeln, nicht zur Rechenschaft gezogen werden. Geschweige denn eine Mahnung von den Behörden erhalten.« Ihre

Stimme wird lauter und sie hat ihre Hände in die Seite gestemmt.

»Mama, reg dich bitte nicht auf. Denk an deinen Blutdruck.«

»Ja, mein Junge. Erst zwölf, aber ein kleiner Naseweis.« Sie rubbelt ihm durch die Haare und lächelt ihn liebevoll an.

»Möchtet ihr einen Tee, um die Nerven zu beruhigen?«

»Liebend gern. Aber hast du auch einen Kaffee?«, fragt Vreni.

Kurze Zeit später sitzen alle, außer Nino, um den Küchentisch und unterhalten sich. Vreni weiß viel über die ungerechte Behandlung der Tiere zu erzählen und auf was für Spenden sie angewiesen ist.

Nach einer gefühlten Ewigkeit stößt ein überglücklicher Nino zu ihnen an den Küchentisch.

»Es sind alles tolle Sachen und wie neu!« Seine Augen strahlen. »Das habe ich noch nie gesehen, Mama.«

»Das ist wie ein Lotteriegewinn!« Vreni lächelt ihrem Sohnemann zu. »Wir haben strikte Trennung, müsst ihr wissen. Nino ist für das Zubehör wie Spielzeug, Bürsten, Leinen, Schlafstätten und vieles mehr zuständig und ich für die Gesundheit der Tierchen. Ich bin Tierärztin, arbeite aber nicht mehr aktiv auf dem Beruf. Daher wende ich mich bei Fragen an einen ehemaligen Studienkollegen, der eine

Praxis führt. Und bei Notfällen kann ich ihn immer kontaktieren.«

»Mama? Wann gehen wir nach Hause?«

Vreni und Rose blicken gleichzeitig auf die Backofenuhr.

»Oh! Schon nach zehn«, entfährt es Vreni. »Da habe ich wohl zu viel geplappert. Ich trinke rasch meinen Kaffee aus, dann können wir packen und uns auf den Weg machen.«

»Lass mal. Ich packe mit Nino die Sachen, die er möchte, in einen Sack und du trinkst in Ruhe deinen Kaffee aus«, meint Rose und verlässt gemeinsam mit Nino die Küche.

Vreni lehnt sich über den Tisch und flüstert: »Ist sich Rose sicher, dass sie die Sachen schon jetzt weggeben will? Was ist, wenn sie in einem halben Jahr wieder eine Katze möchte?«

Mark lehnt sich ebenfalls nach vorn. »Ich habe sie dasselbe gefragt. Sie möchte einen Schlussstrich ziehen und da muss alles weg.«

»Okay. Ansonsten weiß sie ja, wo sie mich finden kann.« Sie trinkt den letzten Schluck kalten Kaffee und erhebt sich. »Wo kann ich die Tasse hinstellen?«

»Lass nur. Das mache ich nachher.«

»Danke.«

Gemeinsam treten sie ins Wohnzimmer und staunen nicht schlecht. Neben Rose und Nino stehen zwei große Säcke und ein dritter wird befüllt.

»Das alles?«, fragt Vreni verblüfft.

»Aber sicher«, bekräftigt Rose. »Ich habe im Bad noch einen weiteren Sack. Mark, könntest du den bitte holen?«

Mark tut wie geheißen.

»Ich weiß nicht, ob ich dir genügend bezahlen kann, Rose.« Vreni traut sich nicht, Rose in die Augen zu sehen.

»Wer spricht hier von bezahlen? Ich spende es.«

Nino und seine Mama starren Rose an. Jeder nach den geeigneten Worten suchend.

Nino, der neben Rose kniet, umarmt sie so heftig, dass sie fast umgefallen wären. Dank Mark, der gerade die Sachen vom Bad abstellte, konnte sie das Gleichgewicht wiederfinden.

»Hoppla.«

»Danke viel … viel … vielmals! Du bist toll.« Nino lässt von Rose ab.

»Schon gut, Nino.« Sie fährt ihm übers Haar.

Glücklich verlassen Vreni und Nino die Wohnung, je einen Sack in der Hand. Mark bleibt mir Rose zurück und nimmt sie in den Arm. Er küsst sie im Wissen, dass es für sie momentan nicht einfach ist. Wenig später nickt er ihr zu und verlässt die Wohnung. Auch er trägt einen Sack mit.

Rose sieht sich im Wohnzimmer um. Alles weg. Dasselbe macht sie mit den restlichen Räumen. Gleichzeitig strömen Schmerz und

Erleichterung durch ihren Körper. Bevor sie von ihren Gefühlen übermannt wird, eilt sie nach draußen.

»Bis auf den letzten Zentimeter ausgenutzt.« Vreni lacht und klopft auf das Verdeck. »Ich bin überwältigt. Das hilft uns in hohem Maße.« Sie drückt Rose. »Danke für deine großzügige Spende.«

»Ich bin froh, wenn ich euren Tieren etwas Gutes tun kann.«

»Du bist jederzeit zu einem Besuch bei uns eingeladen«, meint Nino und strahlt sie an. »Ich führe dich persönlich umher.«

»Sobald ich so weit bin, werde ich euch besuchen.«

»Machen wir uns auf den Weg, Nino.«

Sie winken einander zu, bis der Wagen vom Parkplatz weg ist. Auch wenn es schon finster ist. Die Geste zählt.

Kapitel 14

Der Schlaf wird nach wenigen Stunden durch den Wecker unterbrochen. Mit kleinen Augen sehen sie sich an und würden am liebsten wieder unter der Decke verschwinden. Nur der Gedanke daran, was sie nachher erwartet, lässt kein gutes Gefühl hochkommen. Doch dann siegt die Vernunft und sie entweichen der wohligen Wärme.

Nach einer kalten Dusche – jeder allein – ansonsten würden sie die Wohnung heute nicht mehr verlassen, nehmen sie ein kurzes Frühstück im Stehen ein. Hand in Hand verlassen sie die Wohnung.

»Wie fühlst du dich, Rose?«

»Nervös und angespannt. In meinem Magen herrscht ein flaues Gefühl, wenn ich an nachher denke und gleichzeitig finde ich Gefallen daran, mit dir hier am Bahnsteig auf den Zug zu warten. Nie hätte ich mir vorstellen können, mit meinem Freund zusammen zur Arbeit zu fahren.« Rose stellt sich auf die Zehenspitzen und gibt Mark einen Kuss. »Und wie fühlst du dich?«

»Mir ergeht es wie dir. Wenn ich an die Arbeit und meinen Chef denke, fühle ich mich miserabel. Aber dank deiner Anwesenheit und dem vergangenen Wochenende könnte ich Bäume ausreißen.«

»Wird hier am Bahnhof ein schwieriges Unterfangen.«

Mark stupst Rose freundschaftlich in die Seite. »Sehr witzig! Sehen wir uns heute Abend?«

»Mit Vergnügen. Ich denke, ich kann deine moralische Unterstützung gut gebrauchen. Frau von Ballmoos wird sicher kein gutes Haar an mir lassen.«

»Ich bin in Gedanken bei dir, meine Elfe.« Mark zieht sie an sich. »Wenn es gar nicht geht, dann rufst du mich an. Versprochen?«

»Versprochen.« Rose legt ihren Kopf auf seine Brust.

Mit gemischten Gefühlen schlendert Rose durch die historische Altstadt von Bern, die zum UNESCO-Weltkulturerbe gehört. Sie liebt es, frühmorgens durch die Gassen zu gehen. Zu dieser Zeit sind diese größtenteils leer und nicht mit Touristen vollgestopft.

In der Münstergasse angelangt, öffnet Rose die Tür zur Buchhandlung und tritt ein. Der Verkaufsraum liegt im Dunkeln. Was nicht außergewöhnlich ist, da der Laden noch nicht geöffnet hat und trotz Sonnenschein immer das Licht angemacht werden muss. Rose findet den Weg zum Büro ihrer Chefin, auch ohne das Licht anzumachen. Mit feuchten Händen klopft sie an, während ihr Herz bis zum Hals schlägt. Keine Antwort. Rose klopft erneut. Auch diesmal reagiert niemand. Sie öffnet die Tür und späht hinein. Leer. Ein Blick auf ihr Handy zeigt sieben Uhr, was die vereinbarte Zeit ist.

Rose zuckt mit den Schultern. Vielleicht wurde ihre Chefin aufgehalten oder hatte eine Panne. Der Gedanke, dass sie in diesem Moment versetzt wird, schleicht sich kurz ein. Rose schiebt den aber umgehend zur Seite.

Bis zur Ladenöffnung bleiben immer noch gute zwei Stunden. Genug Zeit, um die Änderungen zu besprechen, auch wenn sie zu spät kommt.

Nach einer Viertelstunde wird Rose das Warten zu dämlich und sie holt sich im Personalraum eine kalte Schokolade.

Mit dem Becher in der Hand schlendert sie zurück zum Verkaufsraum. Nun macht sie Licht, um den Raum zu inspizieren. Hier scheint alles beim Alten. Die Regale stehen noch am selben Ort, die kleinen Verkaufsartikel sind noch da, nur das Schaufenster ist neu dekoriert. Aber das kann nicht der Grund sein, dass sie ihre Chefin so früh herzitiert hat.

Rose setzt sich auf den Stuhl hinter der Verkaufstheke und trinkt ihre kalte Schokolade. Dann schaltet sie den Computer an und sieht die Bestellungen und Lieferungen durch. Auch hier gibt es keine auffallende Veränderung.

Rose kehrt mit dem leeren Becher in den Personalraum zurück. Ihre Augen suchen automatisch ihr Postfach. Keine Mitteilung und keine neuen Leseexemplare. Sie runzelt die Stirn, erwartete sie doch zwei neue Bücher. Und warum ist ihr Namensschild nicht mehr angeklebt? Sie blickt auf die anderen Fächer. Alle fein säuberlich angeschrieben und gefüllt.

Rose schüttelt den Kopf und geht zum Tisch, wo sich die Namensschilder zum Anstecken befinden. Sie sucht in der Schale und leert dann den gesamten Inhalt auf den Tisch. Doch ihres findet sie nirgends.

»Dieses Biest!«, zischt sie und ballt die Hände zu Fäusten.

»Guten Morgen.« Rose wendet sich erschrocken der Stimme zu. »Du bist aber zeitig hier.«

»Hallo, Anita. Frau von Ballmoos hat mich herzitiert. Aber sie ist nicht erschienen.«

Die ältere Frau legt die Stirn in Falten. »Das sieht ihr nicht ähnlich, dass sie zu dieser frühen Stunde hier auftaucht.« Wie immer hat sie ihre Lesebrille auf der vorderen Nasenspitze platziert und trägt ein bodenlanges Kleid.

»Sie wollte mich über gewisse Änderungen informieren, da ich eine Woche abwesend war.«

Anita tritt an sie heran und nimmt sie in den Arm. »Mein Beileid zum Verlust von Coco.« Sie hält ihre Kollegin eine Ellbogenlänge von sich und sieht ihr in die Augen.

»Wie geht es dir? Kommst du zurecht? Die Chefin hat nebenher den Grund für deine Abwesenheit erwähnt.«

»Danke für dein Mitgefühl. Unsere Chefin hat dies anscheinend nicht. Sie meint, dass ich mir eine neue Katze kaufen soll, dann käme alles in Ordnung.«

»Das darf nicht wahr sein!« Ihre Augen weiten sich.

»Doch! Zum Glück ist mir Mark zur Seite gestanden.«

»Mark?«

»Erzähle ich dir in der Mittagspause. Ist eine längere Geschichte.« Rose lächelt verlegen. »Da Frau von Ballmoos nicht da ist, denke ich, dass du mich sicher über die Änderungen informieren kannst. Ich habe gesehen, dass im Verkaufsraum alles gleich ist, wie vor zwei Wochen.«

»Das stimmt. Mir fällt nichts ein, das als wichtige Veränderung zu verbuchen wäre. Wohingegen mir dein Mark viel interessanter erscheint.«

»Mark kann warten!«

Die forsche Stimme lässt die Kolleginnen herumfahren. Ihre Chefin, Frau von Ballmoos steht im Türrahmen. Ihr makelloser dunkler Hosenanzug zur weißen Bluse sitzt tadellos. Die dunkelblonden Haare hat sie zu einem eleganten Dutt drapiert, und die schwarze Brille verleiht ihr das Aussehen einer Dozentin.

»Würden Sie mich bitte ins Büro begleiten, Frau Zimmermann. Wir haben einen Termin.« Ohne auf eine Antwort zu warten, dreht sie sich auf ihren Pfennigabsätzen um und läuft den Flur entlang. Das Klick-Klack verheißt nichts Gutes.

Anita drückt Rose aufmunternd den Arm. Rose folgt der Chefin mit gesenktem Kopf.

Ehe Rose das Chefbüro betritt, fährt sie sich durch die Haare und streicht ihre Bluse glatt. Sie klopft an und tritt ein.

»Sie wünschen?«, fragt Rose der Form halber.

»Machen Sie die Tür zu und setzen Sie sich.« Ihre Stimme klingt kalt und abschätzig, als sie sagt: »Ich hoffe, es geht Ihnen besser.«

»Ja, danke.« Rose erstaunt die Reserviertheit der Chefin nicht mehr.

»Ich vermute, dass Sie die Anzeichen der bevorstehenden Kündigung bemerkt haben?«

Rose nickt. Ihre Kehle ist trocken wie die Sahara. Obwohl sie sich eins und eins zusammengezählt hat, schmerzt es. Ihr Herz krampft und der Druck auf der Brust ist schier unerträglich. Nach dem Verlust von Coco soll sie nun auch ihre Arbeit mit den geliebten Büchern verlieren?

»Wir beide waren nicht immer auf derselben Wellenlänge …« Frau von Ballmoos holt Rose ins Büro zurück. »Der Schritt mit der Kündigung ist nicht einfach für mich.« Sie knetet ihre Hände. »Es betrifft nicht nur Sie, sondern die ganze Firma.«

»Warum kündigen Sie mir?«, fragt Rose mit bebender Stimme und richtet sich auf. »Ich bin mir keines Vergehens bewusst.«

»Stimmt. Sie waren eine Bereicherung für uns und waren eine engagierte Mitarbeiterin, die immer neue Kunden anlockte. Dafür danke ich Ihnen. Der Grund, warum ich Ihnen kündigen muss ... sind Sparmaßnahmen.«

»Wie bitte?« Rose glaubt, sich verhört zu haben. »Warum kommen Sie nicht eher auf mich zu? Ich hätte vorübergehend mein Pensum reduzieren können oder unbezahlten Urlaub beziehen. Vielleicht hätte ich eine Idee gehabt, um den Umsatz zu steigern?«

Frau von Ballmoos zieht eine Augenbraue hoch.

»Wir hätten andere Buchhandlungen aufsuchen und gemeinsame Events organisieren und durchführen können. Wir hätten zusätzliche Lesungen durchführen können, oder Kindernachmittage. Warum stellen Sie mich vor vollendete Tatsachen?«

»Glauben Sie mir. Ich habe alles durchgerechnet. Habe mir zusätzlich externe Unterstützung geholt. Doch mein Vorgänger hat schlecht gewirtschaftet. Nun stehen wir hier und ich muss Sie entlassen. Glauben Sie mir, es gibt keine andere Möglichkeit.« Sie reicht Rose über den Tisch hinweg ein Blatt. »Darf ich Sie bitten, den Erhalt des Kündigungs-schreibens zu unterzeichnen?«

»Da habe ich keine andere Wahl, oder?« Ihr fragender Blick sucht den ihrer Vorgesetzten. Diese schüttelt emotionslos den Kopf.

Die wenigen Sätze sind rasch gelesen. Rose setzt geknickt ihre Unterschrift darunter.

Ihre ehemalige Chefin erhebt sich, nimmt das Blatt und fertigt eine Kopie an. Das erinnert Rose umgehend an die Situation vor wenigen Tagen beim Abholen von Coco. Die Kopie steckt Frau von Ballmoos in den auf dem Tisch vorbereiteten Umschlag. »Damit Sie sich nicht bis zum Ende der Kündigungsfrist quälen müssen, gebe ich Ihnen ab heute frei. Ich will ja kein Unmensch sein.«

»Sie erwarten nun aber kein Dankeschön von mir, oder?«

Kopfschüttelnd hält sie Rose den Umschlag hin. »Ihr Arbeitszeugnis befindet sich ebenso da drin.«

Wortlos nimmt Rose das Kuvert entgegen. Als sie sich ebenfalls erhebt, fragt sie: »Somit benötigen Sie die Rezensionen zu den drei Büchern, um die Sie mich gebeten haben, nicht mehr, oder?«

Verdutzt sieht ihre Chefin Rose an, hat sich aber umgehend wieder unter Kontrolle. »An die habe ich nicht mehr gedacht. Gern werde ich Ihre Beurteilungen lesen, wenn Sie sie mir aushändigen würden? Danke für Ihre Arbeit.«

»War bis vorhin mein Job. Weiß Anita von meiner Kündigung?«

»Nein. Ich wollte zuerst mit Ihnen sprechen.« Frau von Ballmoos dreht sich ab und verlässt das Büro. Rose folgt ihr mit einigen Schritten Abstand. Ihr Kopf ist leer. Eine Standpauke hatte sie erwartet, aber nicht die Kündigung. Fragen schießen ihr durch den Kopf, auf die sie nie eine Antwort erhalten wird.

Frau von Ballmoos überbringt Anita die Neuigkeit. Darauf folgt von Anita ein Proteststurm. Doch Frau von Ballmoos lässt alles an sich abprallen und winkt diesen mit einer Handbewegung weg. Mit strenger Stimme gibt sie den angedachten Plan für die kommenden Tage durch: »Bis sich alles eingependelt hat, werden die ersten Tage ein wenig chaotisch sein. Die Ladenzeiten werden verkürzt, damit Sie und ich keine Überstunden leisten müssen. Ich hoffe, dass wir dadurch bald wieder schwarze Zahlen schreiben werden. Das ist momentan das einzige Ziel, das wir verfolgen.«

Rose tritt zu ihnen. Die Stimmung ist geladen, wie kurz vor einem Blitzeinschlag.

»Sie können sich in Ruhe voneinander verabschieden.« Und explizit zu Rose meint Frau von Ballmoos: »Für Sie, Frau Zimmermann, ist Abschiednehmen ja nichts Neues. Nicht wahr?« Mit diesen Worten verlässt sie den

Raum. Das Klick-Klack ihrer Schuhe ist zu hören, bis sie ihre Bürotür schließt.

Rose hätte schwören können, dass Ihre ehemalige Chefin vorhin bei der Kündigung lieblicher war. Vermutlich war es reine Taktik.

»Was denkt die sich dabei?« Anita gestikuliert wild. »Sie hat was von Zahlen geschwafelt, die nicht stimmen sollen? Das kann ich nicht glauben! Unser vorheriger Chef war immer korrekt und hat seine Buchhaltung akribisch erledigt. Die führt etwas anderes im Schilde.«

»Ich verstehe es auch nicht.« Rose schüttelt den Kopf. »Ich bedaure, dass ich nicht mehr mit dir zusammenarbeiten kann. Es hat mir viel Freude bereitet, mit dir über Bücher und Autoren zu debattieren. Das wird mir furchtbar fehlen. Ebenso das Ambiente in unserem kleinen, aber feinen Verkaufsladen. Und natürlich die Altstadt.« Rose seufzt. »Aber irgendwie bin ich auch froh.«

»Froh?« Anitas Augenbrauen wandern nach oben.

»Ja. Ich hatte keinen guten Start mit der von Ballmoos und wurde nie warm mit ihr. Ihre Kaltherzigkeit beim gestrigen Telefonat ... und soeben diese spitze Bemerkung ...« Rose schüttelt sich. »Das genügt mir. So eine Vorgesetzte brauche ich nicht.«

»Da stimme ich dir zu. Ich persönlich kann es auf geschäftlicher Ebene gut mit ihr. Doch

Privates werde ich mit ihr nie so teilen können wie mit dir. Ich bin neugierig, wie es weitergehen soll. Vermutlich werden wir an diesem Standort bald komplett zumachen. Jedenfalls, wenn unsere Chefin, an einem ihrer schlechten Tage, die Kunden bedient.« Anita atmet tief durch. »Und was wirst du nun machen? Fichtst du die Kündigung an?«

»Nein, das werde ich nicht. Was ich künftig mache?« Rose zuckt mit den Schultern. »Den Stellenanzeiger lesen?«

Anita stupst sie an. »Du findest bestimmt bald eine Anstellung.«

»Kann sein. Oder ich verfolge meinen Traum eines eigenen Buchladens.«

»Da würde ich dich zu hundert Prozent unterstützen. Allein wenn ich dadurch der von Ballmoos eins auswischen könnte.«

»Pass auf, was du sagst. Immerhin wirst du weiterhin mit ihr zu tun haben.«

»Ich befürchte nichts. Komm, lass dich drücken.«

Die Kolleginnen liegen sich für eine Weile in den Armen. Rose löst sich als Erste daraus und sieht Anita an. »Na dann ... hole ich meine Sachen und verabschiede mich von meiner ehemaligen Chefin. Ich wünsche dir alles Liebe, Anita.«

»Ich dir auch. Mach's gut, Rose.«

Kapitel 15

Als Mark nach der Arbeit ihre Wohnung betritt, findet er Rose lesend auf dem Balkon. Was um diese Uhrzeit außergewöhnlich ist. Er selbst hat heute eher Feierabend gemacht, um seine Elfe mit einem Abendessen zu überraschen. Es muss also etwas im Busch sein.

»Und, wie war es?« Sie hebt ihren Kopf, und er küsst sie zärtlich. Während Rose das Buch zur Seite legt, setzt sich Mark neben sie auf den freien Hocker. »Erzähl. Ich bin gespannt wie ein Flitzebogen.« Er nimmt ihre Hand und schaut ihr tief in die Augen.

»Heute hatte ich um zehn Feierabend. Toll, oder?« Ihr Lachen klingt gequält.

»Um zehn?«

»Sie hat mir gekündigt.« Ihre Augen schimmern.

»Was?« Mark sieht seine Elfe fragend an. Ihm fallen fast die Augen heraus.

»Du hast richtig gehört. Sie hat mir gekündigt.«

»Aus welchem Grund?«

»Sparmaßnahmen.«

»Das glaubt sie doch selbst nicht!«

Die Tränen bahnen sich ihren Weg. »Dabei habe ich mir stets Mühe gegeben und bin mir keines Verschuldens bewusst. In den drei Jahren, die ich dort arbeitete, war ich nicht einmal krank! Sämtliche Rückmeldungen der Kunden waren immer positiv. Sogar Neukunden kamen wegen mir in den Laden.«

Mark reicht ihr sein Taschentuch. »Wenigstens hat sie unsere Blitzaktion von gestern gewürdigt.« Roses erste Enttäuschung ist verraucht und sie lächelt schwach. »Obwohl wir nicht dieselbe Wellenlänge hatten, tat sie sich mit der Entscheidung schwer.«

»Inwiefern?«

»Sie hat meine Arbeit geschätzt und ich sei eine Bereicherung für die Buchhandlung gewesen. Was sie im Arbeitszeugnis ebenfalls schreibt. Aber das Ganze irritiert mich.«

»Pha! Mit dem kannst du dir nichts kaufen. Das ist doch nur geflunkert, damit sie im Guten mit dir auseinandergeht. Ich würde dein Arbeitszeugnis gern lesen. Nicht dass sie Bemerkungen zwischen den Zeilen versteckt hat. Unglaublich!« Mark schüttelt den Kopf. »Aber eine Kündigung, die vom Arbeitgeber ausgesprochen wird, ist meistens nicht nachzuvollziehen. Am besten ist, wenn du dich nicht zu lange darüber grämst und nach vorn schaust. Ich weiß, es ist ein Nullachtfünfzehn-Spruch ...«

Mark hält inne, denn um Roses Mundwinkel zuckt es verräterisch. Er sieht sie an, doch sie schweigt.

»Wenn ich es recht deute, hast du bestimmt schon einen Plan, wie es weitergehen soll.«

Rose nickt und ihre Augen beginnen zu strahlen. Das Grinsen wird noch breiter. Den schrecklichen Morgen hat sie abgehakt, nachdem sie sich für ihre Sehnsüchte entschieden hatte.

»Seit ich lesen kann, habe ich zwei Träume. Aber ich habe mich nie getraut, sie umzusetzen, geschweige denn, in Angriff zu nehmen.«

Nachdem Rose ihm von ihren Vorstellungen berichtet hat, muss Mark ein, zwei Mal tief durchatmen, um die Neuigkeiten sacken zu lassen.

»Ich fasse zusammen, damit ich es richtig verstehe. Du möchtest selbst einen Buchladen eröffnen und wenn möglich Bücher schreiben?«

»Nicht: ›wenn möglich‹. Ich will. Ich habe vor Jahren damit angefangen. Die Manuskripte schlummern in meiner verstaubten Truhe.«

»Gleich mehrere?«

Rose nickt.

»Und ich dachte, da wäre deine selbst gemachte Mitgift für die Heirat drin.«

»So wie vor hundert Jahren? Nein, danke. Das ist Schnee von gestern. Zudem war ich im Stricken und Sticken eine Null. Das werde ich auch nie mehr lernen.«

»Da bin ich froh. Ich hasse gestrickte Socken.«

Sie fallen in schallendes Gelächter ein.

»Zurück zu deinen Manuskripten«, nimmt Mark den Faden wieder auf. »Aus welchem Grund hast du deine Geschichten nicht längst veröffentlicht?«

»Keine Ahnung.« Rose hebt die Schultern. »Zum einen fand ich, dass meine Texte nicht mit anderen mithalten können und sie dann in der Luft zerrissen werden. Damit umzugehen, hätte ich Mühe. Auch nach langer Suche fand ich keinen Verlag, und bis jetzt traute ich mich nicht, als Selfpublisher tätig zu sein. Von meinem Umfeld konnte ich keine Unterstützung erfahren. Wie ich dir erzählt habe, pflege ich keinen engen Kontakt zu meinen Eltern und den anderen Verwandten.«

»Und nun hast du deine Bedenken über Bord geworfen?«

»Nicht ganz, aber jetzt wäre der geeignete Zeitpunkt, um einen Neustart zu wagen. Ich habe keinen Job und bevor ich eine neue Anstellung finde ... warum nicht versuchen, einen meiner Träume zu verwirklichen?«

»Das klingt plausibel. Auf meine Unterstützung kannst du zählen. Wäre gelacht, wenn wir zwei das nicht auf die Schiene bringen würden.« Mark drückt Rose an sich und hält sie dann einen Arm breit von sich weg. »Darf ich deine Manuskripte lesen?«

»Allein deine Frage lässt meinen Puls in die Höhe schnellen.«

»Warum?«

»Weil ich meine Seele offenbare. Ich habe viel Herzblut in die Geschichten gesteckt. Das ist ein bedeutungsvoller Schritt für mich.«

»Den du gehen musst, wenn du deine Bücher unter die Lesenden bringen möchtest.«

»Stimmt. Ich denke, sobald das erste Buch erschienen ist und die ersten Rückmeldungen bei mir angekommen sind, werden sich meine Bedenken in Luft auflösen.«

»Davon bin ich überzeugt.« Mark küsst ihre Hand. »Fang mit mir und meiner Mama an. Vor uns wirst du doch keine Angst haben. Wir hängen dich nicht auf, sondern unterstützen dich mit ehrlichen Stellungnahmen zu den Texten. Ob die dir gefallen oder nicht. Da hast du meine Mama letzthin nicht von ihrer strengen Seite kennengelernt.« Mark zwinkert Rose zu.

»Danke für deine aufmunternden Worte.«

»Nein, im Ernst. Ich finde es toll, was du mit deiner Zukunft anfangen willst. Du bist jung und hast dein ganzes Leben vor dir. Streck deine Fühler aus. Jeder andere wäre an der Kündigung verzweifelt, aber du blühst regelrecht auf. Das finde ich an dir unglaublich. Du ziehst aus allem Negativen etwas Positives.«

»Mag sein.« Ihre Lippen zucken.

»Was ist los?« Er zieht sie an seine Brust.

»Ich ... es bricht wieder alles über mich herein. Unsere junge Liebe und gleichzeitig der Verlust von Coco und die Kündigung. Meine

Pläne für die Zukunft, die in den Kinderschuhen stecken, und vielleicht gar nicht zum Fliegen kommen. Was ist ...«

»Rose«, unterbricht Mark sie. »Meine Elfe, ich bin bei dir. Du musst das alles nicht allein stemmen. Deine Unsicherheit ist in dieser Situation völlig verständlich.« Er streicht ihr sanft über den Rücken. »Wir werden die Kündigung und deine Pläne für heute ruhen lassen. Vermutlich waren es zu viele Ereignisse auf einmal. Sprechen wir über andere Dinge und schlafen eine Nacht darüber. Morgen sieht die Welt schon ganz anders aus.«

Roses Körper zittert immer noch in seinen Armen. Es dauert länger, bis sie sich beruhigt hat.

Gemeinsam genießen sie den Sonnenuntergang und ihre Zweisamkeit.

Kapitel 16

Rose dreht sich von einer Seite auf die andere. Ihre Gedanken machen sich selbstständig. Vor ihren Augen tauchen Visionen auf, nehmen konkretere Formen an, um dann wieder wie Seifenblasen zu zerplatzen. Kaum ist die Idee weg, taucht die nächste auf und mit der auch die Furcht zu versagen. Was ist, wenn alles nur ein Hirngespinst ist? Wie soll Rose die Finanzierung sicherstellen, ohne regelmäßiges, festes Einkommen? Werden sich zu gegebener Zeit die passenden Räume für ihren Laden finden lassen? Wie hoch darf die Miete sein, damit der Buchladen erfolgreich ist und einen Gewinn abwirft? Kann sie sich Mitarbeiter leisten?

Rose blickt zu Mark. Im Finstern sind nur seine Umrisse zu erkennen. Sein gleichbleibender Atem lässt sie wissen, dass er schläft. Sie schlägt die Decke zurück und setzt leise einen Fuß nach dem anderen vor sich hin, um ihn nicht zu wecken. Kaum vernehmbar schließt sie die Tür.

In der Küche bereitet sie sich eine heiße Schokolade zu und setzt sich mit der Kuscheldecke aufs Sofa. Umgehend sind die Eingebungen zurück und schwirren umher wie aufgescheuchte Bienen. Rose holt sich ein Notizheft, Stifte und Marker.

Wie im Rausch notiert sie sämtliche Gedanken. Erstellt Mindmaps, Skizzen von der Einrichtung des Ladens, zerknüllt Papiere und zerbricht im Eifer des Gefechtes einen Bleistift. Das ist ihr schon lange nicht mehr passiert. Sie schmunzelt über sich selbst. Sie spürt auch, dass ihr das Niederschreiben der Gedanken hilft. Dadurch wird ihr Kopf leer und die Dämonen werden vertrieben. Ein schöner Nebeneffekt ist, dass sie ruhiger und entspannter wird.

Mit neuem Elan verlässt Rose in der Früh die Wohnung und holt Croissants beim Bäcker. Die frische Luft erweckt ihre Lebensgeister nach der durchzechten Nacht. Sie fühlt sich frei wie ein Vogel und könnte Bäume ausreißen.

Mit der duftenden Tüte betritt sie die Wohnung. Während sie die Schuhe abstreift, linst Mark schon um die Ecke.

»Guten Morgen. Ich habe dich vermisst.« In wenigen Schritten ist er bei ihr und zieht sie in eine feste Umarmung.

»Ich habe uns Frühstück geholt.« Sie löst sich aus seinen Armen und hält die Tüte in die Luft. »Und wenn mich meine Sinne nicht täuschen, duftet hier irgendwo frisch gebrühter Kaffee.«

Mit Croissants und einer dampfenden Tasse Kaffee sitzen sie kurze Zeit später draußen auf dem Balkon. Der angebrochene Tag lädt zum Genießen und Verweilen ein. Rose beißt in ihr Croissant. Mark beobachtet sie und lächelt vor sich hin. Wie hinreißend seine Elfe ist! Nie und nimmer möchte er die vergangene Zeit mit ihr missen und wünscht sich weitere gemeinsame Momente wie diese.

»Du siehst glücklich aus.«

»Entschuldige, ich war in Gedanken. Was hast du gesagt?«, erkundigt sich Rose.

»Habe ich bemerkt.« Er schenkt ihr ein allwissendes Lächeln. »Ich meinte, du siehst glücklich aus.«

»Das bin ich. Die letzte Nacht hat mich um einiges weitergebracht. Meine Gedanken habe ich zu Papier gebracht und nun den Kopf frei, um die nächsten Schritte anzugehen.«

»Ich habe vorhin im Wohnzimmer überall deine zerknüllten Blätter vorgefunden.«

»Entschuldige. Das mache ich immer, wenn mir mein Gekritzel auf dem Papier nicht gefällt.« Rose zieht die Schultern hoch.

»Das stört mich nicht im Geringsten. Das zeigt nichts anderes als deinen Schöpfergeist auf. Das finde ich super! Deinen Stapel auf dem Salontisch habe ich ebenso bemerkt.« Mark hebt entschuldigend die Hände. »Keine Angst, ich habe nichts gelesen ...« Er trinkt von seinem Kaffee, um ihr Zeit zu einer Antwort zu geben, die nicht kommt. »Sind in diesem Stapel deine nächsten Schritte?«

Rose nickt. »Ja, sind sie. Ich werde mein Manuskript an einen mir empfohlenen Lektor senden und Räumlichkeiten für den Buchladen suchen.«

»Da hast du dir was vorgenommen. Wird dir das nicht zu viel?«

»Wieso? Ich habe die kommenden Wochen frei und werde überdies dafür bezahlt. Das Arbeiten wird mich von Cocos Verlust ablenken und zudem kann ich mir meine Zeit selbst einteilen. Was kann es Besseres geben?«

Mark nickt. »Wie du meinst. Bei der Suche nach einem geeigneten Ladenlokal kann ich dir gern behilflich sein. Ich habe ein paar Kontakte. Wirst du für dein Buch auf die Suche nach einem Verlag gehen?«

»Nein.« Rose schüttelt vehement den Kopf. »Ich veröffentliche mein Buch selbst. Aus Gesprächen mit Autoren weiß ich, wie schwer es ist, bei einem Verlag Fuß zu fassen. Wenn ich mir mit meinen Veröffentlichungen einen Namen machen kann, werden sie vielleicht auf mich aufmerksam und ich kann mich plötzlich vor Anfragen nicht mehr retten.«

Rose strahlt über beide Wangen. Ihre Energie und ihr Optimismus sind greifbar.

»Finde ich einen guten Plan. Hast du schon über eine eigene Internetseite nachgedacht? In den sozialen Medien musst du dich ebenso bemerkbar machen. Heutzutage läuft das Meiste über diese Kanäle. Holst du dir hierfür Unterstützung?«

»Danke, dass du daran denkst! Traust du mir nicht zu, dass ich das allein kann? Ich habe in einer Buchhandlung gearbeitet und weiß, auf was es ankommt!« Ihre Worte klingen schnippischer als gewollt.

»Doch! Ich meine nur ...« Mark sucht nach den richtigen Worten. »Du hast eine turbulente Woche hinter dir. Vielleicht solltest du dir ein paar Tage Ruhe gönnen. Ideen sammeln ist okay, aber direkt mit Vollgas weitermachen?«

»Danke für deine Fürsorglichkeit. Du hast sicher recht, aber wenn ich zu sehr grüble, falle ich in ein schwarzes Loch und das wirft mich zu sehr aus der Bahn.« Rose nimmt seine Hand. »Verzeih meinen Ausbruch. Du meinst es gut mit mir und ich sehe es als Angriff auf mich.« Sie lächelt ihn entschuldigend an. »Jedoch werde ich nicht wie bis vor wenigen Tagen von morgens bis abends arbeiten. Wie gesagt ... ich bin meine eigene Chefin und kann mir meine Zeit selbst einteilen. Somit lasse ich es langsamer angehen. Das verspreche ich dir.«

»Ausgezeichnet, wenn du das einsiehst. Denn ohne meine Elfe würde mein Herz zerbrechen.« Er legt sich theatralisch eine Hand auf die Brust.

»Ich habe nicht gewusst, dass du so gut Theater spielen kannst.« Rose perlendes Lachen erfüllt die Luft.

»Darf ich denn nun eines deiner Manuskripte lesen?«, fragt Mark nach seinem zweiten Croissant.

»Einen Moment.« Rose steht auf und kehrt mit einem Stoß Blätter zurück.

Ungläubig blickt Mark sie an. »So viele?«

Sie nickt. »Das ist nur eines von meinen Büchern. Dieses hier …« Rose hält den Stapel hoch. »… hat zweihundertachtzig Seiten und ist beidseitig bedruckt. Ansonsten hätte mein Drucker schlapp gemacht. Das alte Ding. Ich sollte den schon längst entsorgen. Aber ich hänge an dem. Entschuldige, ich schweife ab.« Sie überreicht Mark die Blätter. »Du kannst deine Anregungen und auch Kritik gern am Seitenrand notieren. Den habe ich extra breiter gemacht.«

Rose lehnt sich zufrieden an die Brüstung.

»Dann fange ich umgehend an.« Mark blättert die Seiten durch. »Glücklicherweise sind sie durchnummeriert.«

»Sicher, wieso?«

»Wenn mir die Blätter zu Boden fallen, wie neulich das Buch … bei den Blättern wäre es schwieriger, die wieder zu ordnen.«

Beide schmunzeln, als sie daran zurückdenken. Dabei bleibt Roses Blick länger als sonst auf ihn gerichtet.

»Ist etwas?«

»Du wächst mir mit jedem Tag mehr ans Herz. Weißt du das?« Roses Stimme vibriert.

»Mir ergeht es seit längerer Zeit so.« Mark steht auf und legt die Blätter auf den Minitisch. Seine starken Arme umfangen ihre Mitte, während er sie küsst.

»Ich gebe meine Elfe nie mehr her«, flüstert er ihr ins Ohr.

Kapitel 17

»Hast du an alles gedacht?« Rose kniet sich neben Mark hin.

Amüsiert sieht er seine Elfe an. »Ich packe meinen Rucksack nicht das erste Mal.«

»Ich will sichergehen, dass dir unterwegs nichts geschieht, nur weil du etwas vergessen hast. Ist es nicht das erste Mal, dass ihr eine Zweitagesroute macht? Da ist das Packen sicher anders, als wenn ihr nur eine Tagesroute plant.«

»Da hast du recht. Aber Ben, Jon und ich haben uns ausführlich darüber unterhalten, was wir mitnehmen müssen und was auf der Hütte vorzufinden ist. Glaub mir, wir haben alles.«

»Okay. Und das Wetter bleibt gut?«

»Ja, Rose. Mach dir bitte nicht allzu viele Gedanken. Wir sind drei vernünftige Männer, die wissen, was sie tun.«

Rose sieht ihn mit ihren haselnussbraunen Augen an. Denen kann er einfach nicht widerstehen.

»Lass dich drücken.« Mark schlingt seine kräftigen Arme um Rose. »Es wird mir nichts geschehen. Am Sonntagabend bin ich wieder bei dir und werde dir ausführlich über die Tour berichten. Was mir auf dem Weg ins Auge springt, bringe ich dir als Geschenk mit.« Er zwinkert ihr zu.

»Es erscheint mir unwirklich, dass ich ohne dich das Wochenende verbringen soll.«

»Mir wird es auch so ergehen.« Er hält sie eine Armbreite von sich und sieht ihr in die Augen. »Rose, wir haben darüber gesprochen. Meine Kumpels sind mir wichtig und die Touren gehören zu mir so wie die Bücher zu dir. Ich freue mich sehr auf die Tour und gleichzeitig möchte ich dich nicht verlassen. Doch jeder von uns beiden sollte sich seinen Freiraum beibehalten.«

»Ich weiß, aber es fällt mir schwer. Zuletzt waren wir jede, freie Minuten zusammen und nun ...«

»Rose, bitte.«

»Ich weiß. Entschuldige. Dann lasse ich dich weiterpacken.« Rose steht auf und verlässt das Wohnzimmer, um auf dem Balkon nach frischer Luft zu schnappen.

Mark folgt ihr augenblicklich, da er die Veränderung von Roses Gefühlslage wahrnimmt. Er stellt sich hinter sie und legt seine Arme um ihre Schultern.

»Lass uns nicht streiten. Der Abend ist zu schön, um ihn mit Unstimmigkeiten zu füllen. Du wirst sehen, im Handumdrehen bin ich wieder bei dir.«

»Keine Ahnung, was mich gerade so sentimental erscheinen lässt und ich klammere. Entschuldige, dass ich dir dein Wochenende madigmache.« Rose dreht sich in seiner

Umarmung um und küsst ihn. Ihre Küsse werden fordernder. Sie verlassen, leicht stolpernd, den Balkon und finden sich kurz darauf zwischen seinen Bergutensilien wieder.

»Rose?«

»Jetzt, Mark!« Rose krallt ihre Hände in seinen Rücken. In ihrer Mitte pulsiert es wie bei einem Vulkan kurz vor dem Ausbruch. Sie will nicht mehr warten.

Mit geschickten Händen entblößt er ihren Busen und knabbert daran. Ihr Wimmern macht ihn heiß und ihre Hüften kreisen um seine Libido. Mark muss sich beherrschen, um nicht allzu ungestüm zu wirken.

Seine Kleider sind, ohne auf Verluste zu achten, im Nu weg. Nur in Shorts ist er über ihr und nestelt an ihrer Jeans. Nach gefühlten Stunden sind die Hosen endlich ausgezogen. Rose kann sich ein Schmunzeln nicht verkneifen. Doch das turnt ihn nur umso mehr an.

Sie streckt ihm erneut ihre Hüfte entgegen. Unter dem knappen Höschen hebt sich ihr Venushügel ab. Mit der einen Hand streicht er ihr über den Hügel und mit der anderen hält er sie um die Hüfte fest.

Roses Stöhnen wird immer lauter und fordernder. Ohne lange zu überlegen, zerreißt er ihren Slip und fährt langsam mit der Zunge darüber.

»Oh Gott, Mark!«

»So hoch oben bin ich nicht.«

Rose bleibt die Antwort in der Kehle stecken, denn er massiert ihre Lustperle mit den Fingern, sodass sie umgehend in eine andere Galaxie katapultiert wird.

Ihr bleibt keine Zeit zum Erholen, denn Mark gleitet in sie und gemeinsam finden sie den Rhythmus, bis sie zusammen explodieren.

Nach Atem ringend, liegen sie eng umschlungen zwischen Stirnlampe, Thermosflasche und Bergkleider.

»Du bist unglaublich, Mark.«

»Schhhh. Ich will dich einfach nur halten und den Moment genießen.«

Rose hört seinem Herzschlag zu, der sich langsam beruhigt. Sein Atem wird regelmäßiger, bis Mark eingeschlafen ist.

Leise steht sie auf und holt für sie beide eine Decke.

Kapitel 18

Das Schellen der Türklingel weckt Rose auf. Im ersten Moment weiß sie nicht, wo sie sich befindet. Jedenfalls nicht mehr im Wohnzimmer zwischen Marks Bergutensilien. Sie tastet nach Mark und greift ins Leere.

Im selben Moment öffnet sich die Schlafzimmertür und der Lichtstrahl der Korridorlampe erhellt Marks Silhouette.

»Die Jungs haben versehentlich geklingelt. Sorry.« Mark umarmt Rose und küsst sie sanft. »Ich bin dann weg und morgen wieder bei dir. Hab dich lieb!«

Mark küsst sie noch mal. Bevor Rose antworten kann, ist Mark schon wieder aus dem Zimmer gestürmt. Sie hört die Tür ins Schloss fallen und dass der Schlüssel umgedreht wird.

Ihr scheint es, als wäre alles ein Traum gewesen, doch die Begrüßung der Jungs und das Zuschlagen der Autotüren belehren sie eines Besseren.

Verwirrt über den eiligen Abgang kuschelt sie sich in die Bettdecke. Doch an Schlaf ist nicht mehr zu denken. Sie schnappt sich ein Buch und beginnt zu lesen.

»Auf geht's!«, ruft Ben.

»Also ich habe gedacht, dass wir unterwegs eine Pause einlegen und uns stärken«, meint Jon und fährt los.

»Super! Ich habe noch nicht gefrühstückt«, meint Mark.

»War wohl eine heiße Nacht, was?«, entgegnet Jon.

Mark lässt die Frage unbeantwortet.

Ben blättert in seinen Unterlagen zur Tour und unterhält Jon und Mark mit allen möglichen Informationen.

»Ich staune immer wieder, was du alles weißt und vor allem, wo du dieses Wissen hernimmst«, findet Mark.

»Frag Google, der sagt dir einiges«, antwortet Ben.

»Wir haben Glück mit dem Wetter«, meint Mark.

»Das meinst auch nur du«, grummelt Jon.

»Sicher, letztes Wochenende hätten wir weniger Wolken gehabt. Aber es wäre windiger gewesen«, sagt Ben.

»Ihr müsst mir meine Miesepetrigkeit vergeben«, meint Jon. »Ich muss mich zuerst an die Situation gewöhnen, dass du, Mark, eine Freundin hast und wir nicht mehr an erster Stelle bei dir stehen.«

»Sieh an! Wann ist dir denn dieser Sinneswandel gekommen?«, fragt Mark.

»Zieh mich nicht auf! Sonst ändere ich meine Meinung wieder.«

»Halten wir demnächst? Ich könnte einen Kaffee und etwas zu beißen vertragen«, meldet sich Ben zu Wort.

»Gute Idee«, pflichtet ihm Mark bei.

Aus einem Kaffee werden zwei, ein Sandwich und ein Birchermüsli. Nach einer Stunde fahren sie gestärkt weiter.

Fünfundvierzig Minuten später erreichen sie das Val Sumvitg. Sie passieren die enge Straße, die von Wäldern, Bächen und Wiesen begleitet wird. Die Natur lässt nichts zu wünschen übrig. Weitere zwanzig Minuten später biegen sie auf den Parkplatz beim Stausee ein.

Gut gelaunt und voller Tatendrang steigen sie aus. Die frische Luft ist Balsam nach der langen Fahrt. Sie strecken sich durch und drehen sich im Kreis, um alles in sich aufzusaugen.

»Unglaublich, nicht?«

»Und wie!«

Die drei Männer packen ihre Rucksäcke aus dem Kofferraum. Nachdem Jon sich versichert hat, dass das Auto abgeschlossen ist, marschieren sie los.

Auf den letzten Höhenmetern erblickt Mark das Geschenk für Rose: einen Stein in Herzform. Lächelnd hebt er ihn hoch und steckt ihn in seine Hosentasche.

Am Sonntagabend schließt Mark müde, aber glücklich seine Rose kurz nach neun Uhr in die Arme. Ihr Veilchenduft gibt ihm das Gefühl von Geborgenheit und des Heimkommens.

Nach einer längeren Umarmung löst sich Mark und kramt in seiner Hosentasche. Er fördert den Stein hervor und überreicht ihn Rose.

»Der ist wunderschön. Vielen Dank!«

»Für meine Elfe. Du sollst wissen, mein Herz schlägt wie wild für dich, und der Stein dient als Symbol dafür.«

»Oh, Mark.«

Küssend taumeln sie Richtung Bett.

Kapitel 19

Seit Roses Kündigung sind vier Wochen ins Land gezogen. Eine aufregende Phase für beide. Sie wollten nach den intensiven Tagen die Abende nicht mehr allein verbringen. Die tägliche Trennung durch die Arbeit reicht ihnen vollkommen. Zu bezaubernd ist die Zweisamkeit!

Daher hat Mark umgehend seine Zweizimmerwohnung gekündigt und einzig seine privaten Habseligkeiten mitgenommen. Die Möblierung überließ er seinem Nachmieter. Mark hing nicht an den Möbeln und der Wohnung. Für ihn war es eine Zwischenstation. Daher hatte er es sich auch nicht wohnlich eingerichtet.

Wohingegen in Roses Wohnung nebst den vielen Büchern überall Pflanzen und Kerzen verteilt sind, die Coco nie bepfotet hatte. An den Wänden hängen Bilder, auf welchen humorvolle Szenen mit Büchern abgebildet sind, oder ein Zitat geschrieben steht.

Für Mark musste Rose zuerst Platz schaffen. Was in Anbetracht der vielen Bücher ein kleines Unterfangen war. Nach einigem Hin- und Herstapeln fanden sie gemeinsam die beste Lösung für sie beide.

Nebst dem Einzug von Mark musste sich Rose an ihre neue Situation ohne Arbeitsstelle gewöhnen, was ihr rasch gelang. Natürlich fehlt ihr Anita und die Berner Altstadt, aber das Überarbeiten ihres Manuskriptes und das Erstellen der Homepage helfen ihr darüber hinweg.

Mit einem freudigen Gefühl und ein wenig Nervenkitzel hat Rose gestern ihr Manuskript mit dem Titel ›Herzen im Doppelschlag‹ an den Lektor Hermann Schulz gemailt. Er war ihr durch mehrere Autoren empfohlen worden. Schulz wird ihren Text in zwei Durchgängen lektorieren und ein Korrektor wird ihm den rechtschreiberischen Feinschliff verpassen.

Die vergangenen Wochen hat Rose intensiv daran gearbeitet. Über Sätze und Formulierungen nachgedacht, einige gestrichen, um neuen Platz zu machen. Zusätzliche Handlungen eingefügt, die ihr spontan einfielen und sogar eine Person hinzugefügt. Die jedoch nur eine kleine Rolle in ihrem Liebesroman spielt, aber notwendig war.

Ebenso sind die Rückmeldungen zu Tippfehlern und Ungereimtheiten von Adelheid und Mark miteingeflossen.

Bei regelmäßigen Treffen tauschten sich die drei aus. Manche Ratschläge oder Ideen wurden hitzig debattiert. Wie zum Beispiel, in welchen Mann sich die Protagonistin verlieben sollte. Denn sie hatte die Wahl zwischen ihrem Vorgesetzten oder einem noch unbekannten Schönling. Oder dann die Idee, dass die Ex des

Schönlings auftaucht und die junge Liebe auf die Probe stellt. Nachdem die Protagonistin und ihr Herzbube endlich zueinandergefunden hatten.

Im Nachhinein konnte Rose über die Heftigkeit der Diskussionen lachen. Für sie waren sie sehr hilfreich und die Geschichte kam dadurch gut voran.

Doch es blieb nicht nur beim Thema Buch. Sie sprachen über Gott und die Welt. Rose genoss diese Treffen. Es gab ihr eine kleine Abwechslung in ihrem Alltag. War sie doch nun mehr oder weniger allein in ihrer Wohnung, um in die Tasten zu hauen. Ein kleiner Schwatz, wie noch vor ein paar Wochen mit Anita, fiel weg. Ebenso die Streicheleinheiten für Coco.

Da sich Rose mit dem Warten auf eine Rückmeldung schwertut – sie wartet erst seit einem Tag – füttert sie ihre Social-Media-Kanäle regelmäßig mit News oder ›Liked‹ andere Beiträge und stellt neue Verknüpfungen her. Was mehr Zeit in Anspruch nimmt, als sie gedacht hat.

Für die Homepage hat sie sich Hilfe bei Simon geholt. Der hat sich schon während der gemeinsamen Schulzeit seinem Hobby Informatik hingegeben und betreibt nun eine eigene Firma. Da ist ihre Homepage in sehr guten Händen. Sie selbst mag sich nicht in Anweisungen einlesen, um am Ende festzustellen, dass sie das Fachchinesisch nicht versteht und noch mehr Fragezeichen als am Anfang hat. Da nutzt sie die Zeit lieber, um an ihrem Roman zu schreiben.

Simon hat das Grundgerüst in kürzester Zeit erstellt. Allein der Anblick der ersten Seiten erfüllt Rose mit einem Glücksgefühl. Als Hintergrund der Überschriften und der Fußzeile wird ein Anthrazit mit einem Hauch von Rosa verwendet. Die Schrift ist zierlich und nicht aufdringlich. Auf einigen Seiten hat Simon Fotos eingefügt, die passender nicht sein könnten.

Ein Traum.

Roses Aufgabe beim Erstellen der Homepage ist lediglich das Verfassen der Texte. Im Vorfeld haben sie zusammen die notwendigen Abschnitte festgelegt.

Für den Buchladen sowie ihr Buch will Rose einen Blog erstellen. So kann sie zukünftige Käufer auf ihr Buch und den Laden aufmerksam machen. Mit Gewinnspielen und kleinen Häppchen, wie Fotos oder Textausschnitte, will sie die Kundschaft neugierig machen.

Gezielte Auszeiten werden von Adelheid und Mark eingefädelt. Die Pausen sind dringend nötig, gönnt sich Rose selbst keine Ruhe, so wie sie es Mark versprochen hatte. Sobald Rose an einer Idee dran ist, verfolgt sie die mit

Herzblut, bis sie mit dem Endergebnis zufrieden ist. Davor lässt es Rose keine Ruhe.

Mark hat seine Elfe einige Male vom Bürosessel gehoben und ins Bett getragen, da sie auf der Tastatur eingeschlafen ist. Ein Wunder, dass ihr Nacken noch nicht verspannt ist.

»Rose?«

Jedes Mal hüpft ihr Herz und ein Lächeln zeichnet sich auf ihrem Gesicht ab, wenn sie seine Stimme hört.

»Sitze draußen.«

Mark grinst wie ein Honigkuchenpferd, als er auf den Balkon tritt.

»Was ist denn los? Haben wir im Lotto gewonnen?«, erkundigt sie sich.

»Viel besser.« Er gibt ihr einen Kuss und lehnt sich an das Balkongeländer. Sein Grinsen wird noch breiter.

Roses Augenbrauen wandern nach oben.

Wie er das liebt.

»Ich habe ein Lokal für unseren Buchladen gefunden«, erlöst er ihre wartenden Brauen.

»Ein Lokal für unseren Buchladen?« Rose zieht die Stirn kraus. Sie begreift den Sinn noch nicht.

»Ja!«

»In der Altstadt?«

»Ja! An der Hohengasse.«

Roses Stirn glättet sich und die Augen beginnen zu strahlen. »Nein!«

»Doch!«

Rose springt hoch und umarmt Mark stürmisch.

»Hey, langsam, nicht dass wir vom Balkon stürzen!« Er schält sich aus der Umarmung und sieht ihr in die Augen. »Ich will dir das Schmuckstück umgehend zeigen. Ich kann nicht länger warten.«

»Wie hast du so schnell eine Lokalität gefunden? Ich habe dir meinen Traum erst vor ein paar Wochen mitgeteilt und nun servierst du mir eine Räumlichkeit auf dem Silbertablett daher?« Sie schüttelt den Kopf. »Das ist unglaublich!«

»Wie damals erwähnt, habe ich durch meinen Beruf einige Kontakte. Ein, zwei Anrufe ... et voilà, das erste Angebot flattert ins Haus.«

»Hast du es dir schon angesehen?«

Mark nickt. »Ja, denn ich wollte sichergehen, dass es dir gefallen könnte, bevor ich dich dorthin bringe. Ich habe mir erlaubt, mich am frühen Nachmittag mit Herrn Schneider zu treffen. Er ist der Eigentümer der Liegenschaft.«

»Ohne mich?« Rose verschränkt die Arme vor der Brust.

»Es ist doch nichts dabei.« Er zuckt mit den Schultern. »Ich wollte die Räumlichkeiten sehen, bevor ich dir Hoffnungen mache und du dann enttäuscht bist. Zudem wusste ich nicht, ob du erreichbar gewesen wärst, und Herr Schneider war per Zufall vor Ort.«

»Per Zufall.«

Mark übergeht ihre schnittige Antwort und fährt fort: »Er ist ein angenehmer älterer Herr in seinen Endsiebziger. Er trug einen eleganten schwarzen Anzug mit Weste. Sogar eine Taschenuhr hatte er. Mir scheint, dass er ein Mann der alten Schule ist, der weiß, worauf es ankommt.«

»Und was habt ihr vorbesprochen?« Sie stemmt die Hände in die Hüfte.

»Sei nicht eingeschnappt.« Mark stellt sich vor Rose hin und reibt ihre Oberarme. »Ich habe mir lediglich die Größe angesehen und gefragt, ob es andere Interessenten gäbe oder ob wir die Einzigen sind.«

»Und?« Allein die Neugierde, die in dieser Frage mitschwingt, zeigt, dass Rose Mark verziehen hat.

»Bis jetzt sind nur wir.« Er zieht sie zu sich heran und küsst sie leidenschaftlich.

Als er sich von Rose löst, fragt er sie voller Erwartung: »Kommst du nun mit?«

Kapitel 20

Atemlos stehen sie eine halbe Stunde später an der Hohengasse 29 vor der spätgotischen Haussteinfassade.

Mark hatte es eilig und ging mit ausladenden Schritten voran. Ein Gespräch zu führen, war nicht möglich. Jedenfalls nicht ihrerseits. Sie musste sich anstrengen, ihre Atmung unter Kontrolle zu halten und nicht in Ohnmacht zu fallen.

Nun senkt und hebt sich ihre Brust im raschen Tempo. Während sich ihr Atem beruhigt, sieht Rose sich auf dem Kronenplatz um. Ein gemütlicher Platz mitten in der Altstadt – warum war ihr das bisher nie aufgefallen? Die Pflastersteine sowie sämtliche Bauten sind Zeitzeugen und versetzen einen in eine Zeit zurück, in der nicht dauernd ein Handy trällerte. Lächelnd blickt sie zum Gerechtigkeitsbrunnen, der vor sich hin plätschert und wenn gewünscht wohltuende Kühlung bringt. Ein wenig daneben laden Sitzbänke zum Verweilen ein und ein Baum spendet wohltuenden Schatten.

Rose wendet sich der Fassade zu und betrachtet die Rechteckfenster mit ihren Gesimsen und den schlicht gehaltenen Brüstungsgeländern. Ihr Blick wandert nach oben zur weit vorkragenden Vogeldiele, sodass sie den Kopf in den Nacken legen und ihre Augen mit der Hand gegen die Sonne abschirmen muss.

»Herr Dumermuth?«

Ruckartig senkt sie ihren Kopf, von der Fassade zur Stimme hin, die sie ins Hier zurückreißt.

»Guten Tag, Herr Schneider.« Mark geht auf den akkurat gekleideten Herrn zu und reicht ihm die Hand. »Darf ich Ihnen meine Freundin Rose Zimmermann vorstellen?« Mark zieht seine Hand zurück und legt sie auf Roses Schulter.

»Guten Tag, die Dame.«

»Herr Schneider.«

»Bevor wir mit der Besichtigung anfangen, möchte ich erwähnen, dass ich nach unserem Treffen über Sie Erkundigungen einholen werde. Leider habe ich einige schlechte Erfahrungen mit Mietern gemacht. Bei einer historischen Liegenschaft wie dieser hier …« Er deutet mit dem Kinn Richtung der Fassade. »… schmerzt es sehr, wenn Schäden entstehen, die zur Behebung hohe Kosten mit sich ziehen. Ohne dass sich die Verursacher daran beteiligen, da ihnen das Geld fehlt.«

Herr Schneider macht eine Pause, um seinen Worten Nachdruck zu verleihen.

»Dafür haben wir vollstes Verständnis. Gern lassen wir Ihnen unsere Betreibungsregisterauszüge zukommen.«

»Die benötige ich sowieso. Doch bevor wir über die Bewerbungsunterlagen sprechen, lassen Sie uns das Innere der Liegenschaft besichtigen. Ich denke, das ist in Ihrem Sinne?«

»Ja, gern.«

Herr Schneider öffnet die Tür und gemeinsam treten sie ein. Still gehen sie durch den großen Raum. Jeder macht sich seine Gedanken.

»Mark hat mir Ihre Ideen geschildert, Frau Zimmermann«, unterbricht Herr Schneider das Schweigen. »Ich begrüße es, meine Räumlichkeiten für ein solches Projekt zur Verfügung zu stellen.« Und als er sich der Aufmerksamkeit von beiden sicher ist: »Die Fläche beträgt hundert Quadratmeter und die Miete beläuft sich auf tausendneunhundertundfünfzig Franken inklusive Nebenkosten.«

Zwei perplexe Gesichter schauen Herrn Schneider an.

»Lassen Sie sich von der Miete nicht abschrecken.«

Herr Schneider schreitet mit ausgebreiteten Armen im Raum umher. »Schauen Sie, wie viel Platz für Regale zur Verfügung steht. Die Fenster eignen sich hervorragend, um Bücher zu präsentieren oder Themenfenster einzurichten.«

»Besitzen Sie einen Buchladen, dass Sie so gut informiert sind?« Rose ist von Herrn

Schneiders Ausführungen begeistert und hat den Mietpreis verdrängt.

»Es ist nicht meine einzige Liegenschaft.« Er lächelt verschmitzt. »Sie müssen wissen, ich habe diverse Gewerberäume, die ich vermiete. Daher habe ich schon einiges gesehen und leider auch erlebt. Ihre Idee finde ich ausgezeichnet und meines Wissens, würde sich eine Buchhandlung hier in der Altstadt gut machen. Es würde mich freuen, wenn wir ins Geschäft kämen.« Und nach einer eher rhetorischen Pause: »Ein weiterer Raum befindet sich unten.« Er wendet sich ab, macht das Licht beim Kellerabgang an und steigt die Treppe in den Keller hinab.

»Hier haben Sie Stauraum oder können die Verkaufsfläche erweitern. Das ist Ihnen überlassen. Ich lasse Ihnen freie Hand.«

»Das ist sehr großzügig von Ihnen.« Roses Augen strahlen wie Bergkristalle.

Rose sieht sich bereits die Schaufenster dekorieren und die Regale auffüllen, während sie einen Schwatz mit einer Kundin hält. Vorerst würde der Keller als Stauraum benutzt, aber wenn der Laden gut anläuft, würde sie die Verkaufsfläche erweitern. Wer weiß, vielleicht könnte eine Rutschbahn eingebaut werden und die Kleinsten könnten zu ihrem Bücherparadies in den Keller rutschen. Rose fallen schon jetzt jede Menge Ideen ein, wie sie den Keller nutzen könnte.

»Gefällt es dir, Rose?« Mark ist an sie herangetreten und legt seine Hand auf ihre Schulter. »Ich bin mir sicher, du hast schon tausend Vorstellungen und weißt nicht, mit welcher du beginnen möchtest.«

Sie kann sich ein Lachen nicht verkneifen. »Wie recht du hast!«

»Darf ich das als Interesse interpretieren?«, fragt Herr Schneider.

»Ja!«, antworten beide im Chor und ein schallendes Lachen erfüllt den Raum.

Auf dem Nachhauseweg gibt es nur ein Thema: die Bewerbung um das Ladenlokal. Glücklicherweise hat es Mark diesmal nicht eilig. So kann Rose mitdiskutieren und ist nicht außer Puste.

»Meinst du, er ist uns wohlgesonnen?«

»Wieso meinst du, Rose?«

»Ich kann ihn nicht einschätzen. Normalerweise habe ich nach wenigen Minuten ein Gefühl, das mir sagt, ob es ein ehrlicher Mensch ist oder ein hinterlistiger. Aber bei ihm bin ...«

»Mach dir nicht schon wieder allzu viele Gedanken. Wir setzen uns nachher direkt an die Bewerbungsunterlagen und geben unser Bestes. Dann lassen wir ihm das Dossier zukommen. Das Schlimmste ist, dass er uns absagen wird. Oder nicht?«

»Hmmm.«

Mark bleibt ruckartig stehen. »Oh je, du hast dich bereits in die Räumlichkeiten verliebt.«

Rose beißt sich auf die Lippe und nickt zaghaft. Sie blickt ihren Liebsten mit einem unschuldigen Ausdruck in den Augen an.

»Das habe ich vermutet, dass es so kommen wird. Bitte mach dir nicht zu viele Hoffnungen. Wir wissen nicht, welche Konkurrenten sich die Räumlichkeiten noch ansehen werden und ob uns der Zuschlag in den Schoß fällt. Weiter erscheint mir die Miete relativ hoch für die Räumlichkeiten. Wir müssen zuerst unseren Businessplan erstellen und mit der Bank sprechen. Erst wenn wir unsere Unterschrift unter den Vertrag gesetzt haben, können wir aufatmen und sicher sein, dass es theoretisch funktioniert. Wie dann die Praxis aussieht, ist ein anderes Paar Schuhe.«

»Wir?« Ihre Unschuldsmiene weicht einem großen Fragezeichen. Rose hat nichts außer ›Wir‹ wahrgenommen.

»Ja.« Er blickt ihr tief in die Augen. »Ich werde dich bei der Verwirklichung deines Traumes unterstützen. Du musst die bürokratischen Hürden nicht allein stemmen. Zu zweit geht das viel einfacher und die Wartezeit können wir uns versüßen.« Er küsst ihre Nasenspitze. »Und während du die Kunden berätst, schleppe ich Kisten oder mache Auslieferungen an Kunden, die nicht mehr gut zu Fuß sind.«

»Echt?«

»Ja. Wie du weißt, bin ich seit Längerem nicht mehr glücklich in meinem Job. Warum sollte auch ich nichts Neues ausprobieren? So wie du. Ich habe gesehen, wie du dich verändert hast, als du wusstest, du verfolgst deine Träume und bist nicht mehr von anderen abhängig. Regelrecht aufgeblüht bist du. Mir schien, als könne dir nichts und niemand mehr etwas anhaben. Das gefällt mir an dir, Rose. Gern würde ich dich begleiten und das Gefühl mit dir teilen. Insofern dir mein Vorschlag gefällt. Wenn nicht, sehe ich mich nach einem anderen Job um. Gekündigt habe ich noch nicht. Zuerst will ich mit dir meine oder unsere nächsten Schritte besprechen. Wir müssen ja nichts überstürzen.« Mark lacht sorglos. Es scheint, als könne ihn nichts aus der Ruhe bringen.

Roses Gesichtsausdruck wechselt von ›erstaunt‹ zu ›fröhlich‹. Sie benötigt einen Moment, um seine Worte zu verstehen. Und dann schlingt sie überglücklich ihre Arme um seinen Hals und gibt ihm einen innigen Kuss.

Ihr Leben hat sich binnen kürzester Zeit um hundertachtzig Grad gewendet. Von Trauer und Niedergeschlagenheit zu neuer Lebensfreude und purem Tatendrang. Sie fühlt sich wie in einer Luftblase, die mit reiner Glückseligkeit gefüllt ist. Bezaubernder kann ihr Leben nicht mehr werden. Diese Blase möchte sie für immer festhalten und dafür sorgen, dass sie nicht kaputt geht.

»Dann gefällt dir mein Vorschlag?«

»Und wie!«

Mark hebt Rose hoch und gemeinsam drehen sie sich im Kreis. Ein Jauchzer entfährt ihr und dann lachen beide los. Einige Passanten sehen sich nach ihnen um. Aber das stört sie nicht im Geringsten. Sie könnten im Moment nicht unbeschwerter sein.

Während sie Arm in Arm in ihre Wohnung zurückschlendern, schmieden sie Pläne über ihre gemeinsame Zukunft. Die Außenwelt nehmen sie nicht wahr. Mit Scheuklappen spazieren sie durch die Straßen. Was zählt, ist ihre Liebe und ihr zukünftiger Buchladen.

Kapitel 21

Kaum ist die Tür ins Schloss gefallen, setzen sich Rose und Mark hinter die Computer. Er im Büro und sie auf dem Sofa. Für beide ist nicht genügend Platz in dem kleinen Raum; neben dem kleinen Tisch haben ein Regal und ein Bürostuhl Platz. Dann ist alles voll.

Mark durchforstet das Internet nach geeigneten Vorlagen für Bewerbungsschreiben. Allein die Anzahl an Ergebnissen – knapp vierhunderttausend –, die die Suchmaschine mit dem Begriff ›Bewerbungsschreiben Gewerberäume‹ ausspuckt, lässt ihn schaudern. Wie um Himmels willen soll er einen passenden Text finden, der annähernd auf sie zutrifft? Er scrollt die Seite runter und klickt ein paar Vorschläge an. Dabei verliert er sich im Lesen von Berichten und Tipps sowie den weiterführenden Links.

Als seine Augen nach zwei Stunden intensiven Lesens zu brennen beginnen, fasst er den Entschluss, dass sie sich selbst treu bleiben müssen. Was nützt es, Herrn Schneider etwas vorspielen zu wollen? Am Ende kommt alles ans Licht und dann haben sie nicht nur die Räumlichkeit verloren, sondern auch ihr Gesicht. Ehrlichkeit währt am längsten. Mit dieser Einstellung ist er noch immer gut gefahren.

Rose hat sich derweil über die Formalitäten der Selbstständigkeit mit einem eigenen Gewerbe schlaugemacht. Ihr schwirrt der Kopf von den vielen Paragrafen und Verlinkungen zu dieser Seite und jener Checkliste. Ihr war nicht bewusst, dass es diese Unmengen an Unterlagen benötigt, geschweige denn einen Businessplan. Sie hofft, dass Mark gut mit Zahlen umgehen kann, immerhin hat er den Businessplan auf dem Nachhauseweg bereits erwähnt. Denn sie hat nicht viel mit Zahlen am Hut. Während der Schulzeit kratzte sie immer an der Grenze zwischen genügender und ungenügender Note. Keine einzige Nachhilfestunde hat ihr aus dem Dilemma geholfen. Ihr Vater hätte das Geld eher für einen Ausflug oder Ferien gespart. Daran hätten alle mehr Freude gehabt.

Nach dem kurzen Abstecher in ihre Jugend ist Rose bei einer Checkliste über die Frage ›Was hebt Ihren Buchladen von den anderen ab?‹ gestolpert.

Darüber hat sich Rose bisher keine Gedanken gemacht. Denn können Buchläden sich unterscheiden? Außer dem Buchangebot sehen alle Läden gleich aus. Oder nicht?

Was Mark und Rose besser als Frau von Ballmoos machen werden, ist der Umgang mit den Kunden. Sie werden zuvorkommend sein, den Kunden Getränke anbieten und eventuell einen Keks.

Rose muss sich unbedingt damit auseinandersetzen. Es wird höchste Zeit.

»Rose?«, ruft Mark aus seinem Zimmerchen und unterbricht ihre Gedankengänge.

»Ja?«

»Welche Unterlagen möchte Herr Schneider haben? Konntest du dir das merken? Ich nicht.«

Rose nimmt die Unterbrechung als guten Grund, um sich von ihrem Bildschirm zu trennen. Sie erhebt sich vom Sofa und streckt sich, dass einige Wirbel knacksen. Erst jetzt bemerkt sie, dass ihre Augen brennen von der konzentrierten Arbeit. Mit wackeligen Beinen tapst sie zu Mark. Sie bleibt im Türrahmen stehen und lehnt sich daran.

»Das konntest du auch nicht. Außer dem Betreibungsregisterauszug hat er keine erwähnt«, sagt Rose. »Dann folgte die Besichtigung mit den Angaben zur Miete und am Ende ging er nicht mehr darauf ein.«

Mark blickt zu ihr hin. »Somit werde ich ihn morgen kontaktieren und mich danach erkundigen. Nicht, dass wir beim Einreichen unseres Dossiers schon einen schlechten Eindruck hinterlassen. Und das nur, weil die Hälfte der gewünschten Unterlagen fehlt.«

Während er sich vom Stuhl erhebt, lässt er seinen Nacken kreisen und tritt zu Rose.

»Wie hübsch du bist. Ich kann mich nicht sattsehen an dir.« Mit zwei Fingern umgibt er ihr Kinn und drückt es sanft nach oben, sodass er sie küssen kann.

Ein Seufzer entfährt ihr und es kribbelt in ihrem Bauch. Ihr wird von seiner Nähe wohlig warm.

»Schmeichler«, meint Rose und tätschelt ihm die Wange. Sie muss ein wenig Abstand zwischen sie beide bringen. »Ich muss fürchterlich aussehen. Nach all den Stunden vor dem Laptop. Die Zeit ist nur so dahingeflossen. Es ist ja bereits finster draußen.«

»Das habe ich gar nicht mitbekommen.« Er wirkt erstaunt und richtet seinen Blick zum Fenster. »Kein Wunder, die Fellläden sind geschlossen. Nur meine Augen brennen vom Anstarren des Bildschirmes.«

»Meine ebenso. Hast du Hunger?«

»Ja, nach dir.« Mit diesen Worten hebt er sie hoch. Zugleich schlingt Rose ihre Beine um seine Mitte. Ihre Küsse werden gieriger und sie spürt seine Erregung.

Eng ineinander verschlungen wie ein Wollknäuel steuern sie das Schlafzimmer an. Widerwillig lässt Mark seine Liebe los, um sie zu entkleiden. Er muss sich sehr zurückhalten, damit er ihr den Stoff nicht vom Körper reißt. Als sie nur mit der Unterwäsche bekleidet vor ihm steht, hält er sie eine Armlänge von sich weg und bestaunt ihren Körper. Ihre Mitte wird von einem Hauch aus nichts verdeckt. Ebenso ihre perfekt geformten Brüste, deren Nippel keck hervorstehen.

Seine Blicke lassen Rose glühen, was sich in ihren roten Wangen widerspiegelt. Ihr Verlangen steigt ins Unermessliche.

Eiligst entledigt er sich seiner Kleidung. Wenn Rose es für ihn tut, weiß er nicht, was geschieht.

Bebend vor Erregung legt er seine Elfe aufs Bett. Er fühlt ihren Körper unter seinem Zittern. Sie will ihn zu sich ziehen, doch er will den Höhepunkt hinauszögern. Er küsst ihre Schulter und tastet sich nach unten vor. Sachte schiebt er den Stoff beiseite, um an ihrer Brust zu saugen.

Roses Stöhnen bringt ihn schier zur Verzweiflung. Sie will ihn und er will sie.

Doch zuerst will er weiter ihren Körper erforschen. Sanft knetet er ihre andere Brust, um auch an der zu ziehen und zu saugen. Mit seinem Knie spreizt er sachte ihre Beine. Was einen weiteren Seufzer aus Rose lockt.

Ihre Finger krallen sich in seinen Haaren fest, als er nach unten wandert.

Roses Unterleib pulsiert. Sie hält sich ihm entgegen. Doch er lässt sie zappeln und gleitet weiter mit seiner Zunge ihren Oberschenkel hinab.

Rose hält es vor Erregung nicht mehr aus. Sie krallt sich am Laken fest. »Mark, ich ...«, wimmert sie.

»Lass dich verwöhnen«, raunt er mit heiserer Stimme und erträgt sein eigenes Verlangen kaum noch.

Ihr Körper schaudert, als er sich wieder den Weg nach oben sucht und ihr das Höschen zur Seite schiebt.

Roses Atem geht schneller und schneller. Gleich hat sie ihren Höhepunkt erreicht. Sanft dringt er in sie ein. Sie fühlt sich warm und fest an. Er kann sich nicht lange zurückhalten. Unglaublich, was sie mit ihm macht. Seine Stöße werden schneller und härter.

»Rose, ich ...« Er kann seinen Satz nicht beenden, da beiden ein Schrei der Erlösung entweicht.

»Rose.« Er legt sich auf sie, um das Beben beider nachzuspüren. »Ich ...«

»Nicht. Genießen wir den Augenblick.«

Eng umschlungen hören sie dem Herzpochen des anderen zu, wie es sich langsam beruhigt.

Kapitel 22

Das Schrillen des Weckers bereitet Marks Träumen ein jähes Ende. Er reckt sich nach dem Übeltäter und stellt ihn aus. Sein Blick wandert zu Rose, die ihren Kopf auf seine Brust gebettet hat. Sanft streicht er ihr über das Haar. Er hofft, dass sie durch das Klingeln nicht geweckt wurde. Normalerweise ist er noch vor der Weckzeit wach. Doch heute ...

»Musst du schon weg?« Rose hebt ihren Kopf. Ihre Augen sind wahrscheinlich genauso klein wie seine.

»Leider ja. Wie gern würde ich mit dir im Bett bleiben und das von gestern Abend wiederholen.« Er zwinkert ihr verheißungsvoll zu. »Doch die Arbeit ruft.«

»Fünf Minuten?«, fragt sie und dabei leuchten ihre Augen wie funkelnde Sterne.

Das lässt sich Mark nicht zweimal sagen.

Nach einer kalten Dusche eilt er zum Bäcker – er muss sich stärken! – und direkt weiter zum Bahnhof. Zum Glück hat sein Zug zwei Minuten Verspätung, sonst hätte er nur noch die Rücklichter gesehen.

Während der Fahrt grübelt er, wann der richtige Zeitpunkt für seine Kündigung ist. Soll er die heute mündlich aussprechen? Würde das zählen? Oder erst, wenn er sie verfasst hat und das Schreiben seinem Chef unter die Nase halten kann? Eigentlich findet er diese Gedanken müßig. Hat er doch Besseres zu tun. Er zückt sein Handy und tippt einige Ideen für das Bewerbungsschreiben des Buchladens in seine Mail.

»Bist du Schlaftablette auch schon da? Siehst du überhaupt schon was aus deinen Knopfaugen? Geht dir die Arbeit am Arsch vorbei, seit du dich hinter Büchern versteckst?«, wird Mark von seinem Vorgesetzten abgekanzelt. Nicht einmal eine Begrüßung erfährt er. Dabei kann Mark nichts für die schlechte Laune seines Vorgesetzten. Den ganzen Morgen über bekommt Mark dessen Launenhaftigkeit zu spüren. Gegen Mittag hält er es nicht mehr aus.

»Alain, kann ich dich kurz sprechen?« Mark steht im Türrahmen zum Chefbüro.

»Was gibt's!« Er lässt seinen Blick auf dem Bildschirm gerichtet.

Mark tritt ein und schließt die Tür. Noch immer schaut sein Vorgesetzter nicht auf.

»Ich kündige.«

»Wie bitte?« Zwei weit aufgerissene Augenpaare sehen ihn an.

»Du hast mich verstanden, ich kündige.« Mark verschränkt die Arme.

»Warum?«

»Weil ich deine Launen satthabe und ich das Elend der Kunden nicht mehr verkrafte.«

»Meine Launen?« Er zieht seine Augenbrauen zusammen, was nichts Gutes bedeutet.

»Ja.« Mark lässt sich nicht einschüchtern. Mit durchgestreckten Rücken steht er da.

»Weißt du was? Ich feuere dich! Du undankbare Person. Mach, dass du mir aus den Augen kommst! Räum umgehend deinen Arbeitsplatz und lass dich nicht mehr blicken.«

Mark bleibt stehen und lächelt.

»Was willst du noch?«

»Dir Danke sagen.«

Alain schüttelt den Kopf. »Du spinnst! Und nun geh mir aus den Augen!«

Mit einem noch breiteren Lächeln verlässt er Alains Büro.

Marks Arbeitsplatz ist schnell geräumt. Die wenigen Habseligkeiten passen in einen Plastiksack. Er verabschiedet sich mit knappen Sätzen von seinen verdutzten Mitarbeitern. Auf lange Gespräche hat er keine Lust. Er will jetzt einfach weg. Sein neues Projekt wartet auf ihn.

Draußen auf dem Vorplatz bleibt er stehen und zieht die Luft tief ein. Wie befreiend die Kündigung für ihn ist! Er hätte diesen Schritt eher wagen müssen. Nun, lieber spät als nie.

Mark könnte jauchzen vor Glück und Luftsprünge vollführen. Ein letztes Mal dreht er sich zum Büro hin und nickt zum Abschied.

Pfeifend macht er sich auf zum Bahnhof und freut sich auf die gemeinsame Zukunft mit Rose.

Kapitel 23

»Rose?«

Ungläubig tritt sie mit ihrer Latte macchiato aus der Küche in den Eingangsbereich. »Hast du dir freigenommen?«

»Nein.« Mark grinst über beide Ohren.

»Ist etwas vorgefallen?«

Mark nickt. »Oh ja! Ich habe gekündigt und dann hat mir Alain gekündigt.«

»Typisch, er muss immer das letzte Wort haben.«

Rose lächelt Mark zu. Sie stellt das Glas ab und tritt zu ihm hin. »Ich freue mich für dich und für uns. Jetzt können wir uns ohne Druck dem Buchladenprojekt widmen.« Freudig schließt sie ihn in ihre Arme.

»Nicht ganz.«

Rose lässt ihn los und tritt einen Schritt zurück.

»Wieso?« Ihre Augenbrauen wandern nach oben.

»Ich stimme dir zu, dass wir uns nun ganz dem Buchladen widmen können, aber wir sollten möglichst früh eröffnen. Sonst verringern sich unsere Reserven für Miete, Steuern, Strom und Essen wie der Sand in der Sanduhr. Was sich wiederum auf die Ausstattung des Ladens niederschlägt. Das wäre jammerschade und sicher nicht nach deinen Vorstellungen. Denn wer möchte einen mickrigen Buchladen? Wir sicher nicht! Wenn wir eröffnen, dann wird der Laden komplett ausgestattet sein und es wird eine Eröffnungsfeier geben, von der lange gesprochen wird.«

»Die Finanzen habe ich natürlich aus meinen Gedanken verbannt.« Ihr Lächeln wirkt schief. »Dann legen wir umgehend mit dem Bewerbungsschreiben los. Den anderen Papierkram können wir in den kommenden Tagen in Angriff nehmen. Möchtest du auch einen Kaffee?«

»Gern.« Mark folgt ihr in die Küche.

Rose stellt seine Tasse unter die Kaffeemaschine und tippt die Taste an. Die Maschine nimmt zischend ihren Betrieb auf.

Während sie stumm der braunen Flüssigkeit zuschauen, wie sie es sich in der Tasse gemütlich macht, umschlingt Mark seine Rose. Zärtlich beginnt er an ihrem Ohrläppchen zu knabbern.

»Hast du heute schon eine Pause gemacht?«, flüstert er ihr ins Ohr.

»Zuerst ruft der Herr zur Eile an und dann zur Pause? Was ist denn los?« Rose dreht sich zu Mark hin.

»Du bist los. In deiner Nähe werde ich ganz verrückt und kann nicht mehr klar denken.«

Rose grinst und Mark hebt sie auf die Anrichte.

»Das nennst du arbeiten?«

»Nein, aber Kaffeepause.« Mark schiebt seine Hände unter ihr Shirt.

»Lass uns lieber zuerst die Arbeit machen und dann das Vergnügen.«

»Du bist zu vernünftig. Dabei solltest du einige Beispiele in deinen Romanen vorgefunden haben, die belegen, dass das Vergnügen zu Höchstleistungen anspornen kann.«

»Was du nicht sagst.« Rose lacht und befreit sich aus der Umarmung. »Nun komm!«

Mit gesenktem Kopf und der dampfenden Kaffeetasse geht er hinter Rose her. Bevor sie das Wohnzimmer betritt, angelt sie nach ihrem Glas, das sie vorhin abgestellt hat.

Auf dem Sofa liegt Roses Laptop.

»Du machst es dir aber gemütlich.«

Sie stupst ihn in die Seite. »He! Ich habe Ideen für das Marketing des Buchladens gesammelt. Leider bin ich nicht so weit gekommen, wie ich es gern gehabt hätte. Zu sehr habe ich mich von weiterführenden Links und deren Artikel ablenken lassen.« Ihre Mundwinkel wandern nach unten.

»Nimm es nicht allzu schwer. Mir ergeht es wie dir. Die Flut an Informationen ist immens und da den Überblick zu behalten ist schwierig.«

Sie setzen sich nebeneinander aufs Sofa und Rose nimmt den Laptop auf den Schoß. Mit einem Klick lässt sie ihn zum Leben erwecken.

»Gib mir lieber dein Glas, nicht dass du deinen Laptop damit ertränkst.«

»Das glaubst auch nur du.« Rose lächelt und reicht ihm ihre Latte. »Willst du mir deine Datei von gestern zusenden, damit wir nicht bei null anfangen?«

»Ehrlich gesagt, habe ich gestern nicht viel zustande gebracht. Ich habe mir nur Beispiele und Checklisten angesehen. Mein Fazit ist jedoch, dass wir unsere Bewerbung authentisch halten sollten. Alles andere bringt nichts.«

»Das stimmt. Ansonsten werden wir nur in ein schlechtes Licht gerückt. Das kann für unsere Zukunft schädlich sein.« Roses Finger huschen über die Tasten. »Nun«, sie nickt auf den Bildschirm, »das leere weiße Blatt wartet auf uns. Als Schreibende hätte ich meine liebe Mühe damit.«

»Mit leeren weißen Seiten?«

»Oh ja. Die sind mir ein Garaus. Deswegen versuche ich immer mindestens drei, vier Zeilen auf dem Blatt zu haben, bevor ich meine Schreibzeit beende. Dadurch werde ich am kommenden Tag nicht von einem weißen Nichts erschlagen.«

»Du hast ja schon Staralüren.« Mark knufft sie in die Seite.

»Mach dich nicht über mich lustig.« Dabei muss Rose selbst schmunzeln.

»Ich liebe es, dich zu necken.« Er legt den Arm um sie und drückt ihr einen Kuss auf den

Scheitel. »Dann wollen wir mal das leere Etwas mit Buchstaben füllen.«

»Du kannst es nicht lassen.«

»Nein.«

Sie verbringen geschlagene zwei Stunden damit, ihr Bewerbungsschreiben zu verfassen. Den ersten Entwurf feilen sie so lange, bis es für beide stimmig ist.

»Ich hätte nicht gedacht, dass wir so lange benötigen«, bemerkt Mark, als er auf die Uhr im Bildschirm blickt.

»Ich auch nicht. Und dabei sind es nur zwei Seiten.«

»Ich weiß, dass wir nicht deinen Schreibvorgaben entsprechend, Frau Autorin.«

Nun ist es Rose, die ihn in die Seite knufft.

»Bevor Sie mich belästigen, Frau Autorin, stellen Sie bitte sicher, dass Sie das Dokument gespeichert haben. Nicht, dass wir wieder mit einem weißen Blatt anfangen müssen. Das, wie mir zu Ohren kam, ein großes Bedrohungsgefühl in Ihnen auslöst.«

»Frechdachs!«

Ehe sie sichs versieht, wird ihr der Laptop aus der Hand genommen und sie wird auf den Sitzbereich des Sofas gedrückt. Mark, der über ihr ist, beginnt, sie langsam auszuziehen, und bedeckt ihr Gesicht mit Küssen. Vergessen sind die weißen Seiten.

Eng aneinandergekuschelt – anders geht es nicht auf dem Sofa – meint Mark: »Ich kann nicht mit dir zusammenarbeiten.«

»Was?« Rose befreit sich aus seinen Armen und setzt sich, auf, nur mit dem BH bekleidet. Mit weit aufgerissenen Augen sieht sie ihn an. »Warum denn nicht?«

»Ich kann mich in deiner Gegenwart nicht konzentrieren. Zu sehr lenkst du mich ab und meine Gedanken verlieren sich im Uferlosen.« Er grinst verschmitzt und sein Blick bleibt an Roses BH hängen.

»Du und deine Sprüche.« Sie versetzt ihm einen Hieb und hebt mit einer Hand sein Kinn an. »Hier oben spielt die Musik! Da ich immer so korrekt bin, veranlasse ich, dass wir uns nun noch mal dem Schreiben widmen. Vor einigen Stunden hat ein gewisser Herr um Eile aufgerufen.« Rose beißt sich auf die Unterlippe. Was Marks Glänzen in den Augen intensiver leuchten lässt.

»Das Schreiben kann bis morgen warten. Der Herr hat momentan anderes im Kopf.« Er zieht Rose an sich und küsst sie leidenschaftlich.

Rose erwacht vor Mark. Behutsam erhebt sie sich vom Sofa. Ihr Rücken ziept, als sie sich streckt. Die Nacht war nicht bequem, da sie immer das Gefühl hatte, über die Kante zu fallen. Mark konnte es sich gemütlich machen, er war auf der Seite mit der Rückenlehne.

Obwohl sie dringend einen Kaffee benötigt, unterdrückt sie ihren Drang. Das Rauschen der

Maschine würde Mark wecken und das möchte sie nicht. Jetzt, da er ausschlafen kann.

Rose geht auf Zehenspitzen ins Schlafzimmer und zieht sich ihren Trainingsanzug und Wollsocken an. Ja, auch im Sommer. Eine Nacht mit zu wenig Schlaf lässt sie den ganzen Tag über frieren, auch an einem Sommertag wie heute. Da helfen nur Wollsocken.

Zurück im Wohnzimmer nimmt sie die Decke und hüllt sich darin ein. Sie setzt sich vor das Sofa und greift nach dem Laptop, der unter dem Salontisch ruht.

Rose tippt das Grußwort unter den Text, als sich Mark auf dem Sofa langmacht.

»Auch schon wach?«

»Hm.« Er reibt sich den Schlaf aus den Augen und blinzelt ein paar Mal. »Was machst du auf dem Boden?«

»Unser Begleitschreiben verfassen, da der Herr das ganze Sofa in Anspruch nimmt.«

»Meine Heldin!« Mark gesellt sich zu ihr auf den Boden. »Darf ich sehen?«

Rose drückt ihm den Laptop in die Hand. »Kannst du. Aber ich benötige dringendst einen Kaffee. Willst du auch einen?«

»Gern, meine Elfe.«

Die Maschine wird zum Leben erweckt und zischt vor sich hin. Nach dem herrlichen Duft der frisch gemahlenen Bohnen läuft auch schon der Kaffee beziehungsweise die Milch für die Macchiato in die Tasse. Allein davon werden auch die Lebensgeister von Rose angekurbelt.

Mit dem duftenden Getränk setzt sie sich zu Mark, der es sich wieder auf dem Sofa gemütlich gemacht hat.

»Hier.«

»Danke.« Er nimmt die Tasse entgegen, ohne seine Augen vom Bildschirm zu nehmen. Er sieht den Text ein zweites Mal durch und lobt Rose: »Das Schreiben ist top!« Seine Augen strahlen, als er zu ihr sieht.

»War ja keine Hexerei«, meint Rose.

»Und nun drucken wir es aus und bringen es bei Herrn Schneider persönlich vorbei. Dann können wir ihm auf den Zahn fühlen, ob es weitere potenzielle Konkurrenten gibt«, meint Mark.

Kapitel 24

Am späteren Nachmittag finden sie sich vor der Haustür von Herrn Schneider wieder.

»Ich bin ein wenig nervös«, gesteht Mark.

»Du? Aber warum?«

»Das Schreiben entscheidet über unsere Zukunft. Wir setzen all unsere Hoffnungen in diese Zeilen.«

»Aber du hast mir gesagt, ich solle mir nicht allzu viel Hoffnung beziehungsweise Gedanken machen, bis wir die Zusage oder Absage erhalten haben.« Rose schüttelt den Kopf. »Und nun sprichst du wie ich?«

»Weißt du, seit ich gekündigt habe ...«

»Vor knapp einem Tag«, fällt Rose ihm ins Wort.

»Stimmt, aber von da an sind mir jede Menge Gedanken durch den Kopf gerast. Und je länger ich über deinen Traum nachdenke, wird es auch zu meinem Traum. Ich weiß, ich darf dir deinen Traum nicht stehlen, aber wie ein Dämon hat er von mir Besitz ergriffen.«

Rose sieht Mark ungläubig an.

»Du glaubst mir nicht.«

»Doch! Aber ich bin überrascht. Ich dachte, du unterstützt mich und nicht, dass du dich selbst darin verwirklichen möchtest.«

»Wäre es denn schlimm für dich?«

»Überhaupt nicht! So können wir von Anfang an alles fair aufteilen. Ich kann es immer noch nicht glauben. Wir als gemeinsame Chefs.«

»Wir werden uns noch mal darüber unterhalten, ob wir gemeinsam den Laden übernehmen oder nur jemand von uns ...«

»Verstehe ich nicht.«

»Erklär ich dir später. Kümmern wir uns nun um die Bewerbung.«

Mark drückt auf den Klingelknopf.

Mit einem Lächeln im Gesicht stehen sie vor der verschlossenen Tür. Eine Minute verstreicht, dann die nächste. Hinter der Tür ist keine Regung wahrzunehmen.

»Ich drücke noch mal.«

»Mach das.«

Wieder nichts.

»Dann kommen wir halt morgen wieder.«

»Wir können unsere Unterlagen in den Briefkasten werfen. So kann sich Herr Schneider die ansehen und sich Gedanken dazu machen, bevor wir ihn kontaktieren.«

»Nein, ich will sie ihm persönlich überreichen und mit ihm ein paar Worte wechseln. Mir erscheint das wichtig.«

»Dann lass uns einen Spaziergang in der Altstadt machen. Vielleicht ist er zurück, wenn wir noch mal an seinem Haus vorbeikommen.«

Beide drehen sich um und wären fast in Herrn Schneider gelaufen.

»Hoppla! Nicht so stürmisch.«

»Entschuldigen Sie, Herr Schneider.«

»Wollten Sie zu mir?« Herr Schneider steht vor ihnen mit Anzug, Krawatte und Hut. Wie letzthin akkurat gekleidet. Er verengt seine Augen. »Frau Zimmermann und Herr Dumermuth. Habe ich recht?«

»Beachtenswert, dass Sie sich an uns erinnern.« Mark nickt anerkennend.

»Ich konnte mir schon immer gut Gesichter und Namen merken.« Er tippt sich an die Schläfe. »Was kann ich für Sie tun?«

Mark hebt den Umschlag hoch. »Wir haben unser Bewerbungsdossier mit den dazugehörenden Unterlagen vorbereitet. Da wir gerade in der Gegend zu tun hatten, wollten wir Ihnen die Dokumente persönlich überreichen.«

»Wie zuvorkommend.«

Mark reicht ihm das Kuvert.

»Danke. Ich werde mich bei Ihnen in den kommenden Tagen melden.«

Herr Schneider muss Marks Enttäuschung bemerkt haben, denn er ergänzt: »Ich benötige meine Ruhe, um die Unterlagen zu studieren. Wenn ich Fragen habe, komme ich gern auf Sie zurück.«

»Danke. Eine Frage hätte ich noch.«

»Ja?«

»Gibt es Mitbewerber?«, fragt Mark zaghaft.

»Die gibt es.«

»Danke für Ihre Offenheit«, sagt Rose, da Mark zu lange zögert.

»Wir wünschen Ihnen einen schönen Tag, Herr Schneider.« Das bringt er gerade noch hervor.

»Ebenso.« Er lüpft seinen Hut zum Gruß und entschwindet in das Innere der Liegenschaft.

Enttäuscht kehrt Mark der Tür den Rücken und greift nach Roses Hand. Als sie ein paar Meter gegangen sind, meint er: »Heute war er distanzierter als das letzte Mal. Oder hatte nur ich den Eindruck?«

»Nein, finde ich nicht. Ich vermute, du bist ein wenig eingeschnappt, weil er mit dir nicht unsere Unterlagen durchgehen wollte.« Rose stupst ihre Schulter an seine.

»Papperlapapp.«

»Papperlapapp? Das nehme ich dir nicht ab. Und dann, wie du dastandest, als er die Mitbewerber erwähnte.«

»Ich gebe es zu. Nie hätte ich gedacht, dass sich jemand anderes für das Lokal interessiert.«

»Ich bitte dich! Es liegt zentral gelegen. Die Touristen spazieren daran vorbei, wenn sie zum Schloss möchten. Einen geeigneteren Standort gibt es praktisch nicht.«

»Ich gebe mich geschlagen, meine Heldin. Aber ich möchte doch nur, dass wir uns gut verkaufen und die Lokalität erhalten. Daher hätte ich die Unterlagen gern erläutert. Denn so, wie ich dich kenne, hast du den Raum längst bis in die hinterste Ecke verplant.«

»Wäre das schlimm?«

»Natürlich nicht. Aber deine Enttäuschung wäre umso größer, sollte es nicht klappen.«

»Dann finden wir etwas anderes.«

»Meine Optimistin!«

»Keine Elfe mehr?«

»Das bleibst du für immer!« Mark zieht sie an sich und küsst sie. »Ich liebe dich, meine Elfe. Mit dir ist mir das Schönste auf der Welt geschenkt worden. Ich freue mich auf unsere gemeinsame Zukunft.«

Ein Autohupen lässt sie auseinanderfahren. Wie zur Entschuldigung heben beide eine Hand und eilen lachend von der Straße.

»Wir sollten besser achtgeben. Sonst ist es aus mit unserem Traum, noch bevor er angefangen hat«, meint Mark lachend.

»Nicht nur das kann uns nach hinten werfen, auch wenn wir unsere Anmeldung beim Amt nicht machen«, erinnert ihn Rose.

»Du meinst, der Papierkram lässt nicht auf sich warten?«

Rose schüttelt den Kopf. »Leider nicht, nein.«

»Aber wäre es nicht an der Zeit für eine Pause?« Mark zwinkert ihr zu.

»Nein.«

»Dann fangen wir umgehend mit der Bürokratie an, meine Kämpferin.«

»Außer, du schläfst wieder auf dem Sofa ein.« Rose kichert los.

»He! Benimm dich, sonst muss ich dir zuerst den Hintern versohlen, ehe wir den Bürokram erledigen.«

Gut gelaunt schlendern sie Hand in Hand nach Hause.

Kapitel 25

»Mittlerweile drehen und wenden wir unsere Zahlen seit zwei Wochen hin und her. Schieben sie von einer Ecke in die nächste und kommen trotzdem nicht auf einen grünen Zweig. Unser Businessplan steht. Nur der Finanzierungsteil ist alles andere als realisierbar.«

Mark schüttelt den Kopf und schiebt den Laptop von sich. »Deine und meine Bank wollen uns keinen Kredit gewähren, da wir gegenwärtig keinen Job und keine Rücklagen haben. Daraus resultiert, dass wir keine Sicherheiten vorweisen können. Was ich nachvollziehen kann.«

Er fährt sich durch die Haare und sieht zu Rose, die im Türrahmen zu seinem Büro steht. »Ich habe momentan keine Idee, wie wir unseren Buchladen finanzieren können. Meine Mama möchte ich damit nicht belasten. Und ich vermute, du deine Eltern auch nicht.«

Rose verneint mit dem Kopf.

»Was ich nicht begreifen kann …«, sagt Mark, »… dass Herr Schneider uns bis heute keine Rückmeldung auf unsere Bewerbung gegeben hat. An dieser Front haben wir auch noch zu kämpfen.«

Rose tritt zu Mark, den seine Zuversicht allmählich verlässt, und setzt sich auf seinen Schoß. Dabei nimmt sie sein Gesicht zwischen ihre Hände und blickt ihm tief in die Augen. »Wir werden unsere eigene Buchhandlung betreiben. Egal, auf welche Weise. Gemeinsam finden wir eine Lösung, davon bin ich überzeugt. Wir dürfen uns nicht unter Druck setzen. Ansonsten klappt es nicht, sondern das Gegenteil könnte eintreffen.«

»Deine Zuversicht möchte ich haben.«

»Einer von uns muss sie ja haben. Ich finde es fantastisch, wie wir uns ergänzen. Du bist der Realist und ich die Träumerin.« Sie lächelt ihm zu.

»Wenn du das meinst. Nur mache ich immer deine Träume kaputt.« Mark zieht eine Schnute.

»Und ich träume uns aus der Senke.« Rose strahlt über beide Wangen. »Wir sprechen deine Mama auf unsere Herausforderung an. Vielleicht kennt sie jemanden, der jemanden kennt. Sie, die eine Veranstaltung um die anderen besucht.«

»Das ist eine super Idee! Wir fragen sie morgen, beim Mittagessen.«

Rose und Mark sitzen am Esstisch und warten auf das Dessert. Adelheid wollte sich partout nicht helfen lassen. Bei ihr werden die Gäste bedient und packen nicht mit an. Ansonsten sind es ja keine Gäste.

Adelheid deckt zu besonderen Gelegenheiten immer den Tisch im Wohnzimmer auf, natürlich mit der weißen Stofftischdecke und den Stoffservietten. Ebenso gehört das gute Sonntagsgeschirr mit dem goldenen Rand und das Silberbesteck dazu. Nicht zu vergessen, die weißen Kerzen und das Blumenarrangement auf dem Tisch. Alles farblich aufeinander abgestimmt.

Alles sieht edel aus, so als würde Adelheid täglich Gäste bei sich haben. In der Küche, in der sie sonst speist, ist es ihr zu ›gewöhnlich‹, wie sie sagt.

Mit ihrer berühmten Früchte-Quarktorte erscheint Marks Mutter wenig später im Wohnzimmer. Ein Genuss für alle Sinne und dank der Sahneverzierung freut's ebenso die Hüften. Sogar den Boden backt sie selbst. Bei ihr kommen selten bis nie Fertigprodukte auf den Teller. Mit ihrem Hochbeet hat sie für sich genug frisches Gemüse und auch die Obstbäume und Sträucher haben einen nennenswerten Ertrag.

Strahlend setzt Adelheid die Torte vor sich auf den Tisch.

»Bin gleich zurück. Ich habe den Kaffee vergessen.« Wie ein Wirbelwind huscht sie davon und ist einen Wimpernschlag später zurück.

Adelheid setzt sich und greift nach dem Tortenmesser, um die Köstlichkeit zu schneiden. Nebenbei fragt sie: »Wie kommt ihr mit dem Buchladen voran?«

Rose und Mark werfen sich einen verstohlenen Blick zu, der glücklicherweise von Adelheid nicht wahrgenommen wird. Sie sind froh, dass Adelheid das Thema von sich aus anschneidet.

Mark räuspert sich. »Um ehrlich zu sein, nicht gut.«

»Wo hakt es?« Sie hält in der Bewegung inne und sieht ihren Sohn an.

»Herr Schneider hat sich bisher nicht gemeldet.«

»Och, Kinder! Dann sucht parallel nach einer anderen Lokalität. Ihr dürft nicht nur warten und Däumchen drehen. Von allein kommt nichts.«

»Das ist nicht ganz einfach«, sagt Rose.

»Nicht?«

Beide schütteln den Kopf.

Adelheid legt das Messer ab und geht, ohne Worte zu verlieren, in die Küche. Wenig später kommt sie mit zwei Zeitungen zurück.

»Hier drinnen habe ich einige Annoncen entdeckt. Ich finde, sie klingen vielversprechend. Die Mieten sind zum Teil nicht nachvollziehbar hoch, aber das lässt sich mit einem Telefonat klären. Ich habe sie mit Marker umkreist.«

Stolz legt sie die Exemplare vor ihren Sohn und Rose hin. »Es befinden sich nicht alle hier in Burgdorf. Einige sind in den umliegenden Nachbargemeinden. Somit mit Bus oder Zug gut erreichbar. Es muss ja nicht wohnsitzgebunden sein, oder?« Fragend sieht sie Rose und Mark an.

»Unsere Vorstellung ist, dass der Buchladen hier in Burgdorf ist. Er muss nicht in der Nähe unserer Wohnung liegen, aber zu Fuß oder mit dem Fahrrad gut erreichbar sein«, meint Rose.

»So sparen wir unnötige Arbeitswege. Die dadurch gewonnene Zeit und das Geld können wir in unseren Laden stecken.« Mark nimmt Roses Hand. »Da wir zu zweit sind und es unser erster Buchladen ist, werden wir jede Minute benötigen, um Abläufe abzuklären et cetera. Und garantiert auch für uns beide. Nicht, dass wir uns aus den Augen verlieren.«

»Aus dieser Sichtweise habe ich das noch nie betrachtet. Aber ihr habt vollkommen recht. Das Wichtigste wird stets eure Liebe sein. Keine Arbeit soll euch auseinanderreißen. Das wird allerdings nicht immer einfach sein. Vor allem in der Startphase.«

Adelheid setzt sich wieder hin und nimmt das Tortenmesser zur Hand. Mit wenigen Schnitten ist der Kuchen zerteilt. Sie stellt jedem ein Stück vor die Nase.

»Lasst es euch munden.«

»Das lassen wir uns nicht zwei Mal sagen, oder Rose?«

»Niemals!« Sie nimmt eine Gabel voll. »Lecker!«

»Möchte jemand einen Kaffee?«, erkundigt sich Adelheid.

»Danke, ja«, echot es.

Sie füllt die vorbereiteten Tassen und stellt sie neben die Teller.

»Jetzt, wo ihr beide keinen Job habt«, kommt Adelheid auf die vorherige Diskussion zurück. »Wie macht ihr das mit der Finanzierung? Habt ihr die laufenden Kosten im Griff? Kriegt ihr einen Kredit bei der Bank?«

»Die derzeitigen Kosten haben wir unter Kontrolle. Jeder von uns beiden hat etwas angespart. Jedoch gewährt uns keine Bank in der jetzigen Situation einen Kredit. Die Finanzierung des Ladens bleibt eine weitere Herausforderung. Insbesondere, da wir unsere Vorstellungen bezüglich der Einrichtung haben. Wir möchten keinen Laden eröffnen, der irgendwie halbherzig daherkommt, und mit Kompromissen versehen ist, die wir nicht gutheißen. Die Kunden sollen sich wohlfühlen.« Mark blickt zu Rose, die ihm zunickt und lächelt.

»Ich hatte die Vermutung, dass es nicht einfach wird.«

»Ehrlich gesagt, wissen wir nicht, wie wir das Geld beschaffen können. Rose und ich möchten dich und ihre Eltern nicht um Geld fragen.« Beschämt senkt Mark seinen Blick, um kurzerhand strahlend zu seiner Mutter aufzusehen. »Gerade fällt mir die Lösung unseres Problems ein.« Er sieht zu Rose. »Du hast dein

Manuskript dem Lektor zugestellt. Dein Erstlingswerk wird uns so viel Geld einbringen, dass wir den Laden im Nu eröffnen können.«

»Aber bis dahin vergeht eine Weile. Ich habe bisher keine Rückmeldung vom Lektor erhalten. Von daher weiß ich nicht, ob meine Geschichte zu etwas taugt.«

»Und ob sie das wird! Wo ist dein Optimismus hin?« Mark drückt Roses Hand. »Vermutlich hat er einige Texte zum Lektorieren. Er wird sich bald bei dir melden.«

»Ich habe eine andere Möglichkeit, damit ihr euren Traum baldmöglichst realisieren könnt«, lenkt Adelheid ab.

Zwei Augenpaare sehen sie verwundert an.

»Dein Vater hat zu deiner Geburt ein Konto angelegt. Dasselbe hat er für deine Schwester Chantal getan. Auf beiden Konti hat er regelmäßig einen Betrag eingezahlt. Nach seinem Tod habe ich das so gut wie möglich beibehalten. Natürlich war der Betrag kleiner.«

Adelheid schluckt schwer.

»Ich ... ich habe dir nie davon erzählt, weil ich nicht wollte, dass du oder Chantal in den jungen Jahren mit dem Geld um euch werft.«

»Um uns werfen?«, fragt Mark.

»Ja, dass ihr Luxuspartys organisiert, um mit dem Geld zu prahlen, oder euch überteuerte Autos und Kleider kauft. Was für mich aber das Schmerzlichste gewesen wäre, dass ihr mit Drogen in Kontakt kommt.«

»Das hätten wir nie gemacht.«

»Das glaube ich dir, mein Junge. Doch wenn man plötzlich viel Geld erbt, erscheinen Freunde auf der Bildfläche, die du davor noch nie gesehen hast. Meistens entpuppen sie sich dann als falsch und dein Geld ist weg.«

»Da hast du recht. Weiß Chantal davon?«

»Ja. Sie hat von ihrem Konto erfahren, als sie ihr Haus gebaut hat.«

»Sie hat mir nie etwas davon erzählt.«

»Ich habe sie darum gebeten. Wie dem auch sei ...«

Adelheid trinkt einen Schluck Kaffee. »Mit dem gesparten Geld könnt ihr vermutlich sogar ohne Bank auskommen. Ich hole den Kontoauszug.« Sie erhebt sich. »Ich bin noch nicht so modern wie die jungen Leute, die alles im Internet nachschauen können.« Mit einem Zwinkern verlässt sie den Wohnbereich.

»Ich glaub, ich träume«, flüstert Mark.

»Dito.«

»Ich hoffe, ich habe euch nicht allzu sehr geschockt? Immerhin kann das die Lösung für eure Geldsorgen sein.« Sie strahlt über das ganze Gesicht.

»Warum?«, fragt Mark.

»Wie ... warum?«

»Warum hast du uns nicht schon eher informiert, als du wusstest, dass wir einen Buchladen eröffnen möchten?« In Marks Tonfall schwingt Verärgerung mit.

»Was hätte es geändert?«

»Rose und ich hätten uns die letzten Tage nicht den Kopf zerbrochen und hätten keine schlaflosen Nächte gehabt. Wir hätten unsere Kalkulationen nicht tausendmal machen müssen. Wir ...«

»Mark!« Rose legt ihre Hand auf seinen Unterarm, »nimm es einfach an. Lass die Vergangenheit ruhen. Was bringt es, uns über die vergeblichen Rechnungsdurchgänge zu ärgern? Nichts! Und nun lass deine Mama aussprechen.«

Adelheid geht nicht auf Marks Vorwürfe ein, sondern streckt ihm das gefaltete Blatt hin. »Hier dein Kontoauszug.«

Mark nimmt das Papier entgegen.

Rose rückt von ihm ab. Sie will den Betrag nicht wissen. Es ist Marks Geld und was er damit macht, ist seine Sache.

Als hätte er ihre Gedanken gelesen, meint er: »Du musst nicht von mir abrücken. Es wird unser Geld sein. Wir werden mit dieser Geldsumme ...« Er schwenkt das gefaltete Blatt hin und her. »... unseren Grundstein für die Zukunft setzen. Und da werde ich keine Geheimnisse in Sachen Finanzen vor dir haben. Rück wieder zu mir.« Mark lächelt ihr auffordernd zu.

Adelheid knetet ihre Hände, während sie beobachtet, wie er das Blatt öffnet und nach Luft schnappt.

»Da muss ein Irrtum vorliegen.«

»Nein, die etwas über zweihunderttausend Franken stimmen. Nach dem Tod deines Vaters habe ich einen Teil vom Geld angelegt. Es hat im Hintergrund für uns gearbeitet. Und wie mir scheint, nicht schlecht.«

»Das kann ich nicht annehmen.«

»Red keinen Stuss daher. Es gehört dir. Investiere es intelligent und du wirst lange davon zehren können.«

Mark umrundet den Tisch und nimmt seine Mama in die Arme.

»Danke, Mama und entschuldige meine Rüge von vorhin.«

»Somit hilft es euch weiter?«, fragt sie ihren Sohn, als er sie aus der Umarmung entlässt.

»Und wie! Mit diesem Betrag könnten wir praktisch zwei Filialen eröffnen.«

»Das meinte ich eingangs. Werde nicht übermütig, nur weil der Betrag ein paar Nullen hat. Überlege gut, was du damit anstellst. Vielleicht ist es sinnvoll, wieder einen Teil anzulegen.«

»Rose und ich werden heute Abend die Kosten aus dem Businessplan mit dem Ersparten hier vergleichen. Und in den kommenden Tagen sicher das Gespräch mit der Bank suchen. Mein Berater kann zweckdienlich Auskünfte geben, wie wir am besten mit dem übrigen Kapital umgehen sollen. Und morgen suchen wir das Gespräch mit Herrn Schneider.«

Danach wurde über nichts anderes mehr gesprochen als über das Geld und die Möglichkeiten, die sich daraus ergeben. Alle ließen ihren Gedanken freien Lauf, auch wenn sie realitätsfern waren. Aber träumen darf jeder.

Kapitel 26

Nervös stehen sie vor der Eingangstür von Herrn Schneider. Nachdem sie sich gestern von Marks Mama verabschiedet hatten, machten sie sich direkt an die Überarbeitung des Businessplanes. Eine riesige Last fiel von ihren Schultern, als sie das neue Ergebnis sahen. Nun waren alle Zahlen schwarz und konnten mit genügend Sicherheit abgedeckt werden.

Mark bereitete eine Gummibandmappe mit den angepassten Schriftstücken vor, die er nun in der Hand hält.

»Meinst du, dass unsere Zahlen Herrn Schneider milde stimmen können? Vielleicht hat er sich noch nicht gemeldet, da die Zahlen nicht dem entsprachen, was er wollte.«

»Das werden wir gleich zu hören bekommen.« Mark drückt auf die Klingel und lächelt Rose aufmunternd zu.

Keine Minute später steht Herr Schneider im Türrahmen. »Guten Tag miteinander. Was führt Sie zu mir?«

»Wir konnten die notwendige Finanzierung für unseren Buchladen mittlerweile sicherstellen«, steigt Mark direkt ins Gespräch ein und hält ihm die Mappe hin. »Sie können sich gern mit den aktuellsten Unterlagen selbst davon überzeugen. Es handelt sich um den angepassten Businessplan inklusive Beleg der Finanzierung.«

Mark wirft sich in seine Brust. »Das sollte Ihnen nun eine gewisse Sicherheit geben, dass wir nicht schon beim Aufbau des Ladens scheitern werden, weil uns das Geld ausgeht.«

Herr Schneider blickt sie einige Sekunden irritiert an, bevor er das Wort an sie richtet. »Haben Sie mein Schreiben nicht erhalten?«

»Welches Schreiben?«, fragt Rose. In ihr breitet sich ein ungutes Gefühl aus. Wenn sie den Zuschlag bekommen hätten, hätte Herr Schneider sie sicher telefonisch informiert und nicht per Schreiben. »Wann hätte dies eintreffen sollen?«

»Letzte Woche.«

»Was steht drin?« Marks Stimme ist nicht mehr so euphorisch wie zu Beginn des Gespräches.

»Dass ich Ihnen den Zuschlag nicht erteilen kann.«

Mark nimmt Roses Hand. »Woran ist es gelegen?«

»Meine Tochter möchte versuchen, ihren bestehenden Buchladen mit einem weiteren Standort zu retten. In Bern gibt es einfach zu viele Buchläden. Ich habe ihr davon abgeraten, aber sie hat denselben Dickkopf wie ich.«

»Verstehe«, murmelt Mark.

Roses Gedanken flitzen wie wild umher. Sie muss Herrn Schneider diese eine Frage stellen. Ansonsten kann sie die Absage nicht abhaken. »Ihre Tochter heißt nicht zufällig Helene von Ballmoos?«

Seine Augenbrauen schießen nach oben. »Sie kennen meine Tochter?«

»Sie war meine Vorgesetzte, bis zu dem Zeitpunkt, als sie mich infolge der Sparmaßnahmen entließ.«

»Das tut mir leid. Auch dass ich Ihnen eine Absage erteilen muss. Doch Familie geht vor. Ich wünsche Ihnen viel Erfolg für Ihren Buchladen. Auf Wiedersehen.«

»Auf Wiedersehen.«

Ziellos spazieren sie durch die Stadt.

»Das hat sie nur gemacht, damit sie mir eins auswischen kann. Und ihr Vater hilft ihr dabei.«

»Ich bin mir nicht sicher, ob Herr Schneider bis ins Detail informiert ist. So wie er reagiert hat, als du ihren Namen erwähnt hast. Und warum sollte sie dir Böses wollen? Du hast ihr nichts getan.«

»Nein, aber sie mag mir meinen eigenen Buchladen nicht gönnen. Sie hat ja selbst gesehen, wie viel Umsatz ich gemacht habe. Da bin ich für sie eine gewisse Konkurrenz.«

»Für den Buchladen in Bern würdet ihr nicht in direktem Wettstreit stehen, wohingegen in Burgdorf schon. Von daher verstehe ich ihren Plan nicht.«

»Ich schon. Sie mag mir den Erfolg nicht gönnen. Aber wir werden unseren Laden hier in Burgdorf eröffnen. Von einer Absage lassen wir uns nicht unterkriegen!« Sie streckt ihr Kinn nach vorn. »Und wenn die liebe von Ballmoos nun ihren Buchladen hierher verlegt, dann muss sie sich warm anziehen!«

»Ganz deiner Meinung, meine Elfe. Gehen wir die Annoncen sowie die Seiten der Immobilienmakler durch und halten Ausschau nach potenziellen Räumlichkeiten.«

Auf dem Weg in ihre Wohnung kommen sie an einem leer stehenden Laden vorbei: ein Sandsteingebäude, das demjenigen an der Hohengasse in nichts nachsteht, außer dass es keine ausladende Vogeldiele hat. Er liegt nicht direkt im Kern der Altstadt, aber dafür am Eingang bei der Gebrüder-Schnell-Terrasse. Rose kennt die Terrasse sehr gut. Sitzt sie selbst gern im Sommer unter den schattenspendenden Laubbäumen und gönnt sich einen Aperitif aus der Bar, die nur in den warmen Monaten geöffnet hat.

Eine weitere Anziehungskraft: der naturbelassene Boden. Hier werden Pétanque-Spiele en masse ausgetragen. Es ist faszinierend, wie exakt die Kugeln an die Zielkugel geworfen werden können. Nur nicht von Rose. Sie war meilenweit entfernt und ließ es bei diesem einen Versuch bleiben. Daher schaut sie lieber zu und erfreut sich am Jubel der Gewinner.

»Lass uns nachsehen, wem der Laden gehört.« Und noch während er spricht, zieht er Rose hinter sich her.

»Hast du schon eine Kontaktadresse entdeckt?«, fragt Rose.

»Nein.« Mark schirmt seine Augen gegen die Sonne ab und hofft, so etwas im Innern erkennen zu können. »Aber ich glaube, es hält sich jemand in den Räumen auf.«

Rose tritt zu ihm und klopft an die Scheibe. Und ja, es nähert sich eine Frau, die sich jedoch wieder abdreht und aus dem Raum entschwindet. Kurz darauf streckt sie ihren Kopf aus der Tür.

»Hallo? Möchten Sie etwas von mir?«, erkundigt sich die ältere Frau. Ihre Brille hat sie ins kurze graue Haar hochgeschoben.

»Guten Tag.« Rose eilt zu ihr. »Wir möchten Sie nicht überfallen, aber wir haben Ihr Aushängeschild gesehen.« Sie zeigt mit dem Finger auf das Plakat im Schaufenster. »Wir sind auf der Suche nach Räumlichkeiten und da haben wir uns erlaubt, durch das Schaufenster zu linsen. Dabei sind Sie wie aus dem Nichts aufgetaucht und da dachten wir ...«

»... Ihr versucht euer Glück.«

»Genau. Wir wollten nachfragen, ob Sie bereits einen Nachmieter gefunden haben?«

»Noch nicht. Ich habe mich erst vor wenigen Tagen endgültig zum Schließen meines Geschäfts entschieden. Gern wäre ich länger

geblieben, aber wie das Schicksal so spielt ...«
Sie seufzt. »Das Schild habe ich erst heute Morgen aufgehängt. Momentan bin ich am Kistenpacken und Saubermachen.« Sie wischt sich über die verschwitzte Stirn.

»Dürften wir die Räumlichkeiten besichtigen?«, prescht Rose vor.

»Natürlich, aber es ist unaufgeräumt und schmutzig.«

»Das stört uns nicht. Wie vorhin erwähnt, suchen wir nach Räumlichkeiten, um unseren Traum vom eigenen Buchladen zu realisieren.«

»Das klingt interessant. Dann kommen Sie bitte herein.« Die Frau tritt zur Seite und hält die Tür auf.

Rose und Mark sehen sich im Eingangsbereich um, während sie die Tür wieder verschließt.

»Ich bin Hilde«, stellt sie sich vor und reicht beiden die Hand.

»Freut mich. Ich bin Rose und das ist mein Freund Mark.«

»Und ihr eröffnet gemeinsam den Buchladen?«

»Das haben wir vor. Nur ist momentan der Wurm drin. Vorhin wurde uns eine Absage an der Hohengasse erteilt.« Rose seufzt. »Ich hatte mich während der Besichtigung in die Räume verliebt und mich in Gedanken schon die Bücher einräumen sehen.«

»Ich kann mit dir fühlen«, meint Hilde.

»Und die Ämter machen uns das Leben auch nicht leicht.«

»Ich glaube, da muss jeder Neuling durch. Der Anfang ist nicht einfach. Aber wenn ihr die ersten paar Monate überstanden habt, könnt ihr euch darauf verlassen, dass alles gut wird. Natürlich müsst ihr immer innovativ sein und dürft euch nicht auf euren Lorbeeren ausruhen. Eigentlich wollte ich mich langsam aus meinem Geschäft zurückziehen. Immerhin bin ich gerade sechzig geworden.«

Sie lächelt die beiden an. »Ich habe mir immer geschworen, ab sechzig arbeite ich keine hundert Prozent mehr, sondern reduziere kontinuierlich. Leider haben sich meine Physiotherapie-Kolleginnen nicht überwinden können, die Leitung und somit auch die Verantwortung zu übernehmen. Sie haben sich eine andere Anstellung gesucht. Beziehungsweise … eine wird demnächst Mama. Sie hat schon immer erwähnt, dass sie länger in Mutterschaftsurlaub gehen möchte. Tja, und nun stehe ich da inmitten der Kartons.« Hilde macht eine ausladende Handbewegung. »Mein Abschied wird vermutlich euer Anfang sein. Für mich wird es Abschiedstränen geben und für euch Glückstränen.«

»Wir werden die Taschentücher mitbringen«, meint Mark.

»Du Scherzkeks!« Hilde verpasst ihm einen Klaps auf den Oberarm. »Nun habe ich genug über mich gesprochen. Ihr wollt schließlich die Räumlichkeiten besichtigen, damit ihr euch ein Bild davon machen könnt.«

Hilde tritt zur Theke hin. »Hier befinden wir uns im Empfangsbereich, was am Tresen unschwer zu erkennen ist. Für uns diente der Raum ebenso als Wartezimmer. Rundherum sind die vier Behandlungsräume verteilt. Folgt mir bitte!«

Hilde betritt einen Raum und wartet, bis Mark und Rose eingetreten sind. »Alle sehen gleich aus. Das heißt, dieselbe Grundrissfläche und jeder Raum hat ein Fenster. Vielleicht könntet ihr ein, zwei Wände einreißen, um einen großen Raum daraus zu machen? Ich denke, für euch wäre das interessanter. Das müsstet ihr jedoch mit der Eigentümerin, Frau Ines Brunner, besprechen.«

»Sind die Fenster überall so groß?«

»Ja. Ich habe es sehr geschätzt, dass die Räume lichtdurchflutet sind. Ich hatte in den jungen Jahren eine Anstellung, da waren die Behandlungsräume ohne beziehungsweise nur mit einem kleinen Fenster versehen. Schrecklich!«

Sie verlassen den Raum und stehen wieder im Eingangsbereich.

»Hier befindet sich der Pausenraum. Klein, aber fein. Und hier ist die Toilette. Sogar behindertengerecht. Ines hat bei unserem Einzug, einiges in den Umbau investiert. Dafür bin ich ihr sehr dankbar. Was denkt ihr? Käme euch die Lokalität entgegen?«

»Für einen Anfang wäre es mehr als geeignet«, meint Rose. »Wie hoch ist die Miete?«

»Die Miete beträgt inklusive Nebenkosten tausendachthundert Franken. Ich habe auf Ende November gekündigt. Aber wenn Ines, also Frau Brunner, nichts dagegen hat, könnt ihr früher über die Räume verfügen. Sofern sie keine anderen Pläne mit der Liegenschaft vorhat.« Hilde zuckt mit den Schultern.

»Das klingt toll.« Rose strahlt. »Die Miete ist günstiger als an der Hohengasse«, sagt sie überglücklich zu Mark.

»Aber wir haben weniger Raum zur Verfügung. Wenn mich mein erster Eindruck nicht täuscht.«

»Meinst du?« Sie beißt sich auf die Lippe.

»Ich will euch zu nichts überreden. Am wenigsten möchte ich, dass ihr eure Entscheidung überstürzt. In Anbetracht, dass ihr kürzlich eine Absage für das andere Objekt erhalten habt, ist die Versuchung groß«, sagt Hilde.

»Ich denke, dass wir eine Nacht darüber schlafen werden«, meint Mark. »Sollen wir dich oder Frau Brunner kontaktieren?«

»Lieber direkt mit Frau Brunner Kontakt aufnehmen. Die Adresse und Telefonnummer habe ich hier irgendwo hingelegt.« Hilde sucht in einem Stapel Papier und zieht einen Fresszettel hervor. Lächelnd hält sie ihn Rose hin. »Entschuldige, ging ein bisschen schnell und ich hatte kein anderes Papier zur Hand.«

Rose zückt ihr Handy. »Ich mache rasch ein Foto.«

Derweil geht Mark den Eingangsbereich auf und ab.

»Was machst du da?«, fragt Hilde mit gerunzelter Stirn.

»Ich nehme ein grobes Maß, damit ich es mit dem anderen Angebot vergleichen kann. Sozusagen eine Gegenüberstellung vom Preis-Leistungs-Verhältnis.«

»Verständlich, aber du musst den Laden nicht abgehen.«

»Wieso?« Mark sieht zu Hilde. »Na, weil ich Pläne vom Grundriss besitze. Und bevor du fragst, warum. Ich wollte einmal eine Änderung vornehmen. Die aber leider nicht zum Tragen kam.«

Hilde durchsucht erneut ihren Papierstapel.

»Et voilà. Du kannst sie gern abfotografieren, Rose.«

»Danke.«

Kapitel 27

Draußen empfängt sie die sommerliche Hitze, die ihre Stadt in Atem hält. Gemeinsam gehen sie die paar Stufen hinab und queren die Straße. Mit wenigen Schritten sind sie auf der Gebrüder-Schnell-Terrasse. Der Kies knirscht unter ihren Schuhsohlen und der Brunnen plätschert vor sich hin. Eine Pétanque-Partie ist im Gange.

Dann bleiben sie stehen und drehen sich zum Gebäude hin.

»Ein schöner Anblick. Nicht? Als wäre das Gebäude das Tor zur Altstadt. Ich liebe Sandsteingebäude. Sie strahlen Geschichte aus. Da frage ich mich immerzu, was die Mauern alles erzählen würden, hätten sie eine Stimme. Sicher einige Schauermärchen und Liebeleien der vergangenen Jahrhunderte.« Rose blickt verträumt vor sich hin.

»Es ist aber wirklich kleiner als das andere Angebot und liegt nicht zentral«, motzt Mark.

»Das wir nicht bekommen!« Roses Begeisterung ist umgehend weggeblasen.

»Du musst dich nicht echauffieren. Ich halte nur die Fakten fest.«

»Genau. Aber gleichzeitig machst du alles madig. Und von wegen nicht im Zentrum. Was denkst du denn, wie viele Leute den Laden sehen, wenn sie hier die Sommerabende bei einem Glas Wein verbringen oder Pétanque spielen? Oder wenn sie mit dem Fahrzeug oder Fahrrad den Schmiedenrain hochfahren, um in Richtung Bernstrasse abzubiegen, blicken sie automatisch zu unserem Buchladen. Das hast du an der Hohengasse nicht!« Rose verschränkt die Arme.

»Madig? Darf ich dich daran erinnern, dass ich das notwendige Geld besitze? Ohne dieses Geld könnten wir den Buchladen umgehend vergessen – und da darf ich schon ein Wörtchen mitreden!«

Rose weicht einen Schritt zurück. »So ist das?«

»Entschuldige bitte, das wollte ich nicht sagen.« Mark greift nach Roses Hand, doch im selben Moment dreht sie sich ab und läuft davon.

Mark bleibt verdattert zurück.

Wegen ihrer lauten Auseinandersetzung haben die Pétanque-Spieler ihr Spiel unterbrochen und sehen ihn an. Einige schütteln verständnislos den Kopf und blicken finster zu ihm.

Wie konnte er Rose nur so vor den Kopf stoßen? Er könnte sich ohrfeigen. Sie ziehen beide am selben Strang. Jedenfalls bis vor wenigen Minuten. Warum bloß ließ er den Chef raushängen? Dazu in einem arroganten Anflug von Machogehabe. Er will mit seiner Elfe den Buchladen eröffnen und mit niemandem sonst. Nicht einmal allein möchte er das. Er muss sie an seiner Seite wissen. Ohne Rose ist er nur ein halber Mensch.

In seinen Gedanken versunken setzt er sich an einen Tisch und blickt ins Emmental. Doch die Schönheit der Natur nimmt er nicht wahr. Auch nicht, wie lange er vor sich hin grübelt, bis ihn jemand an die Schulter stupst. In der Hoffnung, dass es Rose ist, steht er abrupt auf. Doch seine Vorfreude verblasst wie der Tag.

»Ach, du bist es.«

»Nette Begrüßung.«

»Entschuldige. Hallo, Hilde.«

»Geht doch. Was bläst du für Trübsal? Und das bereits den ganzen Nachmittag? Ich habe dich während meines Putzmarathons beobachtet, wie du ganz allein hier sitzt. So, als wäre die Welt untergegangen.«

»Ist sie auch.« Mark seufzt. »Ich habe mich schrecklich mit Rose verkracht.« Er setzt sich wieder hin.

»Ihr seid euch nicht einig mit der Größe des Ladens und des Standortes? Hinzukommen sicher die Kosten, die ihr noch mal überdenken müsst?« Sie setzt sich neben ihn auf die Bank.

»Die Kosten sind das kleinste Problem. Ich habe gestern erfahren, dass ich eine größere Erbschaft gemacht habe.« Mark schiebt mit seinem Fuß Steinchen hin und her.

»Das ist doch fantastisch! Meinen Glückwunsch. Somit habt ihr einen sehr wichtigen

Schritt in Richtung eurer Buchhandlung gesichert. Die Banken sind heutzutage nicht mehr die einfachsten. Für alles müssen Bürgen her und alles muss hundertfach abgesichert sein.«

»Kann sein.« Er zuckt mit den Schultern. »Jedenfalls habe ich Rose gesagt, dass es mein Geld ist, das wir investieren und ich somit entscheide, wie unser Buchladen auszusehen hat und wo er zu stehen hat. Beziehungsweise, welche Räumlichkeiten wir mieten.«

Hildes Mund formt sich zu einem stillen ›Oh‹.

»Ich könnte mich zum Mond schießen.«

»Da gebe ich dir recht. Ich würde sogar die Zündschnur eigenhändig anzünden.«

Mit hochgezogenen Augenbrauen sieht er sie von der Seite her an.

»Glaub ja nicht, dass ich dich bemitleide. Du wirst dich in aller Form bei Rose entschuldigen. Wie ich sie in der kurzen Zeit kennengelernt habe, würde sie ihr letztes Hemd für dich und euren Buchladen geben. Und meine Menschenkenntnis täuscht mich nie. Geh zu ihr und versuch, zu retten, was zu retten ist.«

Ohne ein weiteres Wort steht Hilde auf und geht davon.

Zurück bleibt ein grübelnder Mark.

Kapitel 28

Mit gesenktem Kopf und einem schweren Herzen macht sich Mark einige Minuten später auf zur gemeinsamen Wohnung. Die Dämmerung hat sich verabschiedet und die ersten Sterne strahlen am Himmel und liefern sich ein Wettrennen mit den Straßenlaternen. Eigentlich liebt er es, nachts durch die verlassenen Gassen zu spazieren. Nur heute nicht.

Der Weg scheint kürzer als sonst. Oder Mark war zu sehr in Gedanken vertieft, dass er die Strecke hinter sich brachte, ohne etwas wahrzunehmen.

Bevor er die Wohnung betritt, bleibt er stehen. Er ist sich bewusst, dass er Mist gebaut hat. Seine Worte haben Rose hart getroffen. Das hat er an ihrem Gesichtsausdruck gesehen und daran, wie sie wutentbrannt davonrannte. Er hofft, dass sie ihm verzeiht. Vielleicht nicht sofort, aber mit der Zeit ... Ansonsten weiß er nicht, was er machen soll.

Ein letztes Mal atmet er tief ein und dreht den Schlüssel um. Die Wohnung liegt im Dunkeln. Leise schließt er die Tür. Mark hegt die Hoffnung, dass Rose vielleicht schon im Bett liegt und schläft.

Geräuschlos geht er ins Schlafzimmer und sieht sich nach ihr um. Doch das Bett ist leer. Es scheint, als sei sie nicht da gewesen. Jedenfalls sieht es immer noch so aus, wie sie es heute Morgen verlassen haben. Er geht die restlichen Räume ab und findet alle leer. Ebenso den von ihnen geliebten Balkon. Ratlos setzt er sich draußen auf den Stuhl und stützt den Kopf in den Händen ab.

Ein wenig später – er weiß nicht wie viel später – hört er das vertraute Geräusch des Schlüssels auf Stahl treffen. Ein Stein fällt ihm vom Herzen. Dankbar, dass Rose zurück ist, steht er auf und tritt ins Wohnzimmer, von wo aus er auf den Eingang schauen kann.

Mark lächelt sie an und nimmt die wenigen Schritte zu ihr. Bleibt jedoch mit einem Abstand vor ihr stehen. Er will ihr Raum geben.

»Rose, ich war ein Trottel. Ich weiß nicht, was mich in diesem Moment geritten hat. Ich hoffe, dir ist bewusst, dass ich nie so denken würde. Ich kann nicht ohne dich sein. Wie gern würde ich meine Worte ungeschehen machen. Kannst du mir verzeihen?« Mark will nach Roses Hand greifen, doch sie zieht sie zurück.

»Ich bin mir momentan nicht sicher, welche Schlüsse ich aus deiner Szene ziehen soll. Ich fühle mich verletzt und ausgestoßen. Haben wir weiterhin den gleichen Gedanken wie zu Beginn, wo du noch nichts von deinem Erbe wusstest?«

»Natürlich!« Mark tritt näher an Rose heran.

»Warum verhältst du dich dann wie ein Baron? Nur weil ich den Laden schnucklig finde und du nicht? Und die Lage ideal wäre, aber für dich nicht? Wenn alles rundläuft, können wir jederzeit den Standort wechseln, wenn er dir nicht gefällt. Wer hat gesagt, dass wir unsere Ausgaben im Griff behalten sollen und so rasch wie möglich den Buchladen eröffnen? Das warst du!« Rose zeigt mit dem Finger auf ihn.

Mark lächelt.

»Was findest du lustig, wenn ich mit dir streite? Bleib gefällig ernst und zieh nicht alles ins Lächerliche!« Sie stemmt ihre Hände in die Hüfte.

»Du hast ›wir‹ gesagt. Somit gehe ich davon aus, dass ...«

»... dass alles gut ist? Ehrlich gesagt, fahren meine Gefühle Achterbahn. Ich weiß nicht, was ich davon halten soll.«

»Wie meinst du das?«

»Liebst du mich überhaupt noch? Oder ...«

»Halt!« Mark hebt die Hand. »Wieso stellst du dir solche Fragen? Was hat das mit dem Buchladen zu tun? Unsere Beziehung sollte nicht mit dem Buchladen in Verbindung gesetzt werden. Zumindest nicht, wenn wir über den Standort, Geldfragen oder sonstige geschäftliche Dinge diskutieren. Das sind zwei Paar Schuhe. Die müssen wir von Anfang an trennen.«

»Ich bin wohl zu sensibel. Ich vertrage keine Streitigkeiten.« Rose senkt den Kopf.

»Auseinandersetzungen mag niemand.« Mark tritt näher an Rose, sodass ihre Fußspitzen sich berühren. Er legt seine Hände auf ihre Schultern. »Wenn du denkst, dass unsere Beziehung wegen einer Unstimmigkeit bricht, dann kann ich dir sagen, dem wird nie so sein. Meinungsverschiedenheiten gehören dazu. Wir werden daran gemeinsam wachsen. Auch wenn es schmerzt und Tränen gibt. Wichtig ist, dass wir die Differenzen ausdiskutieren und keiner den Seelenschmerz in sich hineinfrisst.«

Rose kullern die ersten Tränen über die Wangen.

»Nicht weinen! Es ist alles gut.« Mark zieht sie in eine feste Umarmung. Ihr Körper zittert.

»Rose?«

Mit verquollenen Augen sieht sie ihn an. Langsam senkt er seinen Kopf, bis sich ihre Lippen berühren. Ihre Küsse sind sanft und steigern sich zu einem Verlangen nach mehr. Ehe Rose sichs versieht, hebt Mark sie hoch und trägt sie ins Schlafzimmer.

Eilig zieht er ihre und seine Kleider aus. Er will ihre Haut auf seiner spüren. Weich wie Samt und nach Veilchen duftend. Allein bei seinen Berührungen entfährt Rose ein Seufzer. Das Schweben hält an und sie wird in ein Universum katapultiert, wie nie zuvor. Ihre Körper beben vor Erregung und Glück. Noch als sie sich in den Armen halten.

»Ich liebe dich, Rose. Egal, welche Herausforderungen auf uns warten. Den Rest meines Lebens will ich mit dir verbringen. Und nur mit dir.«

»Das will ich ebenso. Ich habe dich lieb, Mark. Lass uns bitte nicht mehr streiten. Ich halte das nicht aus.«

»Wenn es danach immer eine Versöhnung wie jetzt gibt, warum nicht?«

»Männer!«

Rose kichert los und schon ist Mark wieder über ihr.

Kapitel 29

Am darauffolgenden Morgen wird Rose durch den nach Vanille riechenden Kaffee geweckt. Als sie die Augen aufschlägt, sitzt Mark lächelnd neben ihr und hält eine Tasse in der Hand.

»Gut geschlafen?«

»Herrlich!« Auf Roses Gesicht erscheint ein goldiges Lächeln.

Mark bückt sich zu ihr hin und küsst sie zärtlich. Er stellt die Tasse auf den Nachttisch und hebt ein Tablett vom Boden hoch.

»Für mich?« Rose setzt sich im Bett auf.

»Uns beide.« Er grinst seine Elfe an. »Ich habe mir gedacht, dass wir etwas Außergewöhnliches machen und im Bett frühstücken. Nebenbei können wir über unseren Buchladen sprechen.«

Er legt das Tablett auf Roses Schoß, klettert über ihre Beine und setzt sich neben sie ins Bett.

»Du verwöhnst mich zu sehr.«

»Ich habe einiges gutzumachen. Das hier ist erst der Anfang. Ich hoffe, dass du mir meinen Fauxpas verzeihst.«

»So einfach kommst du mir nicht davon.« Sie mahnt ihn mit dem Zeigefinger. »Meine Erwartung in Bezug auf den Laden ist angeknackst. Ich dachte immer, es gibt ein Wir und dass wir an einem gemeinsamen Strang ziehen. Gestern jedoch gab es nur ein Ich. Das hat mich tief getroffen. Aber an der Liebe zu dir ändert sich nichts. Wie du gestern sagtest, wir müssen unsere Liebe und das Geschäft trennen. Nicht, dass wir unsere Beziehung aufs Spiel setzen.«

»Ich kann es nicht genug erwähnen, es bleibt beim Wir.« Mark nimmt Roses Hand. »Ich war wohl zu sehr vom Geld geblendet. Die Vorhersage von Mama traf voll ins Schwarze. Wenn man plötzlich viel Geld besitzt, wird man von einem Tag zum anderen zu einem anderen Menschen. Das muss der Grund für mein Machogehabe gewesen sein. Aber mir ist bewusst, dass ich ohne dich nicht leben kann und will.«

Mark nimmt das Tablett von Roses Schoß und meint: »Es gibt Schöneres im Bett, als über Geld und unser Geschäft zu sprechen. Nicht, dass wir uns wieder uneinig werden.«

Bevor Rose antworten kann, bedeckt er ihren Mund mit Küssen.

Am späteren Nachmittag sitzen die Turteltäubchen auf dem Balkon und genießen während des Lesens die Sonne. Beide halten ihr aktuelles Buch in den Händen. Rose einen Liebesroman und Mark einen Thriller. Das Eis in der Wasserkaraffe ist längst geschmolzen. Nur noch die Minze und die Zitronenscheiben schweben im Wasser. Aber auch denen wird es langsam zu warm.

»Mark?« Rose legt ihr Buch ab und trinkt einen Schluck warmes Wasser. Dabei verzieht sie das Gesicht.

»Hmm«, macht er, ohne von den Seiten hochzublicken.

»Wir sollten uns wieder ans Projekt Buchladen machen. Findest du nicht?« In ihrem Magen kribbelt es. Sie weiß nicht, wie er auf ihren Vorstoß reagieren wird. Heute Morgen gab es ein Wir. Ist es immer noch so und wird es so bleiben?

Mark legt seinen Zeigefinger zwischen die Seiten und schließt das Buch.

Rose knetet ihre Finger.

Mit einem breiten Grinsen sieht er zu ihr und schiebt die Sonnenbrille hoch, dass seine Haare abstehen. Auch um seine Augen sind die geliebten Lachfalten auszumachen.

»Ich dachte, du fragst nie.«

»Wieso hast du nicht gefragt?«

»Weil ich dir Zeit einräumen wollte, um deine Gedanken zu ordnen. Was anscheinend schneller geschehen ist, als ich angenommen habe. Immerhin ist unsere Auseinandersetzung erst einen Tag her. Ich bin mir bewusst, dass die Zeit drängt. Aber mir ist es wichtig, dass wir beide wieder das Vertrauen zueinander haben. Vor allem du in mich, da ich es gebrochen habe. Ich schreibe mir hinter die Ohren, dass ich nicht mehr den Chef raushängen lasse.«

Mark nimmt einen Schluck vom warmen Wasser. Auch er verzieht das Gesicht. »Wenn es für dich stimmt, dass wir unseren Plan weiterverfolgen, dann nichts wie los. Ich bin dabei.«

Rose ist froh, dass sie beide wieder auf denselben Weg zurückgefunden haben und den nun weiter verfolgen. Für Rose ist es klar, dass der Laden an der Schmiedengasse eröffnet wird. Wie Mark darauf reagieren wird und ob er wieder sein Veto einlegt, wird sich bald zeigen.

Rose hofft, dass sich die Szene auf der Gebrüder-Schnell-Terrasse nicht wiederholen wird. Sie hat das Streitgespräch noch nicht verdaut. Die Worte und sein Gesichtsausdruck sind ihr immer noch präsent. Es wird sich in den kommenden Tagen zeigen, wie Mark sich aufführt. Sie hofft, nein, sie weiß, dass er sich an seine Worte hält.

»Möchten wir uns die Fotos mit den Grundrissen anschauen? Dann wissen wir, wie groß der gesamte Raum ist.« Rose zückt ihr Handy.

»Machen wir. Erst dann können wir die weiteren Schritte besprechen.«

»Du willst immer noch nicht an diesem Standort eröffnen?« Sie hat die Arme vor der Brust verschränkt.

»Rose, ich habe nichts abgelehnt. Aber wir müssen die Größe kennen. Vielleicht kommen wir zum Schluss, dass alles zu klein ist oder es aber perfekt zu unserem Vorhaben passt.«

»Bei Herrn Schneider hast du um die Größe kein vergleichbares Theater gemacht.«

»Bei Herrn Schneider war es auch ein einziger großer Raum. Bei Hilde sind es mehrere kleine Räume. Das ist viel verschachtelter.«

»Hilde meinte, dass wir möglicherweise ein, zwei Wände einreißen könnten. Dann haben wir ebenso einen großen Raum.«

»Ja, Hilde meinte das. Doch vielleicht hat die Vermieterin etwas dagegen oder ganz andere Pläne mit den Räumlichkeiten? Lass uns die Grundrisse und Schnitte sichten. Es kann sein, dass ich mich täusche und alles in allem gleich groß oder noch größer ist. Ich möchte keinen Kauf ins Blaue machen und wir beide nach einer gewissen Zeit das Nachsehen haben. Das verstehst du doch.«

»Ja«, murmelt sie und steht auf. »Ich drucke die Fotos aus. So können wir direkt unsere Notizen auf den Bildern machen.« Rose wartet nicht auf Mark, sondern geht geradewegs in das kleine Büro.

»Gute Idee«, sagt Mark zu sich selbst, denn Rose hört ihn nicht. Er nimmt die Gläser und die Karaffe mit in die Küche.

Wenige Minuten später sitzen sie nebeneinander am Küchentisch. Die Fotos haben sie vor sich ausgebreitet. Zum Glück hatte Hilde einen Grundrissplan mit der aktuellen Vermaßung. Ansonsten hätten sie alles ausmessen müssen.

Rose umkreist die wichtigen Maße und tippt diese in ihren Handytaschenrechner.

»Schau«, Rose zeigt triumphierend auf ihr Display. »Gesamthaft sind es hundertfünfzig Quadratmeter. Also fünfzig Quadratmeter mehr als bei Herrn Schneider.«

»Echt?«

»Gut, wir müssen die Toilette und die Küche noch abziehen.« Hastig tippt sie ein paar Zahlen in den Rechner. »Nichtsdestoweniger kommen wir auf hundertvierzig Quadratmeter. Es gibt einem ein falsches Bild, da die Fläche in Zimmer aufgeteilt ist. Und ...«

»Gibt es einen zusätzlichen Stauraum, wie bei Herrn Schneider?« Unterbricht sie Mark.

»Nein, leider nicht. Aber dafür haben wir bereits eine installierte Theke und einen kleinen Pausenraum. Da schwebt mir vor ...« Sie tippt mit dem Stift an ihr Kinn. »... dass wir unseren Kunden einen Kaffee oder eine heiße Schokolade oder sonst eine Erfrischung anbieten könnten.« Rose strahlt übers ganze Gesicht. »Und im Winter Weihnachtsplätzchen. Weißt du, wie das dann duftet?«

»Herrlich?«, fragt Mark.

»Herrlich? Ach, komm. Da werden Kindheitserinnerungen wach!«

»Du bist unglaublich! Was du alles ausheckst und das in so kurzer Zeit. Ich beneide dich um deine Ideen und deine Fügung, in allem etwas Gutes zu sehen.«

»Danke mein Schatz. Aber wie darf ich das nun in Bezug zu den Räumlichkeiten einordnen?«

»Dass wir die Räumlichkeiten mieten werden.«

Roses Augen weiten sich und ihr Lächeln reicht von einer Wange zur anderen. Sie schlingt ihre Arme um Marks Hals und drückt ihn ganz fest an sich.

»Wenn du weiter so zudrückst, ersticke ich.«

»Oh. Entschuldige!«

»Wollen wir Hilde einen Besuch abstatten oder hat sie dir die Nummer von Frau Brunner mitgeteilt?«

Rose zückt ihr Handy und hält es Mark unter die Nase. »Ich habe mir ein Foto des Kontaktes gemacht, während du den Raum abgeschritten bist. Das hast du vermutlich nicht mitgekriegt.«

»Dann rufen wir Frau Brunner direkt an.« Mark holt sein Handy aus der Hosentasche und tippt die Nummer ein. Als das erste Rufzeichen erklingt, hält er das Handy Rose hin. »Sprich du mit ihr.«

»Ich?«

»Ja.«

Rose nimmt das Handy entgegen und hört gerade noch: »... unner, guten Tag.«

»Guten Tag, Frau Brunner. Hier spricht Rose Zimmermann. Wir, also mein Freund und ich … wir haben Ihre Telefonnummer von Hilde erhalten. Wir sind auf der Suche nach einem geeigneten Lokal für unseren Buchladen und da kamen wir bei Ihren Räumlichkeiten an der Schmiedengasse vorbei.«

Mark hört nur ein Gemurmel.

»Gern. Dann schauen wir heute am späteren Nachmittag bei Ihnen vorbei. Vielen Dank. Bis bald. Auf Wiederhören.«

»Und?«

»Wir besuchen Frau Brunner.« Rose strahlt.

»Das habe ich gehört. Was sagt sie zu unserem Interesse am Ladenlokal?«

»Sie ist positiv überrascht, dass wir uns bei ihr gemeldet haben. Nie hätte sie gedacht, dass sich so rasch ein Interessent über die Räume informiert. Sie möchte mehr über unseren Buchladen und uns als Person wissen. Deswegen sind wir heute Nachmittag zum Kaffee eingeladen.«

»Wo wohnt sie denn?«

»Direkt über dem Laden.«

»Wie praktisch!«

Kapitel 30

Mit einem Strauß Hortensien stehen sie vor Frau Brunners Tür. Mit zitterndem Finger drückt Rose die Klingel und erschrickt, als sich die Tür schon öffnet, bevor sie den Finger zurückziehen kann.

»Pünktlich auf die Minute. Das liebe ich an meinem Besuch.« Frau Brunner öffnet ihnen die Tür und bittet sie hinein.

»Hervorragend, dass wir uns heute treffen können. Hilde hat mich informiert, dass ihr mich aufsuchen werdet und dass ihr ein paar Worte gewechselt habt. Ich vermute, dass ... oh ...« Sie legt ihre Hand vor den Mund. »Nun parliere ich drauflos und wir stehen mitten im Eingangsbereich herum. Herrje. Wo bleiben bloß meine Manieren?« Sie schüttelt den Kopf. »Bitte folgt mir!«

Die ältere Dame, die sich in ein geschmackvolles Deuxpièces gekleidet hat, stützt sich beim Gehen auf einen eleganten schwarzen Stock ab. Ihre grauen Haare sind zu einem Dutt frisiert, was ihre Perlenohrringe hervorhebt. Ihre Brille hängt mit einer Goldkette um den Hals.

Als sie das Wohnzimmer betreten, fühlt sich Rose gleich wie bei ihrer Großmama.

An den Wänden hängen Bilder und Wanduhren aus der Biedermeierzeit. Über das Sofa sind mehrere kleine, selbst gehäkelte Decken gezogen, über die Stühle auch. Das Kaffeeservice steht noch unbeschäftigt auf der gestärkten Tischdecke.

Rose überreicht Frau Brunner den Blumenstrauß, bevor sie sich auf einen der Stühle setzt.

»Eine kleine Aufmerksamkeit von uns.«

»Vielen Dank! Hortensien sind meine Lieblingsblumen. Es ist lange her, dass ich einen Blumenstrauß geschenkt erhalten habe.« Dabei blickt sie zu einem Foto, das einen älteren Herrn zeigt. »Mein Hans. Gott hab ihn selig!«

Es tritt ein kurzes Schweigen ein, ehe Frau Brunner weiterreden kann. »Ich bin die Ines. Frau Brunner ist mir zu förmlich und per du lässt es sich besser verhandeln.«

»Sehr erfreut, Ines. Ich bin Rose und das ist mein Freund Mark.« Über den Tisch hinweg reichen sie sich die Hände. »Danke, dass wir dich besuchen dürfen, um mit dir über unsere Idee zu sprechen.«

Sie stupst Mark leicht mit ihrer Schulter an.

»Warum lange warten? Das bringt niemandem etwas. Nägel mit Köpfen muss man machen! Das bring einen weiter«, meint Ines und greift nach der Kanne. »Kaffee?«

Sie wartet keine Antwort ab, sondern schenkt jedem ein. »Was treibt euch zwei jungen Leute an, einen Buchladen zu eröffnen?«

»Seit meiner Kindheit verschlinge ich Bücher in Unmengen. Ich fühle mich in ihrer Umgebung wohl und liebe es, Menschen für das Lesen zu begeistern. Daher wollte ich schon immer einen eigenen Buchladen besitzen. Was gibt es Schöneres, als sein Hobby zum Beruf zu machen?«

Rose blickt zu Mark. »Meine vorherige Anstellung war in einem Buchladen. Ich habe die Fachsimpeleien mit den Kunden sehr genossen. Auch die Gespräche, wenn wir über die Autoren hergezogen sind, oder Infos zu Neuautoren recherchiert haben.«

Rose lacht. »Leider wurde mir gekündigt. Nun packe ich die Gelegenheit beim Schopf. Mark hat seinen Job gekündigt und unterstützt mich bei meinem Vorhaben. Somit sind wir zwei Arbeitslose, die den Schritt in die Selbstständigkeit wagen.«

»Warum wurde dir gekündigt?«

»Sparmaßnahmen.«

»Da steckt nichts anderes dahinter … Diebstahl oder so etwas?«

»Um Himmels willen, nein!«

»Entschuldige die Frage. Ich würde dir das auch nie zutrauen, aber ich habe schon einiges erlebt. Deswegen muss ich ein paar unliebsame Fragen stellen. Denn mir scheint der Grund deiner Kündigung fragwürdig. Aber heutzutage muss ich nicht mehr alles verstehen.« Sie schüttelt den Kopf. »Und du, junger Mann?«

»Bis vor Kurzem hatte ich wenig bis nichts mit Büchern zu tun, da ich seit der Schulzeit an einer Phobie litt. Während der Zugfahrt zur Arbeit sah ich Rose jeden Tag lesend im Zug. Bei mir hat es von Anfang an gefunkt. Ich wusste, das ist die Frau, mit der ich mein Leben verbringen möchte.«

Er wirft seiner Elfe einen verliebten Blick zu. »Damit ich einen Grund hatte, sie anzusprechen, habe ich wieder angefangen zu lesen und dadurch meine Angststörung besiegt. Jedoch war die erste Begegnung ein Schlamassel. Zum Glück hat mir Rose eine zweite Chance gegeben. Und als sie mir von ihrem Projekt erzählt hat, wusste ich, dass ich sie unterstützen werde. Je länger wir darüber diskutierten, desto mehr habe ich Feuer gefangen. Insofern ich seit längerer Zeit in meinem Job nicht mehr zufrieden war. Kurzerhand habe ich den Job gekündigt, wie Rose vorhin erwähnte, und nun leben wir für unseren Buchladen. Wir können es nicht mehr erwarten, bis es endlich losgeht.«

»Ihr zwei seid zu beneiden. Jung, verliebt und gemeinsame Zukunftsvisionen.« Ines greift zur Kaffeekanne. »Wer möchte Nachschub? Nicht, dass ihr mir verdurstet.«

»Gern.«

»Ich auch, danke.«

»Wenn ich eure Begeisterung höre, dann möchtet ihr die Räume umgehend beziehen?«

»Am liebsten gestern«, meint Mark und bricht in ein freudiges Lachen aus. Die Damen stimmen mit ein.

»Ihr lasst aber auch gar nichts anbrennen«, sagt Ines, als sie sich beruhigt hat. »Habt ihr einen Businessplan erstellt?«

»Gewiss.« Mark holt die Dokumentenmappe hervor und reicht sie Ines.

»Da habt ihr euch aber Mühe gegeben.«

»Bei unserer ersten Bewerbung für ein Mietobjekt wurde das alles verlangt«, sagt Rose.

»Ach ja? Zig Bäume sterben lassen, um jemanden Geeignetes zu finden? Ich befürworte immer noch das Gespräch von Angesicht zu Angesicht. Das Papier ist geduldig und nimmt jeden Unsinn an. Doch ich spüre sofort, wenn mir ein Bär aufgebunden wird. Darf ich fragen, welches euer erstes Mietobjekt war?«

»Nicht weit von hier.«

Ines überlegt einen Moment. »An der Hohengasse?«

Verblüfft nicken beide.

»Der alte Schneider kann es nicht sein lassen!« Missbilligend schüttelt sie den Kopf.

»Du kennst ihn?«

»Aber sicher. Wir sind seit jeher auf Kriegsfuß. Nur weil ich meinen Hans ehelichte und nicht ihn. Kinderkram!« Ines wedelt das Thema mit einer Handbewegung ab und widmet sich den Unterlagen.

»Werdet ihr nur Bücher anbieten oder auch Krimskrams?«

Rose lacht. »Krimskrams? Du lieber Himmel, nein. Entschuldige.« Sie hält sich den Bauch vor Lachen.

Mark fährt fort: »Wir werden nur Bücher verkaufen. Das Höchste der Gefühle sind Lesezeichen, Karten und Kalender mit schönen Landschaften oder Sprüchen.«

»In einem kleinen Pausenraum werden wir einige Getränke zur Erfrischung anbieten. Ich persönlich finde es angenehm, wenn ich eine Stärkung erhalte, sollte ich mich länger in der Buchhandlung aufhalten. Man kommt auch eher in ein Gespräch, wenn man eine Tasse Kaffee oder Tee vor sich hat. Hierzu werden wir ein, zwei oder drei Lesesessel hinstellen. Das gibt dem Ganzen den Charme eines Wohnzimmers.«

»Oder fünf, sechs ...« Mark lacht und kriegt abrupt einen Rippenstoß von Rose.

»Typisch Mann. Wenn die Frau noch nicht sicher ist, wie viele es schlussendlich sein werden, wird alles ins Lächerliche gezogen. Das kenne ich.« Ines lacht ebenso. »Aber ich finde, ihr habt anständige Ideen. Ich nehme wahr, dass ihr nicht auf den Profit aus seid, sondern auf das Zwischenmenschliche. Das schätze ich sehr. Hilde ist aus demselben Holz geschnitzt. Ihr müsst wissen, dass mein Hans in seinen jungen Jahren den Laden als Uhrenladen betrieben hat. Seine exquisiten Modelle hat er direkt beim Hersteller bezogen und war darüber sehr stolz. Wir waren weit umher bekannt. Leider wollte keiner unserer Söhne das Geschäft übernehmen und so mussten wir schweren Herzens unsere Uhren aufgeben.«

Sie trinkt einen Schluck vom Kaffee, der mittlerweile kalt geworden ist. »Ihr braucht nicht betreten dreinzuschauen. Immerhin ist es euer Glück, dass die Räumlichkeiten frei sind. Wohnt ihr hier in der Gegend?«, wechselt Ines rasch das immer noch schmerzhafte Thema.

»Wir wohnen im Finkfeld.«

»Perfekt. Kurzer Arbeitsweg und zu Fuß machbar. Was der Gesundheit nur dienlich ist. Gleichzeitig gewinnt ihr einiges an Freizeit ohne das Pendeln, die ihr in die Buchhaltung stecken könnt.« Ines lacht.

»Buchhaltung?«, fragt Mark.

»Mein Hans hat die Buchführung nie gern gemacht. Er war der Ein- und Verkäufer schlechthin. Deswegen besuchte ich eine Weiterbildung im Rechnungswesen und habe ihm die Bücher dann während des Mittags-schlafes der Kinder gemacht. Dank dieser Stunde hatten wir am Abend mehr Zeit für uns allein. Da wir am Anfang keine Mitarbeiter einstellen konnten, verbrachte er viel Zeit im Geschäft und dann auf Reisen, um die Uhren einzukaufen. Während seiner Abwesenheit war ich mit den Jungs im Laden anzutreffen. Das gab einiges an Gerede, aber wer in aller Munde ist, der lebt.«

Sie lehnt sich nach vorn und stützt ihre Unterarme auf dem Tisch ab. »Ich gebe euch den Rat, vergesst euch selbst und eure Beziehung nicht. Arbeiten ist nicht alles. In der heutigen Zeit muss leider alles immer schneller und schneller gehen. Niemand findet mehr die notwendige Ruhe, um sich zu erholen. Rund um die Uhr müssen die Mitarbeiter erreichbar sein. Und dann sind die Vorgesetzten erstaunt, wenn einer nach dem anderen in ein Burnout fällt.«

»Da liegst du vollkommen richtig, Ines. Wir werden uns deinen Ratschlag zu Herzen nehmen. Nicht wahr, Mark?«

»Und wie!«

»Das sagt ihr jetzt. Aber egal wie stressig es ist, denkt an meine Worte.« Ines hebt den Zeigefinger, um ihre Aussage zu gewichten. »Ich wünsche euch bereits jetzt viel Glück mit dem Buchladen. Aber vor allem für euch beide.«

Ines nimmt ihre Brille und rückt sie auf der Nase zurecht. »Nun aber wieder zum Geschäftlichen.« Ihr Blick wandert über die Unterlage. »Wie ich sehe, bringt ihr den Geldbetrag ohne Bank zustande. Wie kommt das? Ich hoffe nicht, durch unseriöse Machenschaften?« Bei den letzten Worten hebt sie den Kopf und sieht Mark und Rose direkt an.

»Wir würden niemals dubiose Geschäfte tätigen. Dazu sind wir zu aufrichtig. Ich habe das Geld geerbt«, sagt Mark.

»Das nenne ich einen gelungenen Start. Das erspart euch einige schlaflose Nächte. Obwohl ein Erbe meistens einen bitteren Nachgeschmack hat.«

»Stimmt. Doch bei mir war der Verlust in meinem Kindesalter und vom Erbe habe ich erst in diesen Tagen erfahren.«

Ines nickt. Es bedarf keine weiteren Worte zu diesem Thema. »Hat Hilde euch alle Räume gezeigt? Oder nur den Pausenraum? Was ja der wichtigste Raum ist.« Ines grinst.

»Das ist er. Hilde war so nett und führte uns durch sämtliche Räume. Obwohl wir sie dadurch vom Putzen abhielten«, beantwortet Rose die Frage.

»Gut, dann muss ich mich nicht hinabquälen. Meine Beine sind nicht mehr ganz so zuverlässig, wie auch schon. Aber mit meinen fünfundachtzig Jahren dürfen sie das.« Ines lächelt. »Die Miete bleibt wie bisher bei tausendachthundert Franken inklusive Nebenkosten.« Sie schürzt die Lippen. »Hildes Vertrag läuft Ende November aus. Wenn ihr möchtet, könnt ihr direkt im Dezember einziehen.«

Rose und Mark sitzen reglos da.

»Ah ja, ihr wolltet ja gestern einziehen.« Ines schmunzelt. »Ich spreche mit Hilde, wann sie die Übergabe machen möchte. Ich denke, dass sie froh ist, wenn sie nicht für einen leer stehenden Laden Miete zahlen muss.«

»Wenn ich Hilde richtig verstanden habe, dürfen wir recht bald die Räume beziehen«, meint Rose. Sie sieht Mark an und klatsch vor Freude in die Hände. »Schon bald geht's los.«

»Ich würde es beim Dezember belassen«, meint Mark. »Wir haben uns noch nicht beim Gewerbe angemeldet und keine Firma gegründet. Das dauert sicher seine Zeit.«

»Dann macht euch ran an den Papierkram. Gebt mir die kommenden Tage Bescheid, ab wann ihr die Räumlichkeiten beziehen möchtet.«

»Vielen Dank, Ines.« Rose strahlt wie ein Honigkuchenpferd.

»Wir haben uns gefragt, ob es möglich wäre, die Wände zu entfernen und einen großen Raum draus zu bilden? Hilde hat etwas in diese Richtung erwähnt. Meinst du, das ginge?«, erkundigt sich Mark.

»Aber sicher. Unser Uhrengeschäft war auf der ganzen Ebene, ohne Trennwände, verteilt. Die Räume wurden erstellt, damit Hilde und ihre Kolleginnen mehrere Patienten gleichzeitig behandeln konnten.«

»Das ist erstklassig!«, ruft Mark. »Ansonsten wäre es für einen Buchladen zu verschachtelt gewesen. Hast du einen Architekten, den wir bevorzugen sollten?«

»Wieso denn einen Architekten?«

»Na, damit der uns den Umbau planen kann.«

»Du willst Geld ausgeben, damit dir ein Architekt sagt, welche Wand du abreißen darfst?«

»Ja. Ich bin nicht vom Fach und benötige die entsprechende Unterstützung.«

»Junge, Junge. Engagiere einen Baumeister, der sagt dir direkt, was geht und was nicht. In eurem Fall ist es lediglich das Zurückbauen der Wände und Kosmetik. Ich empfehle dir den Baumeister, der ein paar Häuser weiter sein Büro hat. Er hat schon einiges für diese Liegenschaft umgebaut. Wenn ich mich nicht täusche, hat er sogar die Wände in Zusammenarbeit mit der Schreinerei am Bach montiert. Die kann ich euch ebenso empfehlen.«

»Danke für die wertvollen Tipps. Anscheinend hätten wir einiges an Geld in den Sand gesetzt.«

»Das hättet ihr.« Ines steht mit steifen Beinen auf. »Das lange Sitzen tut mir gar nicht gut. Gehen wir ein bisschen Hüftgold essen. Ich lade euch ein. Hier in der Oberstadt gibt es einiges an Leckereien zu genießen.«

»Ist dir das Gehen nicht zu beschwerlich?«

»Fürs Dessert nie.« Mit diesen Worten dreht sie sich ab und geht voran.

Schmunzelnd folgen ihr Rose und Mark.

Nach einem kurzen Spaziergang sitzen sie am Tisch in der Konditorei Glück und schauen sich die Leckereien an.

Allein beim Betreten der Konditorei ließ der Duft nach Schokolade das Verlangen nach Süßem in Rose steigen. Die Pralinen- und Gebäcktheke tat ihr Übriges. Ines hat nicht übertrieben. Am liebsten würde Rose alles von der Karte von oben nach unten bestellen und die Theke leerräumen.

»Mir läuft das Wasser im Mund zusammen«, meint Rose. »Ich war ewig nicht mehr hier und bedaure es in diesem Moment.«

»Du sabberst regelrecht.« Mark putzt ihr mit einem Taschentuch imaginären Speichel weg.

»Lass das!«

»Ich liebe es, dich zu necken.« Er drückt ihr einen Kuss auf die Wange. »Schon bald können wir täglich hierherkommen, mein Schatz«, meint Mark und drückt sie an sich.

»Dann musst du mich in ein paar Monaten hierher rollen.«

»Ach was. Sieh mich an! Ich komme regelmäßig hierher und muss nicht gerollt werden«, beruhigt Ines ihre Gäste. »Gut, im Sommer benötige ich keinen Schwimmring, da habe ich selbst genug. Und sind wir ehrlich: Wir wissen alle nicht, wann unser letztes Stündchen geschlagen hat. Also sollten wir die Momente auskosten und nicht noch Kalorien zählen.«

»Guten Tag, Ines. Schön, dich zu sehen«, sagt die Bedienung.

»Hallo, Johanna. Darf ich dir meine neuen Mieter vorstellen? Rose und Mark. Ich bin froh, bereits Nachmieter gefunden zu haben. Besser gesagt, sie haben mich gefunden.« Ines lacht erfreut in die Runde.

Ohne einen besiegelten Vertrag verkündet Ines die Neuigkeit. Sie ist wahrhaftig eine Frau, die weiß, was sie will, und zu ihrem Wort steht, denkt Mark. Die zwei sind perplex wegen der Direktheit, aber sie schaffen ein freundliches ›Hallo‹.

»Unglaublich, wie schnell du die Nachfolge von Hilde regeln konntest. Ich finde es immer noch schade, dass sie weggeht. Ich war einige Male wegen meines Rückens bei ihr und war begeistert. Sie vollbringt wahre Wunder. Niemand wird ihr das Wasser reichen können. Nun denn ...« Sie seufzt und zückt gleichzeitig ihren kleinen Notizblock und den Stift. »Was möchtet ihr gern?«

»Bring uns bitte eine feine Auswahl von euren Pralinen und Kaffee. Oder möchtet ihr lieber keinen Kaffee mehr?«

»Ich nehme gern eine Latte macchiato«, sagt Rose zu Johanna.

»Für dich, junger Mann? Kaffee?«

»Das passt, danke.«

Als die Bedienung weg ist, meint Ines: »Du hättest mir sagen können, dass du lieber einen

Kaffee mit Milch möchtest. Ich habe sogar einen Milchaufschäumer.«

»Danke, das ist lieb. Aber ich trinke beides. Bevorzugen tu ich allerdings die Latte.« Rose zwinkert Ines zu.

»Das Modegetränk der jungen Frauen.« Sie zuckt die Achseln. »Ich hoffe, dass ich euch vorhin nicht überrumpelt habe?«

»Ein wenig, da wir bisher nichts Schriftliches geregelt haben und unsere Generation immer zurückhaltend ist, bis alles unter Dach und Fach ist.«

»Ihr solltet euch an unserer Altersklasse ein Beispiel nehmen. Ein Wort ist und bleibt ein Wort. Ob nun mit oder ohne unterzeichneten Vertrag!«

»Wäre sicher unbürokratischer. Wie dem auch sei, wir wissen, was wir wollen, und das ohne Papier.« Dabei sieht Mark seine Elfe an und Rose kann in seinen Augen die Begeisterung für den Laden sehen. Nun wird alles gut.

Kapitel 31

Nach einem lustigen und zuckerhaltigen Nachmittag kehren Rose und Mark in ihre Wohnung zurück.

»Ines ist unglaublich. Sie hat ein ereignisreiches Leben hinter sich und was sie nicht alles für Geschichten parat hat.« Mark schüttelt belustigt den Kopf.

»Ich bin froh, dass wir mit ihr gesprochen haben. Sie pflegt einen einfachen Umgang und ist nicht kompliziert.«

»Stimmt. Aber ich denke, dass wir es mit ihr nicht verscherzen dürfen.«

»Wieso sollten wir es mit ihr verscherzen?«

»Werden wir nicht. Von daher vergiss meinen Einwand. Beginnen wir morgen mit dem Papierkrieg für unseren Buchladen?«

»Gern. Ich bin zu vollgepumpt mit Süßigkeiten, da würde ich nichts Rechtes zustande bringen. Ich lümmle lieber auf dem Sofa und schaue ein wenig fern. Kommst du auch?«

»Ich würde lieber mit dir im Bett herumlümmeln.« Mark sieht seine Liebste mit gierigen Augen an.

»Mir ist wirklich nicht gut. Ich mache mir einen Kamillentee.«

»Dann mache ich mich am Computer zu schaffen. Ein wenig nach Formularen stöbern.«

»Viel Spaß.«

Mark ist erschlagen von all den Tipps und Hinweisen. Wie schon die letzten Male, als er das Internet durchforstete. Vor lauter Bäumen sieht er den Wald nicht mehr. Morgen werden sie die Liste mit den Links und allem durchgehen müssen. Ihm graut schon jetzt davor. Er hasst sämtliche Dokumente, die er ausfüllen muss. Seien es Formulare beim Arzt oder die ach so geliebte Steuererklärung. Die zu allem Übel jedes Jahr als Pflichtübung ansteht und mit dem Laden eine weitere dazukommen wird. Das lässt ihn aufstöhnen.

Stunden später – er weiß nicht, wie die Zeit verging – fährt er den Computer herunter und begibt sich ins Wohnzimmer. Dort findet er eine schlafende Rose vor. Mark greift nach der Decke, die sie sich über die Füße gelegt hat, und deckt sie zu. Einen Moment betrachtet er sie. Ihre feinen Gesichtszüge und die vollen Lippen. Plötzlich fühlt er sich wieder in die Zeit im Zug zurückversetzt, als er Rose das erste Mal sah. Ein Lächeln huscht über sein Gesicht.

Nach dem ersten Gespräch hätte er nie zu träumen gewagt, sich in dieser Situation hier wiederzufinden. Ihm wird wohlig warm ums Herz.

Leise zieht er sich ins Schlafzimmer zurück und lässt Rose in Ruhe weiterschlafen.

»Rose?«

»Was denn?« Sie sieht von ihrem Buch auf.

Sie sitzen auf dem Balkon und gönnen sich eine Pause. Ihre Köpfe fingen an zu rauchen.

Das Ausfüllen der Formulare ist anstrengender als gedacht. Bei jeder Frage, die mit Ja beantwortet wird, muss ein weiteres Formular ausgefüllt, oder Unterlagen beigelegt werden.

»Morgen ...«

»Ich weiß, was morgen für ein Tag ist.« Rose steht auf und kniet sich neben Mark hin. Ihre Hände ruhen auf seinen Oberschenkeln und sie blickt zu ihm hoch. »Ich habe mich gefragt, ob du den Tag wie bisher mit deiner Mama verbringen wirst oder gemeinsam mit mir?«

»Würde es dir etwas ausmachen, wenn ich an der Tradition – wenn das für diesen Anlass ein geeignetes Wort ist – festhalte? Uns ist das wichtig. Chantal wird auch da sein.«

»Ich verstehe dich vollends. Ihr habt den schrecklichen Moment und die Trauerzeit zusammen bewältigt und wollt unter euch sein, wenn ihr daran zurückdenkt.«

»Danke.«

»Das ist selbstverständlich. Wenn ich dir auf eine Weise helfen kann, dann teil mir das bitte mit.«

»Mache ich. Weißt du ...« Er legt seine Hand auf Roses. »... morgen werde ich nicht gesprächig sein und bin sicher mies gelaunt.

Wenn ich dich angiften sollte, hat das rein gar nichts mit dir zu tun. Nimm es bitte nicht persönlich. Je länger der Tag dauert und ich ein paar Stunden mit Mama und Chantal verbracht habe, wird es besser. «

»Ich weiß, dass der Tag nicht einfach für euch alle ist.« Rose steht auf und nimmt Marks Hand. »Gehen wir zu Bett und kuscheln? So kann ich dir wenigstens meine Wärme mitgeben.«

»Meine Elfe, ich bin dankbar, dass wir zueinandergefunden haben. Du verstehst mich auch ohne Worte und weißt, was gut für mich ist.« Mark zieht sie in eine feste Umarmung. Weitere Worte benötigt es nicht.

Kapitel 32

Ineinander geschlungen erwachen sie frühmorgens.

»Guten Morgen«, nuschelt Rose.

»Hallo, meine Elfe.« Mark küsst sie auf die Nasenspitze.

»Möchtest du frühstücken?«, fragt Rose.

»Ehrlich gesagt, möchte ich eine Dusche und mich auf den Weg machen.« Mark löst sich aus der Umarmung und setzt sich auf. Er blickt zu Rose.

In seinen Augen scheint der Glanz verloren gegangen zu sein. Nicht erstaunlich, wenn einem ein Schicksalsschlag in den jüngsten Jahren widerfährt.

Rose nickt. »Ich bleibe im Bett. So hast du deine Ruhe und kannst machen, wie du willst.«

»Danke für deine Empathie. Ich weiß nicht, wann ich heute Abend zurückkomme. Bitte warte nicht auf mich.«

»Okay.«

Mark küsst sie zum Abschied und verlässt das Zimmer.

Rose bleibt mit gemischten Gefühlen zurück. Auf eine Weise versteht sie ihn vollkommen. Doch sie möchte ihm beistehen, so wie er ihr mit Coco, und nicht außen vor gelassen werden. Momentan muss sie seine Entscheidung akzeptieren.

Nachdem sie die Wohnungstür gehört hat, steht sie auf und erweckt die Kaffeemaschine. Sie schaut der duftenden Brühe zu, wie sie das Glas füllt. Mit der Latte macchiato in der Hand begibt sie sich ins Wohnzimmer und fläzt sich aufs Sofa. Einige Minuten starrt sie ins Leere, was sie zunehmend melancholischer werden lässt. Sie greift nach dem obersten Buch, das auf dem Stapel neben dem Sofa liegt und beginnt zu lesen.

Erst als ihr Magen knurrt, sieht sie auf die Uhr und erschrickt. Es ist kurz vor zwölf. Ihre Gedanken wandern automatisch zu Mark. Wie mag es ihm und seiner Familie ergehen?

Rose weiß nicht, was er den ganzen Tag über macht. Ob sie auf dem Friedhof sind oder am Lieblingsplatz seines Vaters? Oder einfach ein Beieinandersein und an früher denken?

Rose schüttelt die Gedanken weg. Es nützt nichts, sich verrückt zu machen. Wenn Mark will, erzählt er ihr heute Abend davon.

Nach einem Maissalat mit Ananas und einem Brötchen setzt sich Rose auf die Terrasse und liest weiter. Ihre Trainingshose hat sie gegen Shorts ausgetauscht und sich ein frisches Topp angezogen.

Die Sonne steht tief, als Rose das Buch beendet und ihr Gesicht der Wärme zuwendet. Sie lässt die Geschichte noch mal Revue passieren, als sie das Geräusch der sich öffnenden Tür hört.

»Rose?«

»Ich bin auf dem Balkon.«

Ein sichtlich gelösterer Mark tritt zu ihr.

Stille.

Mark blickt in die Ferne.

Rose wartet geduldig, bis er beginnt zu sprechen.

Nach einigen Minuten setzt sich Mark auf den freien Stuhl.

»Wie war dein Tag?«, erkundigt er sich.

»Ich habe zwei Bücher durchgelesen.«

Seine Augenbrauen erreichen fast den Haaransatz.

»Schau mich nicht so an. Das ist mein Mindestpensum, wenn ich einen ganzen Tag lang lesen kann, ohne anderen Verpflichtungen nachzugehen, außer trinken, essen und zur Toilette zu gehen.«

»Ich bin erstaunt, dass du das schaffst. Ich könnte das nicht.«

»Und bei dir?« Jetzt ist ihr die Frage trotzdem rausgerutscht, obwohl sie nicht nachfragen wollte.

»Ging so. Ich bin immer froh, wenn ich den Tag überstanden habe. Obwohl es mittlerweile achtzehn Jahre her ist, kann ich dir den genauen Ablauf nach der schrecklichen Nachricht bis ins kleinste Detail aufzählen. Das ist das Schmerzvollste am Ganzen. Der Tag ist so präsent, als wenn ich einen Film anschauen würde. Obwohl unsere Therapeutin wahre

Wunder vollbracht hat … das alles wird nie aus meiner Erinnerung verschwinden.«

»Soll es auch nicht. Etwas wird immer zurückbleiben. Ich bin für dich da. Heute, morgen, in ein paar Monaten.«

»Danke.« Mark sieht auf die Uhr. »Hast du schon gegessen?«

»Nein.«

»Holen wir uns eine Pizza und verbringen den Abend hier draußen?«

»Liebend gern.«

Bevor sie sich aufmachen, hält Mark sie zurück. »Ich bin unendlich glücklich mit dir und möchte unsere gemeinsame Zeit nie mehr missen. Ich hoffe, du kannst damit leben, dass ich einmal im Jahr einen Tag für mich benötige.«

»Natürlich!«

Eng umschlungen küssen sie sich. Sie schlagen den Weg ins Schlafzimmer ein. Die Pizza muss warten.

Kapitel 33

Ende August sind sämtliche Unterlagen zusammengetragen und bei den entsprechenden Ämtern eingereicht. Dank dem Internet und vieler Telefonate haben sich Rose und Mark durch den schier endlosen Papier-Dschungel gekämpft.

»Nun heißt es warten«, meint Mark, nachdem er eine Kopie der unterzeichneten Unterlagen abgelegt hat.

»Das kann ein langes Warten werden.« Rose stößt einen Seufzer aus.

»Ich hoffe es nicht.« Mark nimmt seine Elfe in die Arme. »Aber nun freuen wir uns auf den heutigen Nachmittag mit Ines und vergessen den Papierkram.«

»Das ist der Lichtblick des Jahres.«

»Wo hast du deinen Optimismus gelassen?«

»Ging zwischen den Papierbergen verloren?«

»Witzbold.« Rose knufft Mark in die Wange.

»He!« Er zieht seine Elfe näher an sich heran. »Wer weiß, möglicherweise eröffnen wir im Dezember und nutzen das Weihnachtsgeschäft als Sprungbrett.«

»Vermutlich könnten wir das, aber ich weiß nicht, ob bis dahin der Umbau fertig ist. Diesbezüglich haben wir noch keine Maßnahmen ergriffen.« Rose legt die Stirn in Falten.

»Wenn du weiter die Stirn kraust, bleiben Falten zurück.« Mark küsst ihre Bedenken weg. »Mach dir keinen Kopf! Es ist erst Ende August und da hat der Baumeister sicher Zeit, die Umbauten auszuführen. Es handelt sich hierbei um einfache Arbeiten, wie Wände einreißen, Verputzen und Streichen. Wie viel Zeit du für die Einrichtung benötigst, weiß ich natürlich nicht.« Mark lächelt Rose an und bevor sie einen Einwand erheben kann, fährt er fort: »Ines hat uns ja bereits den Baumeister genannt, der die meisten Umbauarbeiten vorgenommen hat. Sie ist unser Ass im Ärmel.«

»Du triefst vor Optimismus. Dabei sollte ich so sein.«

»Einer von unserem Team muss es sein. Einmal du und einmal ich. Das ist ja gerade das Schöne an einem Team. Wenn es einem Partner schwerfällt, eine Aufgabe zu erledigen, unterstützt ihn der andere dabei.«

»Danke!« Rose stellt sich auf die Zehenspitzen und küsst Marks Nasenspitze. »Wollen wir bei der Konditorei vorbeischauen, bevor wir zu Ines gehen?«

»Aber sicher!«

Hand in Hand schlendern sie durch die Altstadt.

Es ist ein herrlicher Sonnentag, ideal zum Flanieren. Die Straßencafés sind gut besucht und es herrscht eine entspannte Atmosphäre mit viel Gelächter.

»Ich bin immer wieder angetan von der Aura«, gesteht Rose. »Die Häuser und die Pflasterung setzen mich immer wieder in eine andere Zeitepoche und mir scheint, dass sich hier in der Altstadt die Zeit anders dreht. Burgdorf steht meinem vorherigen Arbeitsort in nichts nach. Nur zu gern hätte ich eine Wohnung hier.« Rose umschlingt Marks Arm und lehnt ihren Kopf an seine Schulter.

»Das wäre sicher traumhaft. Aber ...«

»Kein Aber. Wir fantasieren ein wenig. Das gönnen wir uns. Die letzten Tage waren stressig genug.«

»Stimmt.«

Ein wenig später stehen sie vor der Theke der Konditorei Glück, die mit Leckereien gefüllt ist.

»Was darf es sein?«, erkundigt sich die Verkäuferin. Heute ist es nicht Johanna, die sie bedient.

»Ich kann mich nicht entscheiden.« Rose beißt sich auf die Lippe. »Es sieht alles lecker aus.«

»Lassen Sie sich Zeit. Ich kümmere mich in der Zwischenzeit um den Herrn.«

»Wir gehören zusammen«, sagt Mark und die Verkäuferin nickt.

»Ich denke, wir nehmen die Altstadttorte. Oder was meinst du, Mark?«, fragt Rose.

»Die passt perfekt zum heutigen Nachmittag.«

Die Verkäuferin steckt die Torte in einen
Karton und reicht den Mark. Rose begleicht
den Betrag und freudig verlassen sie die
Konditorei.

Mit der großen Schachtel stehen sie wenige
Minuten später bei Ines vor der Tür. Die öffnet
sich, noch bevor Mark klingeln konnte.

»Wie immer pünktlich. Hallo zusammen.
Ihr wisst, wohin. Ich hole nur rasch die Schrift-
stücke.« Und schon war sie außer Sichtweite.

Sich einen belustigenden Blick zuwerfend,
treten sie ein und schließen hinter sich ab. Wie
verlangt, nehmen sie im Wohnzimmer Platz.

Rose stellt die Schachtel neben der dampfenden Kaffeekanne ab.

Sie nehmen ungewollt dieselbe Sitzord-
nung wie beim letzten Mal ein. Was ja nur ein
paar Tage her ist.

»Da bin ich wieder.« Lächelnd setzt sich
Ines und blickt zur Schachtel. »Wie toll, an das
Hüftgold habt ihr auch gedacht.« Sie greift zur
Kaffeekanne. »Zuerst ein Tässchen, bevor wir
das Schriftliche regeln?«

»Gern.«

»Ich hole die Dessertteller, wenn du möchtest. Wo finde ich die?«

»Danke, das ist nett. In der Küche über der
Spüle. Und bring bitte die Milch mit. Den Auf-
schäumer habe ich hier.«

Gleich darauf kehrt Rose zurück und verteilt die Teller.

Während Ines die Torte anschneidet, füllt Rose Milch ein und startet die kleine Maschine.

Die Teller und Tassen werden gefüllt und der erste Bissen gekostet.

»Unsagbar! Wie konntest du mir diese Konditorei so lange verheimlichen?«, fragt Mark empört an Rose gewandt.

Rose zuckt nur mit den Schultern und sieht ihn mit Unschuldsmiene an.

»Lieber spät als nie, oder, Mark?«, meint Ines.

»Stimmt.«

»Ich bin dankbar, dass ihr euch für meine Räumlichkeiten entschieden habt.«

Rose lacht. »Du hast uns bei Johanna vor vollendete Tatsachen gesetzt.«

»Ach wo! Ich war mir einfach sicher bei euch beiden. Und ihr wart es ja auch, oder nicht?«

»Natürlich!«, sagen beide gleichzeitig und nicken eifrig dazu.

»Noch nie konnte ich die Räume nahtlos weitervermieten. Das weiß ich sehr zu schätzen.« Ines nimmt einen Schluck Kaffee. »Meistens blieb alles für zwei bis drei Monate leer. Das ist nicht praktisch, außer es müssen Sanierungen vorgenommen werden.«

»Uns ergeht es ebenso.« Rose drückt Marks Hand. »Nie hätten wir gedacht, dass wir nach der Absage innerhalb eines Nachmittages ein passendes Lokal für uns finden. Dazu nur einen Steinwurf vom anderen entfernt. Die von uns konsultierten Immobilien-Inserate im Anzeiger waren für uns nicht geeignet, zu teuer oder die Räume befanden sich nicht in Burgdorf.«

»Somit sitzen drei Glückspilze am Tisch«, meint Ines und strahlt über das ganze Gesicht.

»Nachdem wir das Vertragliche geregelt haben, werden wir uns an die Planung machen und den von dir empfohlenen Baumeister aufsuchen«, sagt Mark.

»Das habt ihr noch nicht gemacht?« Ungläubig sieht Ines von Mark zu Rose.

»Nein.« Mark zuckt ahnungslos die Schultern.

»Da verplempert ihr unnötig Zeit! Ihr müsst den Amtsschemel und die Planung parallel laufen lassen.«

»Wir haben in der Zwischenzeit sämtliche Unterlagen für den Notar und die Ämter zusammengetragen. Was nicht wenig war.« Mark verteidigt sich und Rose.

»Notar?«, fragt Ines.

»Ja, Rose wird die Buchhandlung allein führen und wir wollen notariell festhalten, an wen der Laden übertragen wird, wenn ihr etwas zustoßen würde. Was ich nicht hoffe!

Oder was mit meiner Investition geschieht, wenn mir etwas zustoßen würde. Für mich spielt das Geld keine Rolle, obwohl ich einen kurzen Anflug von Macho-Allüren an den Tag legte.«

Er blickt zu seiner Elfe. »Zum Glück hat mir Rose den Kopf wieder geradegerückt. Deswegen wollen wir alles in klare Bahnen lenken. Man weiß nie, wie die Zukunft aussieht.«

»Gut. Ihr denkt wenigstens in dieser Hinsicht weiter, aber trotzdem hättet ihr den Baumeister kontaktieren können. Vermutlich wird er dieses Jahr keine Zeit mehr haben.«

»Wieso? Es ist erst Ende August«, sagt Rose.

»Dem ist so, aber zuerst müsst ihr mit dem Baumeister einen Besprechungstermin vor Ort ausmachen, dann erstellt er euch eine Offerte. Hierfür benötigt er rund ein bis zwei Wochen. Somit haben wir schon Mitte September. Dann müsst ihr euch entscheiden, ob Ja oder Nein und ob es in euer Budget passt. Wenn Nein, muss eine andere Lösung gefunden werden. Im optimalen Fall könnt ihr euch in einer Woche entscheiden. Vielleicht kann der Baumeister Mitte oder Ende Oktober starten. Erfreulicherweise habt ihr nur kleinere Umbauarbeiten, aber der Schreiner und Maler werden ihre Arbeiten auch erledigen müssen.«

»Du bist gut über die Abläufe informiert, Ines. Alle Achtung! Meine Bewunderung ist dir gesichert.«

»Ich habe mehrere Umbauten begleitet. Ich weiß, welche Arbeit und der damit verbundene Stress auf euch zukommt. Aber davon sollten wir unseren Nachmittag nicht betrüben lassen. Ihr werdet es früh genug am eigenen Leib erfahren. Wer möchte noch ein Tässchen?«

Beide nicken.

»Für dich, Ines, auch noch ein Stück Torte?«, fragt Rose.

»Liebend gern.«

»Zum Umbau haben wir uns bisher keine Gedanken gemacht«, nimmt Mark das Thema wieder auf.

»Warum nicht? Das ist etwas vom Wichtigsten. Wie gesagt, der Papiertiger kann im Hintergrund laufen. Die Arbeiten vor Ort müssen einem Schema folgen. Wie wollt ihr eure Einrichtung kaufen, wenn die Räume nicht bereitstehen und ihr keine Maßangaben habt? Glaubt mir, Baupläne nehmen jedes Maß an. Ob das nun stimmt oder nicht. Daher müsst ihr diese Angaben immer vor Ort prüfen. Es kann sich herausstellen, dass ihr Regale nach Maß benötigt, die wiederum eine gewisse Wartefrist aufweisen. Oder es ist mit einem Engpass bei der Materiallieferung zu rechnen oder einer anderen unvorhergesehenen Schwierigkeit. Wenn ihr zeitnah eröffnen möchtet, lasst gewisse Dinge gleichzeitig laufen.«

»Mir schwirrt der Kopf«, meint Rose, die ein wenig blass um die Nase aussieht. »Ich benötige eine kurze Pause an der frischen Luft.«

»Ich begleite dich«, sagt Mark.

Kapitel 34

Nach einer halben Stunde sitzen alle wieder am Tisch.

»Ich wollte dich nicht verunsichern, Rose«, meint Ines. »Entschuldige bitte. Ich möchte nur, dass ihr nicht die gleichen Fehler begeht wie Hans und ich, als wir Grünschnäbel mit dem Bauwesen in Berührung kamen.«

»Danke, Ines. Ich habe das Ganze unterschätzt und bin über die Arbeiten erschrocken. In solchen Dingen bin ich recht blauäugig.« Rose blickt zu Mark.

»Nun denn ... Wie sieht es mit einem Namen aus?«, erkundigt sich Ines, nachdem sie sich eine Gabel Torte genehmigt hatte.

Zwei Augenpaare starren sie an.

»Wie, noch keinen Namen?«

»Nur vage«, bekennt sich Rose.

»Dann lasst uns brainstormen. Wir lassen diese Baustelle nicht offen. Ihr habt noch genug zu tun.« Voller Elan steht Ines auf und verlässt den Raum. Wenige Minuten später kehrt sie mit Papier und Stiften in allen Farben zurück. Den Teller und die Tasse schiebt sie geschäftig zur Seite, um sich Platz zu schaffen.

»Wir wollen deine Zeit nicht überbeanspruchen. Du machst schon so viel für uns. Sicher hast du Erfreulicheres zu tun, als mit uns einen Namen zu suchen.«

»Ach, papperlapapp. Es ist allemal besser als der Schwachsinn, der im Fernsehen läuft.« Ines legt die Brille an und rückt das Papier zurecht. »Nun?« Der Stift wartet in ihrer Hand auf seinen Einsatz.

Rose und Mark richten sich auf und schieben ebenfalls ihren Teller und die Tassen zur Seite.

»Der Name soll ...« Rose zieht ihre Stirn kraus.

»Soll was? Den Straßennamen enthalten? Die Ortschaft? Deinen Namen?«, erkundigt sich Ines.

»Ich möchte etwas Außergewöhnliches«, sagt Rose.

»Ihr habt sicher eure Handys dabei. Googelt nach, wie die anderen Buchhandlungen sich nennen. Vielleicht bringt das euch auf eine Idee.«

»Meinen Nachnamen möchte ich nicht. Dumermuth klingt nicht toll. Wie wäre es mit Zimmermann?«

»Nein. Da denken sämtliche Leute an eine Schreinerei«, meint Rose. »Diese Verwechslung ist mir schon öfter passiert.«

Ines schreibt und löscht eifrig mit.

»Buchladen mit Terrassenblick?«, wirft Ines in die Runde.

»Nein.« Mark schüttelt den Kopf. »Sonst denken sich die Kunden, wir hätten eine bewirtschaftete Terrasse.«

»Dabei handelt es sich um die Bar und die Gebrüder-Schnell-Terrasse, die uns nicht gehören«, ergänzt Rose.

»Wie wäre es, wenn wir irgendetwas mit Elfe kombinieren?« Mark blickt zu Rose und hebt die Augenbraue.

»Elfe? Wieso Elfe?«, erkundigt sich Ines. »Ihr lebt nicht in einem Märchen. Und es handelt sich nicht ausschließlich um eine Kinderbuchhandlung, wenn ich euch recht verstanden habe.«

»Das ist korrekt. Ich habe Rose den Kosenamen Elfe gegeben.« Marks Blick wirkt verträumt.

»Wie herzergreifend.«

Ines legt ihre Hände an die Brust. »Da wird einem ganz warm ums Herz. Und wenn ich dich Rose genauer ansehe, dann besitzt du diese feinen Gesichtszüge und diese Porzellanhaut. Der Name passt gut zu dir. Hast du für einen Mann gut gemacht, Mark.«

Gelächter bricht aus.

»Ich fühle mich geschmeichelt, Ines«, sagt Mark.

»Wie wäre es mit ›Zur lesenden Elfe‹?«, fragt Ines.

Rose strahlt. »Perfekt! Was meinst du, Mark?«

»Das passt zu dir und dem Buchladen. Denn im Zug hast du immer gelesen und zu Hause bist du schwer von deinen Büchern wegzubekommen.« Mark küsst Rose auf die Wange und drückt sie kurz.

»Du bist ein wichtiger Part zur Realisierung von Roses Traum. Nicht nur des Geldes wegen. Dieser Schritt benötigt viel Mut und Durchhaltevermögen. Da ist es von Vorteil, wenn man seine Ängste teilen kann. Was haben Hans und ich für lange Gespräche geführt! Manchmal waren sie zielführend und selten verliefen sie im Sande. Doch das Wichtigste war der Austausch. Wenn wir festgefahren waren, haben wir gemeinsam Ideen gesammelt und uns neu orientiert.«

Rose und Mark hören interessiert zu; sie können ihre Augen nicht von Ines abwenden.

»Glaubt man nicht, oder? Aber so war es. Unser Uhrengeschäft florierte nicht immer. Der Zweite Weltkrieg hat uns übel mitgespielt. Da hatten wir arg zu kämpfen und mussten unser Geschäft vorübergehend schließen. Mein Hans musste an die Front und ich war als Krankenschwester tätig. Dank unserer positiven Einstellung und unserem gegenseitigen Vertrauen kriegten wir jedes Mal den Dreh.«

»Das ist harter Tobak. Umso mehr freut es mich, zu hören, dass ihr die Wende geschafft habt. Das stellt uns zuversichtlich. Nicht wahr, Mark?« Der nickt. »Danke, Ines, dass du deine Erfahrungen mit uns teilst.«

»Immer gern. Wir kennen uns erst ein paar Stunden und doch habe ich das Gefühl, als würden wir uns ewig kennen.«

»Das ergeht mir genauso«, pflichtet Mark ihr bei und auch Rose nickt.

»Wollen wir uns die Pläne ansehen, wie der Laden vor dem Umbau von Hilde war?«, fragt Ines.

»Du hast die noch?«

»Selbstverständlich. Als Liegenschaftsbesitzerin ist es das A und O, dass ich sämtliche Unterlagen zusammenhalte und immer auf dem neuesten Stand der Dinge bin.«

Ines zieht zwei Pläne unter den noch zu unterzeichnenden Dokumenten hervor und breitet die stolz vor Mark und Rose aus. Sie tippt mit dem Finger auf den linken Plan. »Dieser ist vor dem Umbau. Der ist aus den Fünfzigern. Und der andere hier rechts nach dem Umbau von Hildes Praxis. Also 1990. Wie erwähnt, wurden sämtliche Wände nachträglich eingebaut. Der bestehende Standort des Tresens musste weichen und anders angeordnet werden. Die Toilette und der Pausenraum wurden extra für Hilde eingebaut. Für ihre Praxis war es eine Auflage. Hans und ich gingen immer in unserer Wohnung auf die Toilette. So hatten wir mehr Verkaufsfläche.« Die ältere Dame lächelt vor sich hin.

Mark beugt sich vor. »Lediglich die Toilette und der kleine Aufenthaltsraum sind fix. Das ermöglicht uns einiges an Umgestaltungsvarianten. In meinen Fingern kribbelt es schon.« Er strahlt über das gesamte Gesicht.

»Den Tresen möchte ich belassen, wie er ist«, meint Rose. »Der Standort neben dem Eingang erscheint mir ideal.«

»Wie du möchtest.« Er lächelt Rose an. »Ich bin gespannt, wie der Raum auf uns wirkt, wenn die Wände draußen sind.«

»Und ihr wolltet einen Architekten damit beauftragen? Das schaffen wir allein. Ich kann euch gern darin unterstützen. Ich kenne den Raum von früher und habe sämtliche Umbauten begleitet. Bei einigen war ich intensiver involviert als bei anderen. Doch wenn man die Grundkenntnisse beherrscht, läuft alles ähnlich ab.«

»Wir nehmen dein Angebot gern an, Ines. Du kennst die Liegenschaft und deren Geschichten am besten. Ich denke, für dich schwingt auch ein wenig Wehmut mit, oder nicht?«

»Bei den ersten Umbauarbeiten, ja. Denn da wurde sozusagen der Handabdruck von Hans gelöscht.« Sie blickt zu seinem Foto an der Wand. »Aber inzwischen waren es ein paar Umbauten, da habe ich losgelassen. Sonst konnte ich mich nicht auf das Neue einlassen. Sich das einzugestehen, ist sehr wichtig. Ansonsten trittst du nur auf der Stelle und fällst in eine Depression. Für euch wird das ebenso von Bedeutung sein. Wenn ihr eine negative Kritik in der Zeitung lest, lasst sie ziehen. Jedoch solltet ihr die Kritikpunkte lesen und für euch das herausnehmen, was euch weiterbringt und sonst nichts.«

»Danke für deine Empfehlung.«

»Ihr könnt jederzeit zu mir kommen. Hier findet ihr ein offenes Ohr, einen Tipp und natürlich Kaffee.« Sie zwinkert den beiden zu. »Ich werde es mir auch nicht versagen, bei euch aufzutauchen und die Regale unsicher zu machen.«

»Du bist uns jederzeit willkommen«, sagt Rose.

»Das Wichtigste dürfen wir nicht vergessen.« Ines tippt auf die wartenden Dokumente. »Diese Papiere wollen noch unterzeichnet werden. Nicht, dass wir planen und dann die Formalitäten vergessen.« Sie reicht den Stoß Papiere an Rose. »Lest alles in Ruhe durch. Ich lasse euch einen Moment allein.« Ines verlässt den Raum und schließt die Tür hinter sich.

Rose und Mark lesen die Verträge durch und setzen ihre Unterschriften darunter. Die sind noch nicht ganz trocken, als Ines zurückkehrt.

»Konntet ihr alles durchlesen?«

»Ja, danke. Für uns ist es stimmig. Wir haben auch schon unterzeichnet.« Mark schiebt die Blätter zu Ines hin.

»Dann habe ich den nicht vergebens mitgebracht.« Ines zaubert eine Flasche Champagner hervor. »Könntest du den bitte öffnen, Mark?«

»Gern.« Mark nimmt die Flasche entgegen und macht sich am Korken zu schaffen. Derweil entnimmt Ines der Vitrine drei Schaumweingläser.

Mit einem Plopp entweicht der Korken und Mark füllt die Gläser. Er reicht jeder Dame eins.

Das Gläserklirren unterstreicht die Freude von Mark und Rose. Das sich widerspiegelnde Licht in den Gläsern steht in keinem Zusammenhang mit dem Glitzern in ihren Augen.

»Spätestens ab Oktober könnt ihr über den Laden verfügen.« Mit diesen Worten holt sie Ines an den Tisch zurück.

Fragende Gesichter sehen sie an.

»Ihr habt richtig gehört. Ab Oktober könnt ihr mit den Umbauarbeiten starten. Insofern ihr einen Baumeister findet. Die Plangrundlagen habt ihr bereits durch.« Ines gönnt sich einen Schluck Champagner. »Hilde gibt mir bis Ende der Woche Bescheid, ob es vielleicht sogar schon im September so weit ist. Und wenn die Bauunternehmung da ist, werde ich persönlich ein Auge darauf werfen, dass die Arbeiten dementsprechend ausgeführt werden. Ich finde es bezaubernd, dass ihr den Laden so herrichten lasst, wie er zu unserer Zeit war.« Ines wischt sich eine Träne aus dem Augenwinkel.

»Wir freuen uns riesig auf das Projekt und vor allem auf deine großzügige Unterstützung.

Es ist unglaublich, wie sich unser Zukunftsplan die letzten Tage geändert hat. Von einem betrübten Tief in ein strahlendes Hoch.«

»Lobt den Tag nicht vor dem Abend! Es werden sicher noch einige Hürden auf euch zukommen. Ich hoffe es nicht, doch ich habe es mehrfach selbst erlebt. Euer Optimismus in Ehren, aber bleibt auf dem Boden der Tatsachen. So werdet ihr weniger enttäuscht.«

»Das werden wir nicht«, meint Mark. »Wir sehen in allem immer etwas Positives, aber sind uns bewusst, dass nicht alles reibungslos ablaufen kann. Meine größte Ernüchterung war der Streit mit Rose. Erst da wurde mir bewusst, was es bedeutet, wenn einem das Liebste genommen wird.«

Er greift nach Roses Hand. »Geld beruhigt einen oder – wie in unserem Fall – öffnet Türen. Doch was hätte mir das alles genützt ohne Rose? Nichts. Mein Herz läge in Trümmern und ich wäre nur noch ein Schatten meiner selbst. Erst in dieser Situation wurde mir bewusst, wie sehr ich Rose liebe und was sie für mich bedeutet.« Mark blickt Rose an. Ihre Wangen sind leicht gerötet. »Ich liebe dich und möchte mit dir mein Leben verbringen.« Mark erwartet keine Antwort von Rose, sondern küsst sie innig.

»Das ist wahre Liebe.« Ines wischt sich mit dem Taschentuch über die Augen. »Besser als jeder Liebesroman.«

Kapitel 35

Heute findet die Ladenübergabe statt. Wie vorgeschlagen im September und nicht im Oktober. Für beide Parteien ist es eine Win-win-Situation.

Für Hilde ist es das letzte Mal, dass sie die Räume als Mieterin betritt. Sie ist eine Stunde vor dem Termin eingetroffen. Allein schlendert sie ihre ehemaligen Räumlichkeiten ab und schwelgt in Erinnerungen. Für sie geht nach zehn Jahren eine Ära zu Ende. Nicht nur, dass sie nicht mehr Mieterin sein wird, der Laden wird auch noch komplett umgestaltet.

Die Sonne strahlt vom Himmel und schickt ihre Wärme hinab. Erfreulicher könnte ein Anfang beziehungsweise Ende nicht sein.

Für alle Anwesenden ist es ein aufwühlendes Zusammentreffen. Immerhin ist eine Ladenübergabe nichts Alltägliches. Kurz vor elf Uhr gesellt sich Ines zu Hilde und auf die Minute pünktlich erscheinen Rose und Mark. Sie werden heute das erste Mal die Räumlichkeiten als Mieter verlassen.

Ines hat sich zwischen die drei gestellt. Links von ihr steht Hilde, die zu neuen Ufern aufbricht und ihre Praxis nach zehn Jahren schließt. Zur Rechten stehen Rose und Mark, die als Neulinge einen Buchladen eröffnen werden.

»Normalerweise plaudere ich einfach drauflos. Doch in diesem Moment fehlen mir die Worte.« Ines atmet tief ein. »Ich bedaure es sehr, dass du, Hilde, deine Zelte hier aus bekannten Gründen abbrechen musst. Ich darf behaupten, dass wir immer ein gutes Verhältnis zueinander hatten. Ab und zu lag auch ein Tässchen Kaffee drin.«

»Und Kuchen«, ergänzt Hilde lachend und verbirgt so ihre nassen Augen.

»Natürlich. Das Hüftgold darf nie fehlen, sonst wäre es nur eine halbe Kaffeerunde. Deine Massagen werde ich sehr vermissen. Meine alten Muskeln waren danach gelöst und fühlten sich gut an.«

Sie blickt zu Mark und Rose. »Und gleichzeitig freue ich mich auf den neuen Buchladen. Der noch in den Kinderschuhen steckt, aber sich innerhalb kürzester Zeit einen Namen machen wird. Davon bin ich überzeugt.«

Sie schluckt geräuschvoll. »Wie ihr seht … ich habe gemischte Gefühle. In der gegenwärtigen Zeit ist es nicht selbstverständlich, dass es Mieter wie euch drei gibt. Engagiert, pflichtbewusst und zuvorkommend.« Sie hält einen Moment inne. »Machen wir vorerst Schluss mit dem sentimentalen Teil und gehen zur Konditorei.« Sie stupst Hilde in die Seite. »Dem Hüftgold entkommst du heute nicht.«

Aber Hilde hat sich ein besonderes Geschenk für ihre Nachmieter ausgedacht.

»Will ich auch nicht. Ich würde gern mein Geschenk an Rose und Mark hier überreichen.« Sie zieht einen Briefumschlag hervor. »Hier ist vermerkt, dass ich euch die Miete für Oktober und November schenke.«

»Das können wir nicht annehmen. Hilde, wo denkst du hin?«, sagt Mark.

»Ich weiß, was ich tue, und ich dulde keine Widerrede.«

»Unglaublich. Ich bin überwältigt.« Rose fällt Hilde um den Hals.

»Das passt schon.« Hilde ist überrascht, ob der stürmischen Umarmung. Mark schüttelt ihr dankbar die Hand.

Lachend und mit ein paar Tränen verlassen sie die Räumlichkeiten. Hilde schließt automatisch die Tür ab und bleibt dann schlagartig auf den Stufen stehen.

»Was ist mit den Schlüsseln, Ines?«, fragt Hilde.

Drei Augenpaare richten sich auf sie.

»Ach herrje, wo habe ich nur meinen Kopf? Seht ihr, was die Veränderung mit mir macht?« Kopfschüttelnd geht Ines zurück. Rose und Mark tun es ihr gleich.

Vor Hilde bleiben alle stehen und lachen sich zu.

»Zum Glück hast du daran gedacht«, meint Ines.

»Wir hätten die Übergabe auch bei einem Stück Kuchen machen können. Doch ich dachte, ihr zwei würdet gern ein Foto von der Schlüsselübergabe haben? Immerhin ist es einer der wichtigsten Schritte zu eurem Buchladen«, meint Hilde.

»Wie aufmerksam von dir.« Rose steigt zu ihr hoch und drückt sie erneut.

»Wenn mir jemand von euch das Handy leiht, dann mache ich die Fotos. Ich besitze kein solches Spielzeug wie ihr jungen Leute heutzutage«, sagt Ines.

Erneut brechen die vier in ein heiteres Lachen aus.

Einige Fotos später halten Rose und Mark ihren Schlüssel in der Hand. Beide strahlen wie Honigkuchenpferde.

»Gut. Nun haben wir es offiziell. Danke, Hilde! Dann steht unserem Hüftgold nichts mehr im Weg.«

Scherzend durchqueren sie die Gassen und machen es sich in der Konditorei Glück gemütlich.

Während die anderen die Karte lesen – obwohl sie die schon in- und auswendig kennen –, wirft Rose einen Blick auf ihr Handy. Ein Vibrieren hat ihr eine neue Mail angezeigt. Da sie in diesen Tagen eine Rückmeldung zu ihrem Text erhalten sollte, kann sie das Vibrieren nicht ignorieren.

»Ich habe eine Mail erhalten.« Strahlend blickt sie in die Runde. Hilde und Ines verstehen nur Bahnhof und blicken dementsprechend drein. Mark reagiert sofort und lässt die Karte auf den Tisch fallen.

»Zeig her! Nein, lies vor«, meint er.

»Um was geht's? Ich will nichts zu Privates von euch hören«, meint Ines lachend.

»Es geht um mein Manuskript. Ich habe soeben eine Mail vom Lektor erhalten. Er hat den Text das erste Mal lektoriert und nun erfahre ich, ob meine Geschichte brauchbar ist.«

»Du schreibst ein Buch?«, erkundigt sich Hilde.

»Ja.«

»Und es werden weitere folgen«, ergänzt Mark nicht ohne Stolz.

»Gratuliere! Ich reserviere gern ein Exemplar.«

»Ich auch«, stimmt Ines ein. »Bitte mit Widmung.«

»Und was meint er?«, fragt Mark.

»Also ...« Rose öffnet das angehängte .pdf. »In der Mail entschuldigt er sich wegen der späten Rückmeldung. Leider hat ihm der elende Blinddarm eine Zwangspause verschafft.«

»Meinen habe ich auch nicht mehr«, meint Ines.

In der Zwischenzeit ist das .pdf geöffnet und Rose beginnt zu lesen. Alle drei warten gespannt auf ihren Bericht.

»Wir wollen endlich wissen, was Herr Schulz sagt. Spann uns nicht länger auf die Folter«, klagt Mark.

»Habt ihr etwas gefunden?«, erkundigt sich Johanna.

Vier überraschte Gesichter drehen sich ihr entgegen.

»Soll ich später kommen?«

»Ja.«

»Nein.«

»Könnt ihr euch einigen?«

»Drei Kaffee und eine Latte macchiato mit vier Kuchenstücken deiner Wahl«, ordert Ines.

»Danke.«

Johanna entschwindet auf schnellen Sohlen.

»Gut.« Rose räuspert sich. »Herr Schulz hat das Gefühl, dass auf den ersten dreißig Seiten genug Spannung und Unterhaltung vorhanden sind, dass sich das Buch verkaufen lässt. Weiter ist das Buch in sich schlüssig. Er sei voller Begeisterung, da ich ihn eine lange Zeit an der Nase herumgeführt habe. Als Lektor möge er das nicht, aber der Leser schon.«

»Das klingt ja toll!«

»Sein Fazit ist, dass er Gefallen an meinem Buch gefunden hat und es sich gut liest. Das Wichtigste sei jedoch, dass ich ihn mit meiner Geschichte gefesselt habe. Er würde das Buch nie aus der Hand legen und es verstauben lassen. Ich würde immer wieder Spannungsmomente einbauen und würde ihn an der Nase herumführen.«

Ein fröhliches Lachen breitet sich am Tisch aus.

»Was habt ihr denn so Lustiges?«, will Johanna wissen, die mit Speis und Trank daherkommt.

»Rose hat uns die Rückmeldung ihres Lektors vorgelesen«, antwortet Ines.

»Schreibst du an einer Dissertation?«, erkundigt sich Johanna.

»Gott bewahre! Ich bin an meinem ersten Roman.«

»Wie toll ist das denn! Ich bestelle direkt ein Exemplar.«

»Nun hast du schon drei verkauft.« Ines klatscht in die Hände. Wenn das so weiterläuft, dann rennen dir die Kunden die Tür ein und du bist im Handumdrehen berühmt.

»Schön langsam. Zuerst muss ich das Buch veröffentlichen. Momentan steckt es in der Überarbeitungsphase.«

»Das packst du mit links, meine Elfe.« Mark küsst sie auf die Wange.

»Wie heißt dein Roman?«, will Ines wissen. »Wir sprechen immer nur über den Text, aber den Titel hast du uns noch nicht verraten.«

»Herzen im Doppelschlag.«

»Och, wie schön«, meint Hilde.

»Ich bin gespannt, welche Anmerkungen und Korrekturen Herr Schulz angebracht hat«, sagt Rose.

»Wie Korrekturen. Er hat dir doch geschrieben, dass alles gut sei.« Ines versteht es nicht ganz.

»Das schon, aber den Text hat er mit seinen Korrekturen und Anmerkungen versehen und die sehe ich erst, wenn ich die Datei öffne.«

»Ah so. Dann hoffe ich, dass es nicht allzu viel ist. Lasst euch den Kuchen schmecken.«

»Ich hoffe es auch. Danke.«

Mit der ersten Gabel kehrt für einen Moment Stille am Tisch ein.

Kapitel 36

»Ich bin gespannt, was er uns nachher zu erzählen hat. Wie heißt der Herr schon wieder?«, fragt Rose.

»Herr Hofer. Warum tigerst du hier umher? Bist du nervös?«

»Du etwa nicht? Immerhin hängt viel von seiner Einschätzung zu den notwendigen Umbau- und Sanierungsarbeiten ab und wie hoch die Kosten ausfallen werden.«

»Nein. Es wird so kommen, wie es soll. Ändern können wir nichts. Schon gar nicht, wenn es um Termine geht. Gibst du mir einen Klebestreifen? Ich will die Pläne hier an die Wand hängen. So haben wir alle eine direkte Sicht darauf, ohne uns den Hals verrenken zu müssen.«

Rose blickt nach draußen. »Da kommt jemand.«

Mark klebt den zweiten Plan fest und geht zur Tür. Draußen wartet ein junger Herr mit schwarzen Haaren und einer Brille. Mark öffnet dem Herrn die Tür.

»Herr Hofer?«

»Der bin ich. Guten Tag, Herr Dumermuth. Wir hatten telefoniert.«

»Guten Tag.« Mark hält die Tür auf, bis er eingetreten ist. »Danke, dass wir uns heute hier einfinden können.«

Rose tritt zu ihnen.

»Meine Freundin, Frau Zimmermann. Sie spielt einen wichtigen Part bei den Umbauarbeiten. Hier entsteht ihr eigener Buchladen.«

»Angenehm, Frau Zimmermann.«

»Wie während des Telefongespräches erwähnt, möchten wir die Wände einreißen. Gemäß unserer Vermieterin ist das möglich, da die Wände nachträglich eingebaut wurden.«

Herr Hofer nickt. »Haben Sie Plangrundlagen zur Liegenschaft?«

»Die haben wir. Sie hängen an der Wand dort drüben.« Mark führt Herrn Hofer zu den Grundrissen.

Herr Hofer studiert die Pläne. Ab und an sieht er sich um, als wolle er sichergehen, ob alles so gebaut wurde, wie auf dem Plan eingezeichnet ist.

»Interessant.« Er reibt sich das Kinn. »Da keine Wand von statischem Interesse ist, sollte der Rückbau leichter von Hand gehen, als ich angenommen hatte. Können wir die Räume abgehen? Ich möchte mir Notizen und ein paar Fotos machen sowie Mass nehmen. Wenn das für Sie okay ist?«

»Gern.«

Mark geht voran und nachdem alles abgegangen ist, bleiben sie vor dem Eingang stehen.

»Für mich ist alles klar. Ich werde Ihnen bis spätestens Mitte Oktober eine Offerte zustellen. Für die Schreiner- und Malerarbeiten müssen Sie jemanden beauftragen. Das bietet unsere Firma nicht an. Aber auf anderen Baustellen von uns haben wir mit der ›Schreinerei am Bach‹ gute Erfahrungen gemacht. Jedenfalls wenn wir vor Ort waren. Die Mitarbeiter sind kooperativ und sie verstehen ihr Handwerk.«

»Danke für Ihren Tipp. Unsere Vermieterin hat diese Schreinerei ebenso erwähnt. Wenn wir uns bis Ende Oktober für Sie und Ihre Firma entscheiden, ist es von Ihrer Seite her möglich, dass der Umbau noch dieses Jahr ausgeführt wird?«, fragt Mark zögernd.

»Grob über den Daumen geschätzt, gibt es rund zwei bis zweieinhalb Wochen Arbeit für zwei Mann. Ich muss es intern abklären und gebe Ihnen Bescheid, aber auf den ersten Blick sollte es machbar sein.«

»Vielen Dank und auf bald.«

»Auf Wiedersehen.«

Rose und Mark wissen nicht, warum. Aber sie legen großen Wert auf die Meinung von Ines. Und so wie es momentan scheint, hat sie recht, was die Termine betrifft.

Nach der Besprechung mit Herrn Hofer sitzen sie erneut im Wohnzimmer von Ines und besprechen das weitere Vorgehen.

Zwei Stunden später ist Mark sichtbar erschöpft, aber zufrieden. Er lehnt sich zurück.

»Da haben wir die kommenden Tage einiges zu tun, liebe Rose.« Er schwingt das Blatt umher.

Rose entreißt ihm das Blatt. »Oh mein Gott, da sind wir ja bei einer gesamten A4-Seite gelandet. Wann wollen wir das alles machen?«

»Indem ihr nun beginnt«, meint Ines. »Nach euren Aussagen weiß der Baumeister momentan nicht definitiv, ob er dieses Jahr noch Kapazitäten hat. Bis ihr den Bescheid erhaltet, könnt ihr andere Dinge in Angriff nehmen, die dann parallel laufen.«

»Am besten legen wir ein Terminprogramm an. In den Zeilen listen wir die Unternehmer auf und in den Spalten die Terminfenster. Denn sicher müssen wir nach den Umbauarbeiten einen Maler und weitere Gewerke engagieren.«

»Sehr gut, Rose. Du kommst langsam in das unternehmerische Denken.«

»Stimmt«, pflichtet Mark ihr bei. »Das machen wir in Excel. Dann können wir nur hin- und herschieben, ohne immer wieder neu anzufangen.«

»Dafür ist die Technik von heute super. Früher mussten wir immer wieder neu anfangen oder strichen einfach einiges durch, bis es gar nicht mehr ging und wir die Übersicht verloren. Spätestens da musste ein neues Blatt her.«

»Zum Glück leben wir in der Digitalisierung.« Mark zwinkert Ines zu. »Entschuldige, wenn wir jetzt umgehend aufbrechen.

Aber du weißt am besten, dass wir zu tun haben.«

Lächelnd stehen Rose und Mark auf.

»Meldet euch, wenn ihr etwas benötigt. Ich bin für euch da.«

»Vielen Dank. Auf bald, Ines.«

Kapitel 37

Einen Monat lang brüteten Rose und Mark über ihrem Terminplan. Besprachen sich mit allen Beteiligten und holten Offerten ein. Ende Oktober war es dann so weit. Ihr Plan stand. Den wollen sie mit Ines besprechen, bevor die Termine an die Unternehmer weitergereicht wurden. Und wo war ein geeigneter Ort dafür? Natürlich in ihrer Stamm-Konditorei.

»Da habt ihr euch ins Zeug gelegt!« Ines nickt anerkennend. Ihr erster Blick gilt dem Endtermin. »Eröffnen werdet ihr im März? Eher geht nicht?«

»Leider nein.« Roses Mundwinkel wandern nach unten. »Herr Hofer hat vorher keine Zeit mehr. Einer seiner Arbeiter, den er auf unserer Baustelle einsetzen wollte, hat das Bein gebrochen. Die anderen Arbeiter sind total ausgelastet, da es gegen Ende des Jahres geht. Wir möchten nicht, dass sie für uns Extrastunden arbeiten müssen.«

»Rose und ich haben uns damit abgefunden. Wir haben uns selbst viel Zeit gelassen, um das Terminprogramm zu erstellen und mit den Unternehmern zu sprechen. Jetzt hetzen wir nicht die anderen, um unsere Stunden aufzuholen. Ich habe meine Kumpels gefragt, ob sie anstelle der Unternehmen helfen möchten. Nach eingehenden Diskussionen haben wir alle abgewunken. Wir sind keine Bauprofis und wollen uns nicht unnötig in Gefahr bringen.«

»Vernünftig!«

»In der Zwischenzeit werden Rose und ich mit Hilfe von Simon die Homepage aufwerten. Während des Umbaus werden wir die Fortschritte veröffentlichen und so die Kunden auf unseren Laden aufmerksam machen. Und wenn nichts Unvorhergesehenes mehr passieren kann, werden wir einen Countdown bis zur Eröffnung rückwärts zählen lassen.«

»Das ist eine super Idee! Bravo! Da ist dieses Internet doch noch für etwas gut. Ich vermute, Herr Hofer ist froh, dass ihr eine so verständnisvolle Bauherrschaft seid. Er kennt sicher andere Charaktere.«

Rose und Mark schmunzeln über die Bemerkung zum Internet. Ines ist auf Kriegsfuß mit allem Neuen – im Sinne von ›was der Bauer nicht kennt, das frisst er nicht‹.

»Habt ihr allen Unternehmern mittels Vertrag zugesagt?«

»Wir sind an den letzten Schriftstücken. Derjenige mit dem Baumeister ist schon unterzeichnet.« Rose strahlt bei diesen Worten.

»Das ist der Wichtigste. Darauf gönnen wir uns ein weiteres Tässchen. Für Champagner ist es zu früh. Der fließt in Bächen bei der Eröffnung.« Ines winkt die Bedienung an den Tisch und bestellt eine weitere Runde.

»Wie geht es euch nebst der Firmengründung und dem Umbau? Seid ihr im Stress?«

»Im Stress nicht gerade, aber unser Budget macht uns Sorgen.«

Ines legt die Stirn in Falten.

»Wir möchten mein Erbe ganz in das Geschäft stecken. Daher leben wir momentan von unserem Ersparten. Das geht aber langsam zu Ende.«

»Dann knackt ihr eben doch das Erbe an. Wo ist das Problem?«

»Das Erbe reicht für den Laden und bietet eine gewisse Rücklage, sollten die Verkaufszahlen am Anfang nicht so sein wie erhofft.«

»Verstehe. Ein kluger Schachzug von euch. Was macht ihr, wenn euer Erspartes ganz weg ist? Ihr habt sicher eine Hochrechnung gemacht.«

»Ja, das haben wir. Wenn wir so wie bisher unseren Haushalt führen und die Fixkosten abziehen, dann reicht es bis Februar. Wir können natürlich beim Essen einsparen, dann reicht es länger.«

»Was ihr nicht alles für Gedanken habt. Beim Essen sparen ...« Ines schüttelt den Kopf. »Wisst ihr, was es heißt, Hunger zu leiden? Und zwar nicht freiwillig?«

»Nein.«

»Eben. Einen solchen Vorschlag macht niemand, der den Hunger am eigenen Leib kennengelernt hat. Schaut, dass ihr anderswo einsparen könnt oder einen Stundenlohnjob zur Überbrückung annehmt.« Ines gönnt sich einen

Schluck Wasser, das neben der leeren Kaffeetasse steht. »Habt ihr mitgekriegt, dass an der Hohengasse ein Buchladen eröffnet wird? Wenn ich mich recht erinnere, sogar noch im Dezember.«

Rose verzieht ihr Gesicht zu einer Grimasse.

»Habe ich etwas Falsches gesagt? Ich weiß, dass es das Ladenlokal ist, das ihr mit Herrn Schneider verhandelt habt. So wie ich gehört habe, wird seine Tochter dort eine Buchhandlung eröffnen.«

»Leider ja.«

Die Bedienung bringt die Bestellung an den Tisch. Erst als sie weg ist, fährt Ines fort: »Nicht leider. Das wird das Konkurrenzdenken ankurbeln. Da sie ihren Buchladen eher eröffnet, könnt ihr aus ihren Fehlern lernen. Das ist doch toll. Vielleicht könntet ihr dort ein wenig aushelfen? Nur, so lange es euer eigener Laden zulässt. Dann wärt ihr direkt an vorderster Front.« Ines strahlt, da sie im Glauben ist, den beiden eine hervorragende Idee vorgetragen zu haben.

»Klingt alles nett. Doch die Tochter von Herrn Schneider, die Frau von Ballmoos, war meine Chefin.«

Ines verschluckt sich am heißen Kaffee – aber nicht die Hitze ist schuld. Als ihr Hustenanfall nachlässt, fragt sie: »Echt jetzt?«

»Ja.«

»Das passt wieder zu den Schneiders!« Ein Knurren entfährt Ines. »Immer hacken sie auf den anderen herum und gönnen den anderen den Erfolg nicht.«

Energisch rührt sie in ihrer Kaffeetasse, bis einige Tropfen auf die Tischdecke fallen. »Ich werde mich mit Schneider in Verbindung setzen. Er soll die Umsetzung der Idee seiner Tochter stoppen. Das darf nicht wahr sein! Du hast recht, wieso einen zweiten Buchladen eröffnen, wenn der erste schon auf der Kippe steht? Aber der Schneider hat das notwendige Kleingeld. Vermutlich wird der Zweitladen so finanziert.«

»Bitte mische dich nicht ein. Der Verdacht fällt umgehend auf uns«, fleht Rose. »Sie wird uns einige Steine in den Weg legen. Vermutlich noch mehr als sonst.«

»Soll sie doch. Ihr schafft das auch so. Ihr seid stärker als sie. Immerhin muss sie diesen Laden hier eröffnen, damit sie den anderen querfinanzieren kann. Jedenfalls den Anschein sollte es machen. Aber wie gesagt ...«

»Das haben wir auch gedacht, als wir von Herrn Schneider davon erfuhren.«

»Wenn alles nicht funktioniert, wird Papa Schneider einen Geldzuschuss – in welcher Höhe auch immer – bereitstellen. Geld regiert die Welt. Das war schon immer so und wird auch immer so bleiben.«

»Wohl oder übel.«

»Nun, lassen wir unser Beisammensein nicht durch die Schneiders vermiesen. So wie ich die kenne, bekommen wir deren Einfluss noch früh genug zu spüren. Konzentrieren wir uns auf die nächsten Schritte.« Dabei tippt Ines auf den vor ihr liegenden Terminplan. »Wenn alles wie geplant läuft, dann ist die Eröffnung für den März geplant? Ihr bleibt dabei?«

»Ja.« Beide nicken eifrig.

»Obwohl ich den Laden eher eröffnet hätte, aus den von euch genannten Gründen, ist das Frühjahr eine gute Zeit. Im März macht sich der wärmende Frühling langsam bemerkbar und die ersten Blumen stecken die Köpfe aus der Erde. Es zieht die Menschen nach draußen in die Parks. Oder auf die Gebrüder-Schnell-Terrasse. Da gibt es nichts Schöneres, als ein neues Buch dabei zu haben und zu lesen. Nebenbei verwöhnen die immer stärker werdenden Sonnenstrahlen das blasse Gesicht des Winters. Das Zwitschern der Vögel begleitet einen in die Welt zwischen den beiden Buchdeckeln oder in Tagträume. Dabei werden bei einigen die Liebesgefühle erwachen und jeder geht mit einem Lächeln durch die Welt.« Ines strahlt Zufriedenheit aus.

»Ich bin immer wieder fasziniert von deinen Vorstellungen. Aus allem ziehst du etwas Positives.«

»Mit den Jahren wirst du ebenso denken wie ich, liebe Rose.« Ines schenkt ihr ein wärmendes Lächeln. »Was macht deine Überarbeitung des Manuskripts? Kommst du voran?«

Rose zieht einen Flunsch. »Ich habe das Projekt zur Seite gelegt. Momentan gibt es wichtigere Dinge.«

»Kann sein. Aber du darfst nicht alles dem Buchladen unterordnen. Es ist wichtig, dass ihr eure Hobbys beibehaltet.« Ines blickt auf die Uhr. »Ich würde gern mit euch weiterplaudern, aber ich habe bemerkt, dass ich einen Termin vergessen habe. Ihr entschuldigt mich?«

Rose und Mark verabschieden sich und können nicht mit Ines mithalten, denn sie wurden derart überrascht vom Aufbruch ihrer Vermieterin. Sie hatte das Café bereits verlassen, bevor das Liebespaar aufstehen konnte.

»Was war das?«

Rose zuckt mit den Schultern. »Ich werde nicht schlau daraus.«

»Vermutlich hat sie einen Plan, den wir nicht erfahren dürfen.«

»Du meinst doch nicht etwa, dass sie zu Herrn Schneider geht, oder?«

»Wer weiß?«

Kapitel 38

Der letzte Monat im Jahr hat begonnen und die Checkliste ist für die Planung sowie das Marketing fast abgehakt. Rose und Mark sind zufrieden mit dem, was sie erreicht haben. Sie warten noch auf die Rückmeldungen der Behörden. Entgegen ihrer Annahme benötigt es für die Umnutzung eine baubehördliche Bewilligung, die sie umgehend eingereicht haben. Gemäß Inspektor sollte dem Start für die Umbauarbeiten im Januar nichts im Weg stehen. Vermutlich wird die Bewilligung noch vor Weihnachten eintreffen. Doch das Warten macht beide hibbelig.

Da kommt die Eröffnung des Buchladens an der Hohengasse gelegen. Obwohl sich beide geschworen haben, dort nicht aufzukreuzen, können sie es nicht unterlassen. Zu groß ist die Neugierde. Bereits am Abend vor der Eröffnung sind sie am Schaufenster vorbeispaziert. Natürlich rein zufällig. Die Aufmachung ist wie in Bern: derselbe Schriftzug und dieselbe Farbe sowie eine ähnliche Schaufensterdekoration. Nur die Öffnungszeiten wurden angepasst. So wie es Frau von Ballmoos bei Roses Abgang angekündigt hatte.

Rose ist gespannt, wer das Geschäft führen wird. Immerhin sind Frau von Ballmoos und Anita die einzigen, die in Bern nach ihrer

Kündigung übrig waren. Vermutlich wurde für den Laden in Burgdorf eine neue Mitarbeiterin eingestellt und Herr Schneider hält ein Auge auf sie.

»Willst du dir das wirklich antun?«, fragt Mark, als sie draußen vor der Eingangstür ihres zukünftigen Ladens stehen.

»Wieso nicht? Als zukünftige Besitzer müssen wir unsere Konkurrenz im Auge behalten. Auch wenn es mit einer finsteren Vergangenheit verbunden ist. Ines hat kürzlich auch gemeint, dass wir vorbeischauen sollen. Im Übrigen sind unsere Buchhandlungen gerade mal etwas mehr als zweihundert Meter voneinander entfernt. Da ist das Ausspionieren von allein gegeben. Oder nicht?« Mit einer hochgezogenen Augenbraue sieht sie ihren Liebsten an.

Dieser schüttelt belustigt den Kopf. »Meine Elfe schreckt vor nichts zurück. Na, dann machen wir uns auf den Weg.« Mark nimmt sie an der Hand und ehe sie sichs versehen, stehen sie vor Frau von Ballmoos.

»Hätte nicht gedacht, dass ich Sie schon bei der Eröffnung antreffe«, meint die ehemalige Chefin anstelle einer Begrüßung.

»Es freut mich, Sie wiederzusehen«, säuselt Rose. »Als Ihr Vater uns erzählte, dass Sie eine Filiale hier in Burgdorf eröffnen, war ich sehr überrascht. Wurde ich doch wegen Sparmaß-nahmen entlassen.«

»Tja. Das Blatt hat sich nach Ihrem Weggang gewendet«, meint sie spitz und reckt das Kinn.

»Dann haben Sie die richtige Entscheidung mit meiner Entlassung getroffen. Bravo! Und nun entschuldigen Sie mich, ich möchte gern den Laden besichtigen.«

Rose tritt um Frau von Ballmoos herum, ohne sie eines weiteren Blickes zu würdigen. Mark nickt ihr zu und schließt zu Rose auf.

»Sie hat sich kein bisschen geändert«, zischt Rose.

»Ist ja kaum möglich in so kurzer Zeit«, antwortet Mark.

Beim Eintreten nimmt Rose alles in sich auf. Sie merkt sich die Anordnung der Regale und der Theke und muss zu ihrem Bedauern feststellen, dass die Innenausstattung und die Aufteilung den Vorstellungen von ihr und Mark entsprechen. Das kann unmöglich von ihrer ehemaligen Chefin stammen. Da hat jemand anderer Hand angelegt.

»Die hat unseren Plan aus den Unterlagen bei Herrn Schneider geklaut!«, echauffiert sich Mark.

»Danke, dass du es aussprichst, Liebling. Ich dachte schon, dass ich halluziniere. Eine Frechheit! Doch machen können wir leider nichts. Es wäre Aussage gegen Aussage. Aber um ehrlich zu sein, mit ihr zu streiten wäre mir zu blöd und würde nur unnötig Kraft verbrauchen, die wir anders einsetzen können.«

»Da gebe ich dir recht. Schau, da vorn ist Herr Schneider.«

Rose folgt seinem Blick. »Und Ines«, ergänzt sie.

»Sie scheinen in einer heftigen Diskussion zu stecken.«

Rose und Mark sind auf dem Weg zu ihnen, als Ines mit forschen Schritten – was ihr niemand mehr zutraut – daherkommt.

»Wieder hat das Geld gesiegt.« Missbilligend schüttelt sie den Kopf. »Ich finde es gut, dass ihr heute hier seid. Ihr zeigt Präsenz und lasst euch nicht einschüchtern. Den Besitzern wird das ein Dorn im Auge sein.«

Sie lächelt süffisant.

»Die Kunden wissen ja noch nichts von eurem Vorhaben. Ich bin überzeugt, dass ihr schon allein die Eröffnung toppen werdet. Die Schneiders haben lediglich ein Inserat in der Zeitung geschaltet. Vor dem Eingang ist nicht einmal ein Plakat angebracht, das auf die Eröffnung schließen lässt.« Sie schüttelt den Kopf. »Habt ihr Neuigkeiten von den Beamten?« Es scheint, als sei die Aufregung über Herrn Schneider bereits verflogen.

»Leider nein«, antwortet Mark. »Wir hoffen, dass wir vor Weihnachten Bescheid erhalten. Ansonsten bibbern wir bis kommendes Jahr.«

»Das wird schon. Wenn ich sehe, wie rasch dieser Laden eröffnet wurde ... da frage ich mich, ob alles mit rechten Dingen vor sich ging.« Sie wirft einen Seitenblick zu Herrn Schneider.

»Ines ...« Rose beißt sich auf die Lippen. Ihr brennt eine Frage auf der Zunge. Nur weiß sie nicht, wie sie diese stellen soll.

»Ja?«

Rose räuspert sich und springt über ihren Schatten. »Hast du mit Herrn Schneider über uns gesprochen?«

»Selbstverständlich! Ich habe ihn zur Rede gestellt. Aber wie immer hat er gewusst, sich herauszureden. Hinterlistiger Fuchs, der!«

»Sieh an, die Herrschaften beehren uns. Angenehm, Sie zu sehen«, begrüßt Herr Schneider die drei.

»Wir sind keine Herrschaften, Herr Schneider«, kontert Mark.

»Sondern demnächst Konkurrenten«, sagt Rose mit Stolz in der Stimme.

»So? Dann haben Sie ein anderes Lokal gefunden?«

»Tu nicht so scheinheilig, Friedrich. Ich habe es dir soeben erzählt«, sagt Ines spitz. »Nur zu gut weißt du über die Machenschaften deiner Tochter Bescheid. Der Apfel fällt nicht weit vom Stamm, auch wenn sie nicht deine leibliche Tochter ist, hat sich dein Verhalten bei ihr eingenistet.«

»Du nimmst die beiden in Schutz. Och, wie nett von dir, Ines.«

»Wer zuletzt lacht, lacht am besten. Du wirst dich noch an meine Worte erinnern.« Ines dreht sich ohne weiteren Kommentar ab und verlässt den Laden.

»Temperamentvoll war sie schon immer, unsere Ines.« Und ebenso geht Herr Schneider ohne einen Abschiedsgruß davon.

»Ich glaube, das müssen wir nicht verstehen, oder?«, wendet sich Rose an Mark.

»Nein. Das ist eine Geschichte zwischen den beiden, die vor langer Zeit begonnen hat, so wie Ines erzählte. Nehmen wir uns lieber den Laden vor. Vor allem, welche Genres angeboten werden, wie viele Bücher ausgestellt sind und ob es Krimskrams gibt.«

Beide müssen lachen wegen Marks Bemerkung.

»Geh du schon vor. Ich habe soeben Anita entdeckt. Ich möchte ihr rasch ›guten Tag‹ sagen.«

»Ist gut.«

Wenig später legt sie ihre Hand auf Anitas Unterarm und zieht sie zu sich. »Welch eine Überraschung!«

Anita dreht sich erstaunt um. Als sie erkennt, wer vor ihr steht, erhellt sich ihr Gesicht. »Rose!«

»Arbeitest du nun hier? Oder hilfst du heute bei der Eröffnung aus?«

Ihr Gegenüber zieht die Augenbrauen hoch. »Du weißt es noch nicht?«

»Was denn?«

»Den Buchladen in Bern gibt es nicht mehr.«

»Was?«

»Nachdem du weg warst, kamen immer weniger Kunden. Sogar die Stammkunden blieben mit der Zeit aus. Ist ja kein Wunder, wenn die von Ballmoos ihre Launen an ihnen ausließ.«

»Aber uns wurde gesagt, dass dies eine zusätzliche Filiale sei.«

»Von wem den?«

»Ihrem Vater.« Rose beugt sich zu Anita hin. »Du musst wissen, wir haben uns für diese Räumlichkeiten beworben. Nach der Kündigung habe ich mir ein Herz gefasst und werde mit Mark zusammen eine Buchhandlung eröffnen.« Roses Augen strahlen, wenn sie ihrer ehemaligen Mitarbeiterin davon erzählt.

»Endlich wird dein Traum wahr!« Anita umarmt sie freudig. »Aber du hattest zu wenig Mut, den dir wohl Mark nun gibt. So schön! Somit gaben dir die Kündigung und Mark den notwendigen Schubs in die richtige Richtung.«

Rose lächelt Anita an. »Einer meiner Träume.«

Anita runzelt die Stirn.

»Mein zweiter Wunsch ist in Arbeit. Ich habe mich endlich getraut, eines meiner Manuskripte an den Lektor Hermann Schulz zu senden. Seine erste Rückmeldung traf auch schon ein und bereits letzte Woche habe ich mein überarbeitetes Manuskript an ihn zurückgesandt.«

»Die Ereignisse scheinen sich bei dir zu überschlagen. Das freut mich sehr für dich! Und bei Herrn Schulz ist dein Manuskript bestens aufgehoben.«

»Danke vielmals Anita! Aber wieso wechselt ihr den Standort von Bern nach Burgdorf?«

»Warum wohl. Vetternwirtschaft.«

»Bist du sicher?«

»Hundertprozentig! Ich habe zufällig ein Gespräch zwischen ihr und ihrem Vater mitbekommen. Dabei hat er ihr gesagt, wenn sie nach Burgdorf komme, überlasse er ihr das Lokal kostenlos. Sie müsse nur um die Umsatzzahlen besorgt sein. Was nun schwieriger wird, als sie angenommen hat.« Anita grinst verschmitzt.

»Da kannst du Gift drauf nehmen. Ines hatte schon wieder recht mit ihrer Aussage, dass das Geld die Welt regiert. Wie traurig.« Rose schüttelt den Kopf. »Und du kommst hierher?«

»Bleibt mir nichts anderes übrig.« Anita zuckt die Schultern. »Ich muss leider weitermachen. Sonst kriege ich den ersten Rüffel schon am Eröffnungstag. Du kennst sie ja.« Sie drückt Roses Arm. »Ich melde mich bei dir.«

Und weg war Anita. Mit wenigen Schritten ist Rose bei Mark, der sich im hinteren Teil der

Buchhandlung befindet und schmiegt sich an ihn.

»Wie ist die Auslage?«

»Interessant. Ich denke, dass wir das ähnlich umsetzen sollten. Ich habe mir ein paar Ideen notiert.« Er schwenkt triumphierend das Handy.

Gemeinsam schlendern sie den Regalen entlang und halten inne, um sich einige Bücher genauer zu betrachten. Jäh stellt sich ihnen eine Person in den Weg.

»Glaubt ja nicht, dass ihr hier in Burgdorf Fuß fassen werdet. Ich bin vor euch da gewesen und werde immer die Mächtigere sein. Unsere Familie ist hier stark verwurzelt und wir helfen einander.« Frau von Ballmoos stemmt ihre Hände in die Hüfte.

»Das denkst auch nur du!« Obwohl Rose ihr am liebsten das Wissen über die Finanzspritze an den Kopf schleudern möchte, hält sie sich zurück. Sonst käme Anita in eine brenzlige Situation. »Wir haben alles gesehen, oder, Mark?«

»Es gibt ja nicht viel zu sehen.«

Rose muss sich auf die Zunge beißen, um nicht loszulachen.

Sie lassen eine schäumende von Ballmoos zurück und treten in die frische Winterluft hinaus.

»Famos, wie du geantwortet hast!« Rose lacht los.

»Hast du ihr Gesicht gesehen?«

»Ja, und ich weiß auch, warum sie so dreingeschaut hat.«

»Ach ja? Woher denn?«, fragt Mark verwundert.

Auf dem Nachhauseweg erzählt Rose alles, was sie von Anita erfahren hat.

»Somit hat Ines wie immer recht«, meint Mark.

»Du sagst es. Ines ist ein Tausendsassa par excellence.«

Kapitel 39

Kurz vor Weihnachten liegt die Bewilligung für die Umnutzung im Briefkasten. Mit zitternden Fingern öffnet Rose den Umschlag und schnappt nach Luft, als sie die ersten paar Zeilen liest.

»Was ist los?«, fragt Mark besorgt, der neben ihr auf dem Sofa sitzt.

Rose hält ihm die Papiere hin. Wenige Sekunden später entfährt ihm ein Freudenschrei. Achtlos wirft er die Blätter auf den Salontisch und umarmt Rose. Er zieht sie hoch und lachend drehen sie sich im Kreis.

»Endlich!« Mark entlässt Rose aus seinen Armen und holt den Champagner, der seit Tagen im Kühlschrank vor sich hin vegetierte. Derweil holt Rose zwei Gläser hervor.

»Auf unsere Zukunft!«

Die Gläser klirren freudig und der Champagner prickelt den Hals hinab.

»Eines der schönsten Weihnachtsgeschenke. Ich bin so happy!« Rose strahlt von einer Wange zur anderen.

»Nun können wir die paar Tage in vollen Zügen genießen und im Januar starten die Arbeiten erst recht.«

»Ich dachte schon, dass sich die Ämter bis zum Sankt-Nimmerleins-Tag Zeit lassen würden«, meint Rose lachend.

»Du sprichst meine Gedanken aus, liebste Rose. Und ehrlich gesagt, bin ich froh, dass wir unsere Eröffnung im März geplant haben. So haben wir keinen Druck gegenüber unseren Kunden. Ich will mir nicht ausdenken, was es bedeutet, wenn wir die Eröffnung hätten verschieben müssen ... keine gute Publicity für ein neues Geschäft.«

»Stimmt. Manchmal haben wir einen siebten Sinn.«

»Bist du bereit, meine Familie kennenzulernen?«, wechselt sie das Thema.

»Das ist keine Frage, Rose.«

»Es wird bestimmt nicht so herzlich sein wie bei deiner Mama. Ich habe dir erzählt, dass wir nicht immer ein einfaches Verhältnis hatten.«

»Rose, nicht alle Familien sind gleich. Mach dir keine Sorgen.« Mark nimmt sie in den Arm.

»Weißt du, gern würde ich den Kontakt vertiefen«, sagt sie an seine Schulter gelehnt. »Nun, wo ich sehe, dass es auch anders geht. Du, deine Mama und deine Schwester bilden eine Einheit, bei der jeder für jeden einsteht. Egal, was kommt. Ihr strahlt eine Herzenswärme aus, die mich berührt und in kürzester Zeit habt ihr mich aufgenommen und akzeptiert so wie ich bin. Das Leben ist zu kurz, um es mit Streitigkeiten zu verbringen. Daher möchte ich versuchen, meine kaputte Familienbeziehung wieder zu kitten. So weit dies möglich ist. Im Wissen, dass es schwierig wird.«

Mark drückt sie fester.

»Rose, vergleich uns nicht! Wir sind komplett verschieden. Jeder trägt eine Vergangenheit mit sich. Ob lustig, traurig oder vertraut. Wichtig ist, was wir aus dem Jetzt machen.« Mark hält sie eine Armbreite von sich und sieht ihr in die Augen. »Und das Kitten nehmen wir nun in Angriff.«

Nach über drei Stunden Autofahrt biegen sie auf den Parkplatz von Roses Elternhaus in Lumnezia ein. Mark genoss die Fahrt, die am Teufelsstein vorbei und über die Teufelsbrücke sowie den Oberalppass führte. Die Kurven waren nicht ohne, aber dafür die Aussicht atemberaubend.

Mark bleibt beim Anblick der Villa der Mund offen.

»Das ist dein Zuhause?«

»Ja.«

»Okay. Warum ...«

»Mir sind solche Äußerlichkeiten nicht wichtig. Waren sie schon nie. Daher habe ich dir nie davon erzählt.«

Mark sieht an sich herab. »Ich bin aber nicht angemessen gekleidet.«

»Warum?«

»Hätte ich nicht einen Frack anziehen sollen?«

Rose lacht. »Sicher nicht! Wir geben uns so, wie wir sind. Ich will mich nicht mehr verbiegen. Das musste ich lange genug. Entweder sie akzeptieren uns so, oder nicht.«

»Sag mal …« Mark sieht sie von der Seite an. »Kann es sein, dass du mir nicht die Wahrheit über deine Kindheit erzählt hast?«

»Kann gut sein.« Rose lächelt ihm zu. »Mindestens ein wenig geflunkert habe ich.«

Mark beugt sich über die Mittelkonsole und küsst seine Elfe und meint: »Ich werde nun herausfinden, wie viel du geflunkert hast. Bist du bereit?«

»Wenn du es bist …«, sagt Rose.

»Immer mit dir an meiner Seite.«

Lachend steigen sie aus dem Auto und klingeln wenig später an der Tür.

»Schön, dass ihr hergefunden habt.« Roses Mutter Dora beachtet sie nur einen Wimpernschlag lange an, bevor sie sich Mark zuwendet. »Sie müssen Herr Dumermuth sein.« Roses Mutter reicht ihm die Hand. Dabei klimpern ihre Armreife, die sie ausschließlich zu besonderen Anlässen anlegt. Das hellgraue Haar trägt sie heute zu einem Dutt frisiert und ihr schwarzes Etuikleid passt wie angegossen. Vermutlich hat es ihre Schneiderin gestern erst angepasst.

»Sehr erfreut, Sie kennenzulernen, Frau Zimmermann.«

»So förmlich, Mama?«

»Ach, Kind, ich kenne den jungen Herrn nicht. Das hat mit Respekt zu tun. Kommt rein!«

Dora wendet sich ab und geht vor. Ehe sie eintreten, wirft Rose Mark einen entschuldigenden Blick zu. Der nimmt es mit einem Lächeln und schließt die Tür.

»Nun sind alle da«, verkündet ihre Mutter in die fröhliche Runde, die sich um den pompösen Tannenbaum eingefunden hat. Der, wie es scheint, mit zigtausend Lichtlein bestückt ist.

Wo immer Mark hinsieht, entdeckt er Engelsfiguren. Sogar schwebende sind im Raum vorzufinden. Die Figuren sind groß, klein, schlafen, lachen oder spielen ein Instrument. Noch nie hat Mark derart viele Nippes auf einen Blick gesehen.

»Ein Tick von meiner Mama«, flüstert Rose Mark ins Ohr, als sie bemerkt, wie er sich umsieht.

»Hallo, Rose. Schön, dass du dich von den Büchern losreißen konntest und uns mit deinem Besuch beehrst.« Ein Herr mit weißem Backenbart löst sich aus der Versammlung. Ein kleiner Wohlstandsbauch wird unter dem Hemd sichtbar.

»Hallo, Papa.« Rose lässt die spitze Bemerkung kalt. Längst hat sie sich damit abgefunden, dass die Eltern ihre Liebe zu Büchern nicht gutheißen. Wenn es nach ihnen gegangen wäre, hätte Rose Medizin studieren sollen, so wie ihr Vater.

»Herr Dumermuth, freut mich, Sie kennenzulernen.«

»Danke, ganz meinerseits, Herr Zimmermann.«

»Bernd, also bitte. Wir leben nicht mehr im letzten Jahrhundert. Warum so förmlich?«

Tante Edeltraud tritt zu ihnen hin.

»Meine liebe Rose. Wie gut du ausschaust.« Rose wird herzlich umarmt. »Wie heißt dein gut aussehender Begleiter? Deine Eltern haben ihn nicht erwähnt.« Sie wirft ihrem Bruder einen vernichtenden Blick zu.

»Mark. Mein Freund.«

»Wie schön. Eine junge Liebe in der Familie.« Sie klatscht in die Hände und lächelt Rose an.

»Für dich bin ich die Trudel.«

»Mark.«

Ihre Tante ist die Einzige aus der Familie, die ihre Liebe zu den Büchern versteht. Sie selbst liest gern und ist als Journalistin tätig. Rose und Edeltraud sitzen im selben Boot. Denn der Job ihrer Tante wurde in der Familie nie gutgeheißen. Erst als sie Walter heiratete, Anwalt in einer angesehenen Kanzlei, wurde sie wieder von der Familie als ernsthaftes Mitglied angesehen.

»Ihr könnt gern am Tisch weitersprechen. Das Essen wird gleich aufgetischt«, sagt Roses Mutter und drängt alle an den Tisch.

Ihrer Mutter käme nie eine Haushälterin in die Küche. Geschweige denn eine Putzkraft. Das Personal würde den Anforderungen ihrer Mutter nie gerecht werden können, da Dora eine Perfektionistin durch und durch ist. Rose bekam das als Kind arg zu spüren.

Die Stühle schaben über den Boden und das Gemurmel geht weiter.

Der Tisch ist mit einer roten Stofftischdecke versehen, auf dem goldenes Besteck und Servietten geschmackvoll positioniert sind. Mittig sind Kerzen aufgereiht, die Roses Vater eine nach der anderen anzündet.

Er hat sich gerade hingesetzt, als Dora mit den ersten Salattellern aus der Küche erscheint.

»Dora, du übertriffst dich immer wieder selbst«, lobt Edeltraud.

»Nicht der Rede wert, meine Liebe.«

»Liest du immer noch so viele Bücher?«, will Onkel Franz wissen.

»Ja, das tue ich.«

Ihr Onkel hat Rose schon immer zur Weißglut gebracht, wenn er ihr die Bücher schlechtmachen wollte. Während ihrer Kindheit war das Buch ein heiß diskutiertes Thema. Er fand, dass sie sich zu sehr mit Büchern statt mit Menschen abgibt. Was noch heute zutrifft und sich für Rose passend anfühlt.

»Bist du immer noch in diesem Buchladen in Bern?«, will ihr Onkel wissen.

»Nein, nicht mehr.«

»Dann hast du endlich eingesehen, dass du den falschen Beruf ergriffen hast? Dass sich die Leute die Bücher lieber online bestellen als in einem verstaubten Buchladen?« Ihr Onkel lacht gehässig.

Bei dieser Aussage läuft es Rose kalt den Rücken hinab. Ihr Onkel versteht die Atmosphäre des Aussuchens nicht. Der Moment, in dem man das Buch in die Hände nimmt und das erste Mal aufschlägt sowie ein paar Seiten blättert. Himmlisch. Online entsteht dieses Gefühl nicht und auch nicht die Vorfreude, bis man zu Hause ist, um mit dem Lesen zu beginnen. Aber ihrem Onkel das zu erklären würde den Abend sprengen.

»Nein, das habe ich nicht«, sagt Rose trotzig.

»Ah, nein?«, kommt es von ihrem Vater.

»Mark und ich werden einen eigenen Buchladen in Burgdorf eröffnen.«

Stille.

»Bravo, mein Kind!«, schreit Tante Edeltraud. »Ein Hoch auf unsere Rose und ihren Mark.« Sie hebt das Glas, um mit den anderen anzustoßen. Doch ihres bleibt das einzige. »Was soll das wieder? Habt ihr keinen Anstand? Bernd!«

»Nein, tut mir leid«, meint Roses Vater und schüttelt den Kopf.

»Wann werdet ihr eröffnen?«, erkundigt sich ihre Tante. »Ich möchte mir den Tag reservieren.«

»Im März. Den genauen Tag wissen wir noch nicht.« Rose blickt zu Mark.

»Im Januar beginnen die Umbauarbeiten«, fährt Mark fort. »Dann folgen die Gipser- und Malerarbeiten und zum Schluss die Schreinerarbeiten. Wir möchten keine Nullachtfünfzehn-Regale, sondern welche nach Maß und unseren Vorstellungen.«

»Wie finanziert ihr das? Ich wüsste nicht, dass du so viel Geld besitzt, Rose.« Bernd lehnt sich in seinen Stuhl zurück und verschränkt die Arme.

»Danke Papa, dass du mich darauf hinweist, dass ich mein Erbe nie erhalten werde, solange ich mit Büchern arbeite.«

»Keine Angst, Herr Zimmermann. Ich bringe das notwendige Eigenkapital mit. Rose wird als Geschäftsführerin auftreten und ich werde ihre rechte Hand sein.«

»Du willst ein Geschäft führen?« Onkel Franz sieht seine Nichte mit hochgezogener Augenbraue an.

»Traust du mir das nicht zu … so wie die Mehrheit hier am Tisch?« Rose sieht einen nach dem anderen an.

»Ich habe vollstes Vertrauen in meine Rose. Noch nie habe ich eine engagiertere Person kennengelernt, die viel Herzblut in die Dinge steckt, die sie anpackt.« Mark nimmt Roses Hand. »Im Weiteren wird sie sich als Schriftstellerin einen Namen machen. Was unserem

Buchladen einen Marktvorteil bringen wird. Wer kann schon behaupten, ein Buch bei der Bestseller-Schrifstellerin erstanden zu haben?«

»Du schreibst nebenbei Bücher?« Dora reißt die Augen auf. »Du bist ein Multitalent, liebe Rose. Ich fühle mich stolz, deine Tante sein zu dürfen. Wenn du etwas benötigst, ich bin da und stehe hinter dir.«

Alle Blicke wenden sich zu Edeltraud. Der aufgetischte Salat ist längst vergessen.

»Ihr müsst nicht dumm aus der Wäsche schauen. Ich ...« Sie zeigt mit dem Finger auf sich. »... bewundere Rose, da ich dasselbe durchmachen musste wie sie. Werdet endlich erwachsen und seid nicht so kleinkariert!«

»Danke, liebe Tante, das rechne ich dir hoch an.« Rose steht auf. »Mark und mir ist der Appetit vergangen. Es ist besser, wenn wir gehen. Wir möchten eure Nerven nicht weiter strapazieren.«

»Aber ...«, beginnt Roses Mama.

»Bemüh dich nicht, Mama! Ich habe in dieser Stunde, die wir hier waren, genug gehört. Eigentlich wollte ich wieder mehr mit euch in Kontakt treten, aber so ...« Sie schüttelt den Kopf und ihre Augen schwimmen in Tränen. »So hat es keinen Sinn. Es belastet mich zu sehr.«

Mark steht auf und legt seinen Arm um Rose.

»Es hat mich gefreut, Sie kennenzulernen, und danke für den Salat. Auf Wiedersehen.«

Ohne die Antworten der Anwesenden abzuwarten, verlassen sie den Raum und blicken nicht mehr zurück.

Kapitel 40

Im Auto strömen bei Rose die Tränen. Ihr ganzer Körper zittert.

»Ich bin erschüttert. Wie können sie so mit dir umgehen? Ich verstehe das nicht. Nur weil du nicht Ärztin oder Anwältin geworden bist? Einzig Trudel hält zu dir, da sie dasselbe Schicksal durchmachen musste wie du.«

Mark blickt zu Rose. Sie hat ihren Kopf in den Händen vergraben und ihre Achseln zucken unkontrolliert.

»Rose?«

»Fahr bitte nach Hause.« Bringt Rose mit erstickter Stimme hervor.

»Aber gern doch.«

Die Fahrt verläuft still. Vor Erschöpfung ist Rose eingeschlafen. Sie erwacht aus ihrem Dämmerschlaf erst, als Mark das Auto geparkt hat und sie sachte an der Schulter berührt.

»Sind wir zu Hause?« Rose reibt sich die Augen.

»Ja. Wie fühlst du dich?«

»Wie ein begossener Pudel.«

»Möchtest du darüber sprechen?«

Sie schüttelt den Kopf. »Momentan nicht, danke.«

Mark steigt aus dem Auto und hilft Rose beim Aussteigen. Dankbar klammert sie sich an ihn. Ihre Kräfte haben sie verlassen.

»Ich lasse dir ein Bad ein. Das wird dir beim Entspannen helfen.«

»Danke.«

Die wenigen Tage bis zum ersten gemeinsamen Jahreswechsel hat Rose im Bett oder auf dem Sofa verbracht. Ihr fehlte schlichtweg die Energie, um sich aufzuraffen. Geschweige denn, sich auf etwas zu konzentrieren. Der Besuch bei ihren Eltern hatte sie erschüttert. Nie hätte sie gedacht, dass die Feindseligkeiten immer noch so präsent sind. Obwohl sie einiges an Frechheiten von ihrer Familie gewohnt ist, treffen die jetzigen Rose hart. Denn nicht nur sie wurde angefeindet, sondern auch Mark.

Tante Edeltraud glaubt als Einzige an Rose und Mark. Es war auch sie, die sich tags darauf meldete, um sich für die anderen zu entschuldigen. Denn sie möchte ebenso, dass die Familie wieder enger zusammenrückt und mehr Kontakt miteinander hat.

Mark steht ihr während dieser Tage zur Seite – so wie bereits vor ein paar Monaten beim Tod von Coco. Er ist und bleibt ihr Fels in der Brandung. Unglaublich, wie er zu ihr hält, auch nach dem Vorfall bei ihren Eltern und Verwandten.

»Fühlst du dich in der Lage, heute Abend den Jahreswechsel zu feiern? Vielleicht würde dich eine Abwechslung auf andere Gedanken bringen. Ich habe nämlich eine Überraschung organisiert«, sagt Mark freudig.

»Wow! Eine Überraschung, obwohl ich so miesepetrig war? Da freue ich mich drauf, denn mittlerweile geht es mir wieder besser. Doch die Ablehnung habe ich noch nicht ganz verdaut. Das geht bei mir nicht so schnell.«

»Braucht es auch nicht. Nimm dir die Zeit, die du benötigst.«

»Wohin entführst du mich heute Abend?« Roses Neugierde ist geweckt.

»Wir gehen ins ›Stadthaus‹.« Mark grinst.

»Echt?«

»Und ob! Wir gönnen uns einen schönen ersten gemeinsamen Jahreswechsel, auf den unzählige folgen werden.«

»Auf wann hast du unseren Tisch reserviert?«

»Halb sieben.«

Rose blickt auf die Uhr. »Aber dann sollten wir uns sputen, denn es ist bereits fünf.«

»Wenn wir gemeinsam duschen, können wir Zeit gewinnen.« Marks Augen leuchten.

»Das glaubst auch nur du!«

Lachend läuft Rose ins Bad. Mark folgt ihr.

Mit erhitzten Gesichtern ziehen sie sich an, wobei die Hitze nicht allein dem warmen Wasser zuzuschreiben ist.

»Kannst du mir bitte mit dem Reißverschluss behilflich sein?«, fragt Rose.

»Natürlich!« Mark dreht sich zu ihr hin. Er ist einen Moment sprachlos, bevor er sich räuspert und meint: »Wow! Das Kleid steht dir hervorragend.«

Rose trägt ein dunkelblaues Abendkleid mit langen Ärmeln. Allein sich aufzubrezeln, hat Roses Stimmung verbessert.

»Danke. Dein Smoking ist aber auch nicht ohne.«

»Den habe ich mir extra für heute Abend von Ben ausgeliehen. Ich frage mich, für welche Anlässe Ben Smokings trägt. Denn er hatte nicht nur den hier im Kleiderschrank hängen.«

»Ah ja? Vielleicht führt er ein Doppelleben.« Rose kichert.

»Was du immer alles denkst. Zu jeder Situation fällt dir eine Geschichte ein, meine Schriftstellerin.«

»Du Charmeur!« Rose küsst seine Wange. »Ich lege mir rasch die Perlenkette und die Ohrstecker an.«

Dreißig Minuten später verlassen sie dick in Winterjacken gehüllt ihre Wohnung.

Das ›rasch‹ dauerte ein wenig länger, da sich Rose zwei filigranen Spangen ins Haar flechten musste. Ansonsten wäre in ihren Augen das Outfit nicht passend gewesen.

Arm in Arm spazieren sie durch die eisig klare Nacht. Die Sterne funkeln vergnügt am Firmament. Kleine Wölkchen bilden sich vor ihrem Mund, wenn sie sich miteinander unterhalten.

Kurz vor halb sieben betreten sie das ›Stadthaus‹. Die Wärme lässt ihre kalten Wangen prickeln und ihnen wird wohlig warm. Wie festgeklebt bleiben sie stehen und lassen das feierliche Ambiente auf sich wirken. Das Licht ist gedämmt und auf jedem Tisch stehen Kerzen, die eine stimmungsvolle Atmosphäre verbreiten. Im Hintergrund wird leise klassische Musik abgespielt.

Ein Kellner nimmt sich ihrer Jacken an und bringt sie an ihren Tisch. Für Rose zieht er den Stuhl hervor und schiebt ihn ihr hin, sobald sie sich hinsetzt.

Die feine Tischdecke fühlt sich fast wie bei ihren Eltern an. Komisch, dass sie genau jetzt daran denken muss. Selbst das Gedeck ist so aufwendig arrangiert wie bei ihrer Mutter.

»Hoppla«, entfährt es ihr. »Hast du schon einmal so fürstlich diniert? Ich weiß nicht, welches Besteck für welchen Gang benutzt wird.« Sie fährt ehrfürchtig darüber. »Da habe ich bei meiner Mutter immer auf stur gestellt, als sie mir die tausend Gabeln und Messer beschrieb.«

»Nein, aber ich habe gehört, dass man sich von außen nach innen arbeitet.«

Sie lächeln sich über den Tisch hinweg an und reichen sich die Hände.

Kurze Zeit später kommt die Bedienung und reicht ihnen zum Apéro je eine Flöte des Moët & Chandon - Grand Vintage Rosé 2015.

»Auf uns, meine Elfe.«

»Auf uns.«

Ihre Gläser geben einen perlenden Klang von sich, als sie gegeneinanderstoßen.

»Ich fühle mich fantastisch. Danke, dass du diesen Abend organisiert hast und immer noch zu mir stehst, obwohl sich meine Eltern nicht vorbildlich dir gegenüber verhalten haben.«

»Ich liebe dich, Rose, und nicht deine Familie. Sicher war unser Besuch bei ihnen nicht vielversprechend.« Mark zuckt mit den Schultern. »Aber wir können es nicht ändern und machen das Beste daraus.«

»Meine Dame, mein Herr …« Ein Bediensteter unterbricht sie.

»Möchten Sie zum Essen einen Wein?«

»Wir fallen jetzt sicher aus der Reihe.« Mark lacht. »Aber wir trinken nicht so viel Alkohol und der Aperitif genügt uns vollends.«

»Kein Problem. Möchten Sie ein Wasser? Still oder prickelnd?«

»Gern stilles.«

Nachdem ihnen das Wasser gebracht wurde, kam auch schon der erste Gang.

»Das sieht unglaublich aus!«

»Fast zu schade, um das Kunstwerk zu essen.«

»Kürbis habe ich noch nie als Tatar gegessen«, meint Rose. »Und du?«

»Nein. Ich denke, wir werden einige Überraschungen heute Abend erleben.«

Rose und Mark schlugen sich tapfer durch die Gabeln und Messer. Wie erwartet, ließ das Sechs-Gänge-Menü keine Wünsche übrig.

Zu einem aromatischen Kaffee wurde der Dessertteller serviert. Darauf befand sich ein Zwetschgenknödel mit Hafer-Zimt-Streuseln und Himbeer-Espuma.

»Ein Abschluss nach dem Geschmack von Ines und das letzte Hüftgold für dieses Jahr.« Rose lacht ihr glockenhaftes Lachen.

»Was du nicht sagst! Das würde ihr gefallen.« Mark nimmt einen Löffel des Knödels. »Was macht Ines heute Abend? Weißt du das?«

»Ich vermute, sie ist in bester Gesellschaft mit ihren Damen.«

Mark schielt auf die Uhr an der Wand. »Wollen wir nachher aufbrechen? Es ist schon halb zwölf.«

»Wieso aufbrechen? Es ist gerade recht gemütlich hier.« Rose zieht wieder ihre Augenbrauen hoch.

»Du hast nicht gedacht, dass wir hier auf unser neues Jahr anstoßen, oder?«

»Doch.«

»Das ist mir zu unspektakulär«, meint Mark.

»Du mit deinen Ideen.«

Mark winkt die Bedienung heran und begleicht die Rechnung, ohne dass Rose den Betrag sieht.

An der Garderobe wird ihnen in die Jacken geholfen und sie verlassen lachend und ineinander gehakt das Restaurant. Vor dem Eingang bleiben sie stehen und atmen die kühle Luft ein. Eine Wohltat nach der Hitze im Innern des Restaurants. Umgehend sind ihre Lebensgeister wieder erwacht.

Sie gehen die wenigen Schritte zur Kirche empor. Von dort aus haben sie eine der besten Aussichten über Burgdorf und die umliegenden Gemeinden.

Bereits jetzt werden vereinzelte Raketen gezündet und das vor Mitternacht. Ein Warmwerden vor dem Finale. Den Turteltauben ist dies einerlei. Wichtig ist, dass sie gemeinsam hier stehen und schon bald ihren Traum verwirklichen werden.

»Kribbelt es auch in deinem Bauch?«, fragt Rose.

»Bei mir kribbelt es weiter unten.« Mark zieht Rose an sich und küsst sie. »Ich bin unendlich dankbar, dass sich unsere Wege gekreuzt haben und wir gemeinsam hier stehen. Du bist eine bezaubernde Frau, weißt du das? Ich liebe dich über alles.«

»Ich liebe dich bis zu den Sternen und zurück.«

Mit diesen Worten beginnen sie das neue Jahr. Ein Jahr, das für ihre gemeinsame Zukunft entscheidend ist.

Kapitel 41

Die ersten Tage des neuen Jahrs vergingen wie im Flug. Die wenigen offenen Punkte wurden abgearbeitet und die Homepage erhielt den letzten Schliff sowie den ersten Blogeintrag über die Umbauarbeiten. Bisher sind noch nicht viele Rückmeldungen eingetroffen. Was für beide nicht weiter schlimm ist, da sie am Anfang ihrer Karriere stehen.

Zwei Schaufenster hat Rose in Lavendel-violett gekleidet und ein Plakat kreiert. Auf dem ist der Name des künftigen Buchladens notiert sowie der Link zur Homepage und wie es heutzutage modern ist, ein QR-Code. Der ist für die ganz Rassigen.

Im Februar wird zusätzlich ein Inserat in den regionalen Zeitungen geschaltet.

Am Montag sind Mark und Rose früh im Laden. Zu Hause hielten sie es nicht mehr aus. Denn in ein paar Minuten beginnen die Umbauarbeiten. Wie kleine Kinder freuen sie sich, dass es endlich losgeht.

Pünktlich erscheinen Herr Hofer und seine beiden Mitarbeiter. Sie stellen sich einander vor und gehen direkt zum Du über.

Stefan erklärt seinem Mitarbeiter Jonas die geplanten Umbauarbeiten. Da es sich um ein Kleinprojekt handelt, ist alles umgehend klar und die Arbeiter legen los. Sie schleppen diverse Werkzeuge und Gerätschaften heran.

Derweil hat sich Stefan verabschiedet. Er musste auf eine andere Baustelle. Voraussichtlich schaut er Mitte der Woche wieder vorbei, um sich ein Bild des Fortschritts zu machen. Auch Rose verlässt wenig später den Laden und Mark bleibt zurück. Er möchte den Arbeitern zur Hand gehen.

Der Vormittag schreitet voran und so auch die Rückbauarbeiten. Mark ist erstaunt, wie rasch sie vorankommen. Kaum hat er den Gedanken zu Ende gedacht, findet er sich auf dem Boden wieder. Ein Schmerzlaut entfährt ihm und die Arbeiter drehen sich zu ihm hin. Mit verzehrtem Gesicht hält er sich das linke Handgelenk.

»Was ist geschehen?«, fragt Horst, der ältere Arbeiter und kniet sich neben ihn hin.

»Ich weiß nicht. Plötzlich lag ich da.«

»Hast du sonst irgendwo Schmerzen, außer im Handgelenk? Bist du mit dem Kopf aufgeschlagen?«, erkundigt sich Jonas, der sich auf die andere Seite von Mark kniet.

»Nein. Zum Glück nur das Handgelenk. Ich habe mich wohl beim Sturz darauf abgestützt.«

Die Männer helfen ihm auf die Beine. Zu dritt gehen sie zur Holzkiste, auf die er sich dankbar hinsetzt.

»Jonas, hol Mark einen Becher Wasser.« An Mark gerichtet fragt Horst: »Hast du mir die Nummer von Rose? Ich werde sie informieren.«

»Nimm direkt mein Handy.« Mark kramt es umständlich aus seiner Hosentasche und reicht es Horst.

Der drückt auf den Anrufknopf, als Rose in den Raum tritt.

»Hallo zusammen«, ruft sie fröhlich.

Sie bleibt wie angewurzelt stehen, als sie Mark zusammengesunken auf der Kiste sitzen sieht.

»Was ist geschehen?« Sie löst sich aus ihrer Starre und ist in wenigen Schritten bei ihm.

»Ich bin gestürzt und nun schmerzt das rechte Handgelenk. Ich kann es kaum bewegen.«

Sein Gesicht spricht Bände.

Rose blickt zuerst auf seinen Arm, den er auf dem Knie abgestützt hat. Das Handgelenk verfärbt sich, und ihr scheint, als sei es geschwollen. Erst dann sieht sie ihn an.

»Du bist ja weiß wie die Wand. Soll ich den Krankenwagen rufen?«, fragt Rose.

»Nein. Wir fahren mit dem Bus. Die Haltestelle liegt direkt vor unserer Tür«, meint Mark.

»Das wirst du nicht, Mark. Ich fahre dich.« Horst blickt Rose an. »Ich habe leider nur einen Zweiplätzer.«

»Kein Problem. Ich gehe zu Fuß. Es ist nicht weit von hier. Knappe fünfzehn Minuten.«

Gemeinsam treten sie hinaus in die kühle Luft, welche Mark dankbar einzieht. Sein Gesicht wechselt geringfügig die Farbe.

Vorsichtig verfrachten sie den Patienten auf den Beifahrersitz und Horst fährt umgehend los.

Rose winkt ihnen nach und macht sich auf den Weg ins Krankenhaus.

Kapitel 42

Abends kehrt Rose ohne Mark in ihre gemein-same Wohnung zurück. Ein verrückter Start in die Umbauarbeiten und ihre Zukunft! Wer hätte das gedacht? Sie kickt die Schuhe von sich und entledigt sich der Jacke. Für einen Moment lehnt sie sich an die Tür und atmet tief durch. Sie darf nicht daran denken, was alles hätte geschehen können.

Sie schüttelt den Kopf und stößt sich von der Tür ab. In der Küche erweckt sie die Kaffeemaschine. Der Duft von frisch gemahle-nen Bohnen erfüllt umgehend den Raum. Ihre Nerven beruhigen sich; gleich darauf hält sie ihre Latte macchiato in den Händen. Die Brühe im Spital war unerträglich und der Spital-geruch tat sein Übriges. Ihr Magen macht sich umgehend bemerkbar, sobald sie einen Fuß in ein Krankenhaus setzt. Daher macht sie einen weiten Bogen um alle Krankenhäuser und jeder Art von Arztpraxen.

Rose setzt sich aufs Sofa und legt die Beine hoch. Sie löffelt den Milchschaum ab, was wie eine Meditation wirkt. Eine kleine Pause, bevor es weitergeht. In Gedanken geht Rose erneut das Gespräch mit dem Arzt durch.

Mark und Rose saßen dem Mediziner gegen-über und wurden mit der Tatsache konfrontiert, dass Marks Handgelenk operativ versorgt werden muss. Der Bruch hatte sich verschoben, was auf dem Röntgenbild gut zu sehen war. Der Bruch sollte mittels Platte und Schrauben gerichtet und fixiert werden. Der Arzt hatte das Vorgehen erläutert und sogar das Material vorgeführt. Rose hörte nur mit halbem Ohr zu, da ihr – dank des flauen Magens – noch mehr übel wurde. Einen Blick auf das Material hatte sie sich vergönnt.

Adelheid war unverzüglich ins Krankenhaus geeilt, als Rose ihr von Marks Unfall erzählt hatte.

Während Rose nun zu Hause ist und sich eine Latte gönnt, leistet Adelheid ihrem Sohn Gesellschaft. Denn die Operation ist erst für den Morgen um sieben Uhr angesagt.

Eine halbe Stunde später greift Rose nach der kleinen Turntasche unter dem Bett. Sie legt Unterwäsche, Shirts und Trainerhosen von Mark hinein. Im Bad packt sie den Kulturbeutel und legt ihn zu den Kleidern. Seine ausgeleierten Latschen finden ebenso den Weg in die Turntasche. Und natürlich das Ladekabel fürs Handy. Bevor Rose die Wohnung verlässt, legt sie Marks Lieblingsschokolade, eine Packung m&m's, zu den anderen Sachen. Das wird ihn hoffentlich ein wenig ablenken.

Mit raschen Schritten eilt sie den Weg zurück ins Krankenhaus. Zum Glück sind die

Straßen nicht vereist. Das gäbe sonst eine gefährliche Rutschpartie und – wenn sie den Jackpot knackt und den Knöchel –, ebenfalls einen Aufenthalt im Spital.

Mit roten Wangen betritt sie nach dem strammen Marsch den Eingangsbereich. Eine wohlige Wärme schlägt ihr entgegen und lässt ihr Gesicht prickeln. Sie nimmt die Treppe in Angriff, was ihren kalten Beinen Wärme bringt.

Mit einem Lächeln auf dem Gesicht betritt sie Marks Zimmer. Ihre Mundwinkel wandern umgehend nach unten, als sie sein Bett leer vorfindet. Von Adelheid fehlt auch jede Spur. Einen Zimmergenossen, den sie um Rat frage könnte, gibt es momentan nicht. Wo sind die beiden hin? Hat sich Marks Gesundheitszustand verschlechtert, sodass er verlegt wurde? Oder mussten weitere Untersuchungen vorgenommen werden? Oder sind sie lediglich einen Kaffee trinken gegangen?

Roses Herz schlägt schneller, ihr bricht ein kalter Schweiß aus. Achtlos stellt sie die Tasche ab und eilt zurück auf den Flur. Sie eilt den Gang entlang. Nirgends eine Pflegefachkraft. Es ist wie verhext!

Rose kommt bei der Cafeteria vorbei. An der Tür ist das Schild auf *Geschlossen* gestellt. Sie rauft sich die Haare. Dieses verflixte Krankenhaus mit seinen ineinanderfließenden Fluren lädt zum Verlaufen ein! Schon als Kind hasste sie es, wenn es einen Schulausflug in ein Labyrinth gab.

Unerwartet nimmt Rose das Gelächter von Mark wahr. Er ist ganz in der Nähe. Sie folgt seinem Lachen. Wenige Schritte später lugt Rose um die Ecke und entdeckt die beiden plaudernd auf einem Sofa. Er in seinem Krankenhaushemd und mit einbandagiertem Handgelenk sowie dem Infusionsständer.

»Endlich habe ich euch gefunden.« Erleichtert geht sie auf die beiden zu. Sie haben sich in ihre Richtung gedreht und grinsen sie an.

»Bist du die ganze Strecke gerannt? Mir scheint, du wärst erst gerade zur Tür hinaus.« Erstaunt sieht Mark zu ihr.

»Ich habe mich beeilt, um möglichst viel Zeit mit dir verbringen zu können. Gut, eine halbe Stunde habe ich mir auf dem Sofa gegönnt.«

»Mit einer Latte macchiato?« Mark zwinkert ihr zu.

»Ja. Ich musste meine Nerven beruhigen. Mir bekommt der Spitalgeruch nicht.«

Mark und Adelheid lachen gelassen.

»Das ist lieb von dir, wie du dich um mich sorgst, Rose.«

»Das ist selbstverständlich.« Rose beugt sich zu ihm hinab und gibt ihm einen Kuss. »Ihr habt mir einen schönen Schrecken eingejagt, als ich euch vorhin nicht auf dem Zimmer vorfand.«

»Entschuldige, wir hätten dir eine Nachricht schreiben sollen«, meint Adelheid. »Aber wir haben nicht gedacht, dass du so schnell zurück bist.«

»Ich wollte ein wenig draußen sein und nicht in den engen vier Wänden«, begründet Mark ihre Entscheidung.

»Das kann ich gut nachvollziehen.« Rose setzt sich neben Mark und legt einen Arm um seine Mitte. »Wie geht es mit den Schmerzen?«

»Gut. Ich habe ein paar bunte Smarties erhalten. Die sind viel besser als die mit echter Schokolade.«

»Spaßvogel.« Sie streicht ihm über den Rücken. »War der Arzt noch mal da?«

»Nein, aber ein Anästhesist. Er will sichergehen, dass er mir morgen keine zu große Dosis verabreicht und ich ihm davonschwebe.«

»Ich glaube wirklich, dass dir die Medikamente nicht gut bekommen. Du scherzt die ganze Zeit über und nimmst nichts mehr ernst. War er vorhin auch schon so, Adelheid?«

Sie nickt. »Vielleicht ist es der Schock, der ihn durcheinanderbringt.« Adelheid sieht auf ihre Uhr. »Weißt du, wie lange die Besuchszeit ist? Es ist so still.«

»Keine Ahnung. Warum?«, fragt Rose.

»Es ist schon acht.«

»Schon? Ich frage Doktor Google, dann wissen wir es umgehend.« Sie tippt auf ihrem Handy herum. »Halb neun.«

»Dann sollten wir uns auf den Weg in dein Zimmer machen.« Adelheid hakt sich bei ihrem Sohn unter. »Nicht, dass du in der Eile umfällst und das andere Handgelenk auch noch brichst. So möchte ich dich nicht ertragen müssen.«

»Ich habe keinen Beinbruch, sondern einen Handgelenksbruch. Ich kann gut gehen und benötige nicht eine halbe Stunde ins Zimmer.«

»Das stimmt, aber ich traue deinem Medikamentencocktail nicht.« Sie hakt sich bei ihm ein.

Adelheid öffnet die Tür zum Zimmer und hält sie auf.

»Entzückend, wie zuvorkommend ihr alle seid. Ansonsten bin ich es, der die Tür aufhält oder den Arm anbietet.« Sein Grinsen reicht von einem Ohr zum anderen, als er sich aufs Bett setzt.

Indessen hat Rose die Tasche vom Boden aufgehoben und neben ihn gestellt.

»Soll ich dein Handy ans Ladekabel stecken?«

»Gern.« Mark will es aus seiner Hose fischen, aber er greift ins Leere. »Ich habe ja nur dieses Hemdchen an.« Er zwinkert Rose zu.

»Untersteh dich! Solche Gedanken gehören nicht hierher!« Sie hebt mahnend den Finger. »Wo hast du nun dein Handy?«

»Vermutlich im Nachttisch.«

Rose sieht nach und findet es umgehend. Sie steckt es an.

»Hast du den Laptop eingepackt?«, erkundigt sich Mark.

»Nein. Du wirst doch wohl zwei, drei Tage ohne den auskommen? Zudem werde ich dich auf dem Laufenden halten und die Mails kannst du auf deinem Handy prüfen.«

Mark schmollt wie ein kleiner Junge.

»Rose hat recht, Mark. Gönn dir die kurze Auszeit.« Adelheid setzt Auszeit in Gänsefüßchen. »Wie ich dich kenne, wirst du direkt nach dem Krankenhausaustritt zur Baustelle rennen anstatt nach Hause und dich umsehen, was während deiner Abwesenheit gemacht wurde.«

»Selbstverständlich. Ich hätte gern beim Umbau mitgeholfen, auch wenn es nur Lastenschleppen gewesen wäre. Es wurmt mich schon, aber es sollte nicht sein. Vermutlich kommen sie besser voran ohne mich.« Mark nuschelt den letzten Satz nur vor sich hin.

»Sei froh, dass nichts Schlimmeres geschehen ist. Das Wichtigste ist, dass du wieder gesund wirst.« Rose fährt ihm durchs Haar und küsst seinen Schopf. »Ich werde morgen Vormittag gegen elf vorbeischauen. Da solltest du die OP hinter dir haben. Schlaf gut, mein Liebling.«

»Du auch, meine Elfe.« Er zieht sie mit dem gesunden Arm zu sich und küsst sie leidenschaftlich.

Adelheid räuspert sich. »Alles Gute für die morgige Operation. Ich schaue am Nachmittag rein.« Sie drückt ihren Sohn. »Schlaf gut, mein Junge.«

»Tschüs, ihr beiden und danke für alles.« Mark winkt ihnen mit der gesunden Hand hinterher.

Vor dem Spitaleingang wechseln Adelheid und Rose einige Worte, bevor sich jede auf ihren Nachhauseweg macht.

Rose nimmt diesmal den Weg entspannter und ruhiger. Es erwartet sie niemand und die frische Luft vertreibt den Krankenhausmief aus ihrer Nase.

Die Wohnung liegt im Finsteren, als sie die Tür öffnet. Wie sollte es auch anders sein? Kein Mark und keine Coco, die sie begrüßen könnten.

Seit Langem ist es ihre erste Nacht allein in der Wohnung und sie fühlt sich nicht wohl. Sie tigert hin und her, räumt die Waschmaschine aus, reinigt den Tisch, legt die Tagesdecke zusammen. Nur, um den nagenden Fragen auszuweichen, die sich in ihre Gedanken schleichen. Was nicht gelingt, denn sie sind da. Was geschieht, wenn der Umbau nicht nach Plan läuft? Was ist, wenn es während Marks OP zu Komplikationen kommt?

Der Anblick des großen Bettes verringert ihr beklemmendes Gefühl kein bisschen. Ihr kleines wurde nach dem Einzug von Mark gegen ein Kingsize-Bett ausgetauscht.

Rose spürt, wie sie sich in ihren Gedanken verstrickt und die Panik versucht, Überhand zu gewinnen. Die Gelassenheit, die sie während des Spaziergangs gespürt hat, ist verflogen. Mit tiefen Atemzügen beruhigt sie sich.

Es sind lediglich zwei, drei Tage, die Mark nicht an ihrer Seite verbringt. Was sind drei Tage auf ein Leben gesehen? Nichts.

Morgen wird sie Ines über den Unfall informieren. Die gute Seele wird Rose Trost spenden und mit ihren Worten und den Erfahrungen Rose die Angst nehmen.

Doch kaum hat sie an Ines gedacht, schleichen sich negative Gedanken daher. Warum musste der Unfall am ersten Arbeitstag des Umbaus geschehen? Soll das ein Hinweis auf weitere Geschehnisse sein? Oder sogar ein schlechtes Omen für ihren Buchladen darstellen?

Rose schüttelt diese Gedanken umgehend weg. Negatives ist ab jetzt tabu!

Um sich abzulenken, gönnt sich Rose ein duftendes, heißes Bad mit viel Schaum. Zum Deckenlicht stellt sie überall Kerzen auf und ein Buch ist griffbereit. Umgehend wird ihr behaglicher.

Etwas nach Mitternacht steigt Rose aus der Badewanne. Sie konnte sich nicht vom Buch losreißen und ließ immerzu warmes Wasser nachlaufen, um nicht zu frösteln. Die Teelichter sind längst erloschen, als sie aus der Wanne steigt.

Ihre Haut ist schrumpelig wie die eines Neugeborenen. Sie schüttelt über sich selbst den Kopf. Einen solchen Einfluss, dass sie die Zeit aus den Augen verliert, können nur Bücher oder Mark auf sie haben.

Sachte tupft sie ihren Körper ab und cremt sich mit ihrer Lieblingslotion ein, die nach Lavendel duftet. Diese Routine gibt ihr Halt und lässt für einen Moment vergessen, dass sie ohne Mark ist.

Ein wenig später bereitet sie sich in der Küche eine warme Schokolade zu. Samt Tasse und Buch macht sie es sich im großen Bett gemütlich und liest weiter. Diesmal lassen sie die Dämonen in Ruhe. Zu sehr ist sie ins Buch vertieft. Die Seiten fliegen dahin und die Schokolade ist längst kalt. Als Rose das nächste Mal auf die Uhr sieht, reißt sie erschrocken sie die Augen auf. Es ist halb drei.

Wohl oder übel legt sie das Buch auf den Nachttisch. Sie sollte wenigstens ein paar Stunden schlafen, um tagsüber fit zu sein. Wenn Mark hier wäre, hätte er ihr schon längst ein Zeichen gegeben, dass es Zeit zum Schlafen sei. Sie löscht die Nachttischlampe und schlummert in einen kurzen, aber intensiven Schlaf hinein.

Kapitel 43

Zweimal klingelt der Wecker, bis es Rose gelingt, sich aus dem Bett zu quälen. Ein zerknautschtes Gesicht blickt sie aus dem Badezimmerspiegel an. Sie streckt sich selbst die Zunge raus. Wie konnte sie nur die Zeit vergessen?

Jammern nützt jetzt auch nichts. Eine kalte Dusche muss es richten. Rose jauchzt auf, als sie der eiskalte Wasserstrahl trifft. Doch ihre Geister erwachen umgehend aus dem Tiefschlaf.

Nach der Eisdusche blickt sie ein rosiges und erfrischtes Gesicht aus dem Spiegel an. Rasch putzt sie sich die Zähne und kämmt die Haare durch.

Mit gezielten Griffen holt sie ihre Kleidung aus dem Schrank, kleidet sich an und geht in die Küche. Heute verzichtet sie auf ihre geliebte Latte macchiato, denn als Dank, dass sich Horst und Jonas um Mark gekümmert haben, will Rose sie zu einer Brotzeit einladen. Und zu viel Kaffee in zu kurzer Zeit bringt ihren Puls allzu sehr in Fahrt. Stattdessen holt sich Rose den O-Saft aus dem Kühlschrank und schenkt sich ein Glas ein. Nach wenigen Schlucken stellt sie das Glas ab und lehnt sich an die Küchenzeile. Sie holt ihr Handy aus der Gesäßtasche und tippt eine Nachricht an Mark:

Mein Liebling, ich denke ganz fest an dich. Es wird alles gut. Bon courage. Ich liebe ♥ und küsse dich. Deine Elfe

Der Startbildschirm ist keine Sekunde erloschen, surrt Roses Handy.

Danke meine Elfe ♥ ich liebe dich auch ♥

Mit einem Lächeln im Gesicht umfasst Rose ihr Glas und trinkt gierig die restlichen Vitamine. Sie stellt es in die Spüle und zieht sich an, um kurz darauf den Weg zum Buchladen in Angriff zu nehmen.

Der frische Wind gibt ihr einen zusätzlichen Kick und lässt fast ihr Gesicht einfrieren. Vergessen sind die wenigen Stunden Schlaf.

Sie betritt die Baustelle und schließt rasch die Tür hinter sich. Sie bläst sich in die Hände, die trotz Handschuhen eiskalt sind. Mark würde sie nun anlächeln und ihre Hände in seine nehmen, um sie aufzuwärmen ...

Horst und Jonas hämmern so laut, dass sie Rose den ersten Augenblick nicht wahrnehmen. Erst als sie das Werkzeug beiseitelegen, um den Schutt abzutransportieren, erblicken sie Rose.

»Guten Morgen, zusammen.«

»Hallo, Rose. Wie geht es Mark?«, will Horst umgehend wissen.

»Er wird momentan operiert. Laut dem Arzt wird alles gut, trotz notwendiger Operation. Ich bin zuversichtlich und vertraue den Göttern in Weiß.« Sie atmet tief ein. »Nur wird er länger nicht mithelfen können, da er die eine Hand nicht einsetzen kann. Dabei hat er sich sehr darauf gefreut, mit euch den Umbau zusammen durchzuführen.«

»Er muss dankbar sein, dass er Glück im Unglück hatte. Zudem habt ihr uns Handwerker, die diese Arbeiten ausführen. Hauptsache ist, dass Mark bis zur Eröffnung wieder fit ist.«

»Da hast du recht, Horst.« Rose nickt, um sich selbst Mut zu machen. »Ich wollte euch zum Dank zur Brotzeit einladen. Habt ihr Zeit?«

»Dafür nehmen wir uns Zeit. Danke vielmals, Rose.«

Nach der amüsanten Brotzeit stattet Rose Ines einen Besuch ab.

»Welch Überraschung, Rose! Nur leider bin ich auf dem Sprung.«

»Schon gut, Ines. Ich komme ein anderes Mal wieder.«

Ines blickt auf ihre Armbanduhr. »Zehn Minuten kann ich dir anbieten. Ich hoffe, es hat nichts mit dem Buchladen oder den Schneiders zu tun?«

»Nein.«

»Gut. Was ist denn? Benötigst du einen Rat?«

Rose schüttelt den Kopf. »Mark hat sich gestern bei den Umbauarbeiten das Handgelenk gebrochen.«

»Nein! Wie das?«

»Er weiß es selbst nicht. Auf einmal lag er am Boden und seine Hand schmerzte. Horst und Jonas, die Arbeiter der Bauunternehmung, haben sich um ihn gekümmert. Horst hat Mark in die Notaufnahme gefahren und ich bin zu Fuß hin. Momentan wird er operiert.«

»Jesses.« Ines hebt ihre Hand vor den Mund.

»Gemäß Arzt wird alles wieder gut. Zum Glück.«

Ines drückt Roses Oberarm. »Da bin ich froh. Wie lange fällt Mark aus?«

»Das weiß ich nicht genau. Wahrscheinlich länger.« Rose verzieht ihren Mund.

»Das wird schon wieder, Liebes. Sobald Mark aus dem Krankenhaus entlassen ist, setzen wir uns zusammen und besprechen, wie ich euch unterstützen kann. Ich habe euch meine Hilfe angeboten und halte mein Wort.« Sie blickt auf ihre Armbanduhr. »Ui, jetzt muss ich wirklich los. Entschuldige bitte.«

»Danke, dass du dir die Zeit genommen hast.« Rose lächelt ihre Vermieterin an.

»Immer wieder.«

Rose umarmt Ines und winkt ihr zum Abschied.

Bevor Rose sich auf den Weg zu Mark macht, linst sie durchs Schaufenster in ihren Laden. Die Arbeiter sind dabei, Wände einzureißen, und bemerken sie, wie schon heute Morgen, nicht.

Die Luft ist immer noch eisig und klar. Ihr Atem bildet Wölkchen wie in der Silvesternacht mit Mark. Wenn sie daran denkt, schleicht sich ein Lächeln über ihr Gesicht und bleibt beim Gedanken an ihre Kindheit hängen. In der kalten Jahreszeit hat sie ständig mit ihren Freundinnen gewettet, wer am längsten eine Wolke bilden kann. Meistens ging sie als Siegerin hervor und durfte als Erste die heiße Schokolade in Empfang nehmen. Das war eine Wohltat für ihre kalten Hände.

Heute bildet sie keine spielerischen Wölkchen mehr. Im Moment dient die Kälte zur Reinigung ihrer Gedanken. Rose lässt die schlechten ziehen und gibt Platz für positive. Was sollte sie sonst tun? Bei ihr ist ein Glas immer halb voll.

Sie passiert den Bahnübergang und blickt zur Bahnhofsuhr, die kurz nach elf Uhr anzeigt. Laut dem Arzt – sie weiß den Namen wieder nicht – müsste die Operation vorbei sein und Mark auf seinem Zimmer. Hoffentlich ist dem so und die Operation ist nach den Vorstellungen der Ärzte verlaufen.

Wenige Minuten später betritt sie Marks Zimmer. Ihr Herz rast vor Angst, er könnte nicht da sein und zugleich vor Neugier, ob die Operation gut verlaufen ist.

Ihr Herzschlag beruhigt sich augenblicklich, als sie den blassen Mann zwischen den Laken ausmacht. Ihre Schultern sacken ab, als wäre eine Zentnerlast von ihnen gefallen.

Rose bleibt einen Moment bei der Tür stehen und lächelt ihn an. Doch es scheint, als sei er wie weggetreten.

»Rose.« Es ist ein Flüstern, mehr nicht. Seine Augen leuchten auf und ein schwaches Lächeln zeichnet sich um seine Mundpartie ab.

»Bin ich froh, dich zu sehen.« Rose legt ihre Jacke ab und tritt zu ihm heran. Sie inspiziert seine linke Hand. Sie ist in einer Schiene gebettet und ruht auf einem Kissen. Der Unterarm ist vom rostroten Desinfektionsmittel Betadine gezeichnet.

In seiner rechten Hand steckt ein intravenöser Zugang, über den er vermutlich Medikamente oder Flüssigkeit erhält. Rose weiß es nicht genau. Will es auch lieber nicht wissen. Der Krankenhausgeruch mit all den Nadeln und Schläuchen lässt es ihr mulmig werden.

»Wie fühlst du dich?« Rose haucht ihm einen Kuss auf seine Stirn und setzt sich auf die Bettkante. Sachte nimmt sie Marks Hand mit den Nadeln in die ihre. Froh um den Halt.

»Jetzt, wo du da bist, blendend.«

»Schwindler.« Rose küsst ihn. »Aber das Kompliment nehme ich gern entgegen. Bist du schon lange im Zimmer?«

»Vorhin reingeschoben worden.«

»Ist alles gut gegangen?«

»Der Arzt hält heute Nachmittag Audienz bei mir.«

»Die Medikamente bekommen dir wirklich nicht gut. Hoffentlich hast du keine Schmerzen, dass du nach mehr verlangst.«

»Ich verlange mehr nach dir.«

»Mark! Wir sind in einem Krankenhaus.«

»Ich darf meine Gedanken äußern, oder nicht?«

»Natürlich.« Rose sieht zum Nachbarbett. »Immer noch keinen Mitstreiter an deiner Seite?«

»Nein. Ich bin jedoch froh. So habe ich meine Ruhe. Ich könnte es nicht ertragen, wenn jemand die ganze Nacht über schnarchen würde.«

»Sei froh, dass du das nicht tust. Sonst wärst du längst auf dem Sofa gelandet.«

»Danke aber auch.«

»Hast du schon zu Mittag gegessen?«

»Nein. Ich habe ein flaues Gefühl im Magen. Vermutlich würde das Essen nicht lange bei mir bleiben. Das tue ich mir nicht an.« Mark gähnt. »Ich habe das Essen schon gestern Abend abbestellt. Wäre schade drum.«

»Vorausschauend wie immer. Ich bin froh, dass alles so weit gut gegangen ist und du bereits wieder hier auf dem Zimmer bist.« Rose strubbelt durch Marks Haar.

»Wo sollte ich den sonst sein?«

»Man weiß ja nie, was alles bei einer Operation schiefgehen kann.«

»Was macht der Umbau?«

»Läuft! Heute Morgen habe ich Horst und Jonas als Dank eine Brotzeit spendiert.«

»Da haben sie sich sicher gefreut.«

»Und wie. Ines habe ich informiert. Sie war kurz angebunden, da sie auf dem Sprung war. Aber sie hat uns ihre Hilfe angeboten. Sobald du entlassen wirst, setzen wir uns zusammen und entwerfen einen Plan.«

»Ines und ihre Pläne.« Mark gähnt erneut und seine Augen werden kleiner und kleiner.

»Das ist das Zeichen, dass ich dich ein wenig schlafen lassen sollte.« Rose erhebt sich. »Ich schaue heute Abend noch mal vorbei. Bis dahin schlaf gut, mein Schatz.«

Sie küssen sich zum Abschied und Rose glaubt, dass Mark schon schläft, als sie die Tür hinter sich zuzieht.

Glücklich, dass es Mark so weit gut geht, verlässt sie das Krankenhaus. Sie kann es nicht erwarten, an die frische Luft zu kommen.

Kapitel 44

Drei Tage nach der Operation verlassen Mark und Rose gemeinsam das Spital. Beide sind glücklich über die Entlassung.

Mark genießt es, wieder an der Seite von Rose zu gehen und vor allem heute Abend mit ihr das Bett zu teilen. Auch für ihn war es ungewohnt, allein in dem kleinen Bett zu liegen, das nicht nach Rose duftete. Und natürlich ist er froh, wieder auf die Baustelle gehen zu können.

Rose hingegen ist erleichtert, dem Spitalgeruch zu entkommen. Sie freut sich auf die Gespräche mit ihm und dass er in diesem Moment neben ihr hergeht.

Beim Abschlussgespräch mit dem Arzt gab es nichts zu bemängeln. Er ist zufrieden mit der Genesung und die Schiene hat er durch eine handlichere ersetzt. Nach sechs Wochen wird ein Kontrollröntgen gemacht und wenn alles gut ist, kann der Unfall abgeschlossen werden.

Die Physiotherapie, die im Krankenhaus gestartet hat, wird er mit Simone fortsetzen. Sie kennen einander seit der Schulzeit, und Rose hofft, dass sie ihm auf die Finger schaut, damit er ihre Vorgaben auch ja einhält. Sie selbst wird ein Auge darauf haben, dass er die Übungen zu Hause ausübt. Denn so wie Rose ihren Liebsten kennt, hat er im Handumdrehen alles vergessen und widmet sich anderen Dingen, die er bevorzugt. Aber wer macht das nicht? Sie wäre sicher nicht anders.

»Wieder ein freier Mann.« Mark wendet sein Gesicht dem Himmel zu. Umgehend lassen sich ein paar Schneeflocken auf ihn nieder.

»Du kannst froh sein, dass sie dich zusammengeflickt haben und du schon heute das Krankenhaus verlassen kannst. Zudem wurde dir das Essen ans Bett serviert, du musstest keine Hausarbeit verrichten ...«

»Schon gut, schon gut. Ich weiß, ich darf nicht jammern. Aber mir kommt mein Missgeschick im dümmsten Moment in die Quere.«

»Hadere nicht mit dem Schicksal, sondern mach das Beste daraus.«

»Meine Elfe und ihre Weisheiten.«

Rose stößt ihn in die Seite und lacht.

»He, behandelt man so einen Patienten?«

»Wenn der Herr frech daherkommt ...«

Ein Kuss unterbricht Rose in ihrem Tadel.

»Könnten wir einen Umweg machen?«

»Wohin denn?« Rose grinst vor sich hin.

»Das weißt du haargenau.« Mark nimmt Roses Hand und küsst sie. Dabei lodert sein Blick und ihr glockenhaftes Lachen erklingt.

Sprachlos sieht sich Mark Minuten später im zukünftigen Buchladen um. Es kann nicht sein, dass er erst vor vier Tagen das letzte Mal hier stand und überall die Trennwände noch montiert waren.

»Unglaublich ...« Er dreht sich um die eigene Achse. »Wie groß der Raum scheint, wenn die Wände weg sind. In meinen kühnsten Träumen hätte ich mir das nie so vorgestellt.«

Strahlend sieht er Rose an. »Du etwa?«

»Nein. Mir erging es wie dir.« Rose schmiegt sich an ihn.

»Wir sind gut im Plan«, sagt Horst. »Sogar ein wenig im Voraus.« Stolz schwingt in seiner Stimme mit.

»Ihr seid wahre Könner!«

»Danke für das Lob, Mark. Wie geht es dir und deinem Handgelenk?«

»Danke der Nachfrage. Ich fühle mich gut und gemäß Arzt verläuft die Heilung vielversprechend. Deswegen konnte ich heute bereits nach Hause. Einzig die Physiotherapie ist anstrengend und schmerzhaft. Aber das wird wieder.«

»Von wegen nach Hause«, stichelt Rose. »Das hast du noch nicht zu Gesicht bekommen. Dein erster Gedanke galt der Baustelle.«

»Das nenne ich einen Bauherrn!«, lobt Horst. »Soll ich dich umherführen und aufzeigen, was wir alles gemacht haben?«

»Das wäre toll.«

»Aber nicht wieder hinfallen.« Horst kann sich ein Lachen nicht verkneifen.

»Konnte alles nach Plan umgesetzt werden?«, fragt Mark, ohne auf die Bemerkung von Horst einzugehen. Rose schließt sich ihnen an.

»Ja. Es gab zum Glück keine Überraschungen.«

Am Ende der Runde meint Mark: »Es wurmt mich weiterhin, dass ich nicht mithelfen kann, wie ich es geplant hatte. Meine Vorfreude war riesig. Endlich mit den Händen etwas erschaffen beziehungsweise abbauen.«

»Mach dir keinen Kopf. Es sollte nicht sein. Ich würde gern mit euch weiterplaudern, aber Jonas und ich müssten langsam wieder an die Arbeit. Sonst ist unser Vorsprung bald dahin.«

»Danke für die Tour und frohes Schaffen.«

Beim Hinaustreten fragt Rose: »Möchten wir Ines einen Besuch abstatten oder willst du dich zuerst ein wenig hinlegen?«

»Gern zu Ines. Dann können wir das weitere Vorgehen besprechen.«

»Du bist unermüdlich.«

»Das müssen zukünftige Häuptlinge sein, oder?«

»Sag mal, hast du heute Morgen eine Überdosis an Schmerzmittel erhalten?«

Mark lacht und stupst sie mit der Schulter an.

Keine fünf Minuten später heißt eine strahlende Ines Mark und Rose herzlich willkommen. Wie immer werden sie ins Wohnzimmer dirigiert.

»Was machst du für Sachen?«, fragt sie, als sie sich gesetzt haben, und schüttelt den Kopf. »Das hätte auch anders ausgehen können, mein Junge.«

»Ist es aber nicht. Wir müssen jetzt nach vorn schauen und unser Eröffnungsdatum durch meinen Unfall nicht aus den Augen verlieren.«

»Ein Geschäftsmann durch und durch«, sagt Ines anerkennend.

»Vorhin war er der Häuptling.« Rose lacht.

»So so ... ich bereite uns den Kaffee. Mit einem Tässchen lässt es sich besser diskutieren.«

»Ich mach das schon.« Rose erhebt sich und geht in die Küche, um gleich darauf mit den Tassen zurückzukehren.

»Wo ist Ines?«, erkundigt sich Rose.

»Holt Papier und Stifte.« Mark lächelt sie an. »Wie bei unseren vergangenen Begegnungen.«

»Ein Déjà-vu«, meint Rose.

»Genau. Nur dass die Leckereien fehlen«, jammert Mark.

»Mir läuft allein beim Gedanken daran, das Wasser im Mund zusammen.«

»Aber nicht sabbern!«, ermahnt Ines.

Rose dreht sich erschrocken um, denn sie hat Ines nicht kommen hören. »Oh.«

»Mir ergeht es ähnlich wie dir«, meint Ines. »Wann immer ich an die Köstlichkeiten denke, läuft mir das Wasser im Mund zusammen. Wenn wir uns rasch mit dem weiteren Vorgehen einig werden, dann lade ich euch zu einer Stärkung ein.«

»Na, dann los«, meint Mark.

Und um die Worte zu bestätigen, beginnt der Wasserkessel zu pfeifen. Die drei müssen wegen des Zufalls lachen. Rose holt rasch den Kessel und füllt die Tassen.

»Wie lange musst du deine Hand schonen?«, will Ines wissen.

»Ich habe mindestens noch fünf Wochen Physiotherapie vor mir. Und so lange darf ich sicher nichts Schweres heben.«

»Vermutlich ist Computerarbeit auch untersagt«, meint Rose.

»Ich erkundige mich bei Simone.«

»Sie wird dir schon sagen, was geht und was nicht«, sagt Rose.

»Simone ist eine der besten Therapeutinnen. Wir haben zusammen die Schulbank gedrückt.« Mark grinst.

»Dann weiß sie zu gut, ob sie dich mit Samthandschuhen anfassen soll oder eher nicht.« Ines zieht eine Augenbraue hoch.

»Ich tippe auf nicht«, wirft Rose ein.

»Dem stimme ich zu hundert Prozent zu.« Ines lacht.

»Das ist nicht nett von euch.« Mark zieht einen Schmollmund.

»Wenn der Herr fertig geschmollt hat, könnten wir dann bitte weitermachen?«, fragt Rose.

Alle drei fallen in ein fröhliches Lachen ein.

»Gut …« Ines nimmt den Faden wieder auf, nachdem sie sich beruhigt haben. »Gehen wir davon aus, dass es mindestens einen Monat dauert. Somit hätten wir Mitte Februar. Wann war die Eröffnung angedacht? Direkt am ersten März?«

»Nein. Wir werden am dritten eröffnen, das ist ein Samstag.«

»Ich denke, Rose weiß nun, welche Arbeit auf sie zukommt. Ehrlich gesagt, werde ich keine Bücherkisten schleppen können. Da müsst ihr euch an so junge Herren halten wie deine Kollegen, Mark. Ich kann euch beim Koordinieren des Umbaus und beim Organisieren der Eröffnung helfen. Einfach alles, was mit dem Oberstübchen zu tun hat.« Sie tippt sich mit einem Stift an die Schläfe.

»Danke vielmals, Ines. Das wissen wir zu schätzen«, sagt Rose. »Ich selbst muss zum Glück keine Regale aufstellen, ansonsten wären die schief wie der Turm von Pisa.« Rose lacht über sich selbst. »Das wird für uns der Schreiner machen.«

»Ich werde heute mit Ben und Jon telefonieren. Sie werden uns sicher mit den schweren Kisten helfen.«

»Wie kommen die Umbauarbeiten voran?«, erkundigt sich Ines.

»Wie … du warst noch nicht unten?« Vier große Augen starren Ines an.

Um die Mundwinkel der älteren Dame zuckt es. »Natürlich war ich unten. Das lasse ich mir nicht entgehen! Aber ich werde doch nicht mit der Tür ins Haus fallen.«

»Unsere Ines.« Mark lacht los und beide Frauen stimmen erneut in sein Lachen mit ein.

Zum krönenden Abschluss ihrer lustigen Runde verschieben sie sich zu ihrem Lieblingskonditor. Immerhin muss gewährleistet werden, dass das Hüftgold nicht verloren geht.

Kapitel 45

Ende Januar treffen sich Mark, Rose und Stefan von der Baufirma, um die ausgeführten Arbeiten zu besprechen.

»Von unserer Seite sind keine unvorhergesehenen Arbeiten angefallen«, sagt Stefan. »Was bei einem Umbau selten vorkommt, ich aber jedes Mal froh darum bin.«

»Horst hat uns bereits gestern informiert. Diese Tatsache hat uns ungemein beruhigt. Vor allem in Hinblick auf die Kosten«, meint Mark und ergänzt: »Horst und Jonas haben die Arbeiten zu unserer vollsten Zufriedenheit ausgeführt. Du kannst sie gern ein weiteres Mal in unserem Namen loben. Auch für die Hilfe bei meinem Unfall.«

»Danke für das Kompliment. Das werde ich ihnen gern weitergeben. Dank des guten Vorankommens konnten wir die Arbeiten einen Tag vor Termin beenden. Ich vermute, das hat er euch gestern ebenso erwähnt?«

»Ja. Der Schreiner kommt heute Nachmittag vorbei, um die Maße der Regale aufzunehmen.«

»Freut mich, zu hören. Wenn ihr keine weiteren Fragen oder Anmerkungen habt, würde ich mich verabschieden.«

Mark sieht Rose an. Sie nickt. »Für uns ist alles in Ordnung.«

»Falls ihr nachträglich Fragen habt, meldet euch ungeniert. Wir sind nicht weit.«

»Danke.«

Zum Abschied reichen sie sich die Hände.

»Sehr zuvorkommend«, meint Rose, nachdem sie die Tür hinter Stefan geschlossen haben.

»Muss er, wenn er ein florierendes Unternehmen weiterbringen will. Möchten wir einen kurzen Mittag einlegen?«

»In der Konditorei?«

»Bin dabei.«

Händchenhaltend machen sie sich gut gelaunt auf den Weg.

Kurz vor eins betreten sie ihren Laden. Wie immer war ihre Verköstigung unschlagbar – und erst das Dessert. Himmlisch!

»Wenn das so weitergeht, muss ich mir bald neue Kleider kaufen«, scherzt Rose.

»Nicht nur du.« Mark grinst.

Ein Klopfen unterbricht ihre Unterhaltung. Sie drehen sich zur Tür und davor steht der Schreiner. Sie erkennen ihn an seiner Berufskleidung.

Mark öffnet die Tür. »Guten Tag. Herr Zgraggen?«

»Der bin ich. Es freut mich, Sie kennenzulernen, Herr Dumermuth.«

»Zum Glück konnten sie bereits heute vorbeischauen.«

»Wenn es passt, dann passt's! Zudem ist uns Ines eine treue Kundin, und da versuchen wir immer unser Möglichstes.«

Rose tritt zu ihnen. »Guten Tag.«

»Guten Tag, Frau Zimmermann. Wenn ich direkt sein darf, ich bin der Dani. Es lässt sich auf dem Bau besser miteinander sprechen.«

»Ganz in unserem Sinne.«

»Gut, dann schreiten wir die Räumlichkeiten ab, damit ich mir einen Überblick über den Stand der Arbeiten machen kann.«

»Gern.«

Für Mark ist es immer noch ungewöhnlich ›nur‹ einen Raum anstelle mehreren zu durchqueren.

»Wie es mir scheint, benötige ich nicht so lange wie angenommen mit den Ausbesserungsarbeiten an der Decke. Euer Baumeister hat gute Arbeit geleistet.« Dani zückt seinen Notizblock und den Meter. »Ich möchte direkt ein paar Maße nehmen, damit wir mit der Anfertigung der Regale beginnen können. Mit der Decke starten wir morgen. Wenn alles nach Plan läuft, dann sollte die Decke Ende Januar montiert sein und die Regale so weit fertig, dass sie nur noch angebracht werden müssen. Wann könnte ich die anbringen, beziehungsweise aufstellen?«

»Wir müssten mit unserem Maler Rücksprache nehmen«, sagt Mark. »Wann würdest du die Decke montieren?«

»Die Schallschutzelemente sind bereits bei uns im Werk eingetroffen. Ich bin überrascht, denn ich hatte mit längeren Lieferzeiten gerechnet.«

»Wir sind froh, dass es schneller ging«, meint Rose.

»Das glaube ich gern.«

»Kann ich dir irgendwie behilflich sein?«, erkundigt sich Mark.

Dani blickt auf Marks Arm. »Wird eher schwierig mit deiner Hand.« Er grinst. »Das passt schon. Danke für dein Angebot.«

»Stimmt. Wäre ein wenig schwierig und die Physiotherapeutin hätte nicht Freude daran. Dann hole ich uns einen Kaffee aus der Konditorei. Wenigstens das darf ich.« Mark grinst. »Kommst du mit, Rose?«

Sie schüttelt den Kopf. »Ich werde mich hinter die Buchliste setzen. Damit wir die in den kommenden Tagen besprechen können.«

Zu Hause setzt sich Rose mit dem Laptop aufs Sofa und recherchiert, welche Bücher momentan angesagt sind und welche sich als Ladenhüter entpuppen. Eigentlich ist sie relativ gut auf dem Laufenden, bemerkt sie sogleich. Während der vergangenen Monate hat sie sich immer wieder über die Neuerscheinungen erkundigt und Rezensionen dazu gelesen. Das konnte sie sich nicht entgehen lassen, zu groß war ihre Neugierde.

Rose ist so vertieft in ihre Buchliste, dass sie Mark erst bemerkt, als er sich neben sie aufs Sofa setzt.

»Herrje!« Sie fährt sich mit der Hand ans Herz und muss achtgeben, dass der Laptop nicht zu Boden fällt.

»Ich wollte dich nicht erschrecken. Entschuldige. Ich dachte, dass du mich gehört hast.«

»Nein. Ich war wohl zu vertieft in meine Buchwelt.«

»Vermutlich.« Mark küsst sanft ihre Lippen.

»Ist Dani gut vorangekommen?«

»Wie besprochen. Und Christian, unser Maler, wird am Mittwoch antraben.«

»Bin ich froh, dass unsere Bauleute so flexibel sind«, sagt Rose und schließt den Laptop. Vorsichtshalber stellt sie den auf dem Salontisch ab.

»Ich auch«, meint Mark und lehnt sich zurück.

»Sehen wir uns die Buchliste an? Ich möchte meine zwei, drei Unsicherheiten mit dir absprechen«, meint Rose.

»Gern. Aber möchtest du nicht an deiner Überarbeitung weitermachen? Oder dich um das Cover kümmern?«

»Das mache ich danach. Zuerst kommt der Buchladen.«

»Nein, Rose. Heute Nachmittag und morgen Sonntag kümmerst du dich um dein Buch.«

»Aber ...«

»Kein Aber. Die Buchliste können wir am Montag auch noch besprechen.«

»Danke.«

Und so kam es, dass sich Rose das ganze Wochenende über ihrem Buchprojekt widmete. Pausen legte sie nur ein, um zu essen oder einen Spaziergang mit Mark zu unternehmen, um ihren Kopf zu lüften.

»Ich warne dich, von Buchlisten habe ich keine Ahnung«, beginnt Mark die Besprechung am Montagmorgen.

»Kein Problem. Mir geht es ja auch nur darum, dass wir Kleinigkeiten besprechen. Den Großteil habe ich abgehakt.«

»Da bin ich froh. Widmen wir uns im Nachgang der Homepage?«

»Das war mein Plan. Solange du keine Computerarbeiten ausführen darfst, bin ich dein Schreiberling.«

»Witzig! Ich bin froh, wenn mir der Arzt und Simone bald grünes Licht geben.«

»Das dauert nicht mehr lange. Hab ein wenig Geduld.«

»Von der habe ich aber nicht viel.«

»Das ist mir bekannt.« Rose lächelt ihren Liebsten an. »Deswegen besuchen wir am späteren Nachmittag Dani, um die Fortschritte im Buchladen zu begutachten.«

»Mein Lichtblick des heutigen Tages! Danke meine Elfe.« Mark drückt ihr einen Kuss auf die Wange. »Und du? Konntest du deinen überarbeiteten Text bereits an Schulz senden?«

»Vorhin.« Rose strahlt.

Kapitel 46

Zwei Tage später stehen sie mit Christian im Laden.

»Schmucker Laden, meine Lieben.«

Christian und Mark kennen sich aus dem Militärdienst. Es ist keine intensive Freundschaft, doch wenn sie sich über den Weg laufen, tauschen sie sich bei einem Kaffee oder Bier aus.

»Danke, Christian. Wir sind selbst positiv überrascht, wie es ohne Trennwände aussieht. Davor war alles verschachtelt, aber für die damalige Nutzung notwendig.«

»Wolltest du selbst Hand anlegen?« Christian grinst und deutet mit einer Kopfbewegung auf Marks Hand.

»Ja.«

»Sieht schmerzhaft aus. Habt ihr euch zwischenzeitlich Gedanken gemacht, wie es am Ende aussehen soll? Ich habe lediglich einen Grundanstrich offeriert. Aber wie sieht es mit Spezialeffekten aus oder außergewöhnlichen Farbverläufen?«

»Und wie!« Rose strahlt und holt ihre Fotomontagen hervor. »Sie sind nicht professionell, aber ich denke, du siehst sofort, was wir wollen.«

Christian nimmt die Blätter entgegen und studiert sie. »Einfallsreich seid ihr allemal! So etwas habe ich noch nie gesehen.« Christian blickt von Rose zu Mark. »Wer ist das Genie?«

»Rose.«

»Beide. Ich habe angefangen und dann hat Mark wieder seine Idee eingebracht und ...«

»So wie es sein sollte. Darf ich ein, zwei Kleinigkeiten einbringen?«, fragt Christian und zückt bereits seinen Bleistift.

»Noch so gern«, meint Rose.

»Hier würde ich eher mit einem dunkleren Veilchenpurpur arbeiten. Ihr habt sicher die Palette an Farben bemerkt.«

»Oh ja, mir wurde richtig schwindlig davon, da ich mich nicht entscheiden konnte.« Rose grinst.

»Da gab es einige hitzige Diskussionen dazu. Das kann ich dir verraten.« Mark beginnt zu lachen und alle stimmen mit ein.

»Wie heißt euer Buchladen?«, fragt Christian, nachdem sich alle wieder eingekriegt haben. »Darüber haben wir noch nicht gesprochen, oder?«

Beide schütteln den Kopf.

»Wir nennen ihn ›Zur lesenden Elfe‹«, ergänzt Rose.

»Ein schöner, zarter Name. Gefällt mir und nun weiß ich, was hinter dem Farbkonzept steht. Wunderbar. Also für mich ist nun alles klar. Die Farbe kriege ich umgehend.«

»Dani, unser Schreiner, wird ab dem fünften Februar die Schallschutzmaßnahmen aus

Holz an der Decke montieren und die Regale liefern und aufstellen. Denkst du, dass all deine Arbeiten bis dahin erledigt sind?«

»Wenn ich nachrechne, habe ich acht Tage Zeit. Das reicht mir. Wie lange benötigt er für die Deckenarbeiten?«

»Er meint drei Tage.«

»Dann passt das super. So kann die Farbe richtig trocknen. Wer wird den Schriftzug über dem Schaufenster erstellen? Habt ihr da schon jemanden?«

»Nicht direkt. Machst du diese Art von Arbeiten auch?«

»Ich persönlich nicht, aber meine Frau Veronika ist ein Genie auf diesem Gebiet.« Christian schmunzelt. »Habt ihr schon Ideen dazu?«

»Haben wir.« Rose zieht ihr Handy hervor und zeigt ihren Entwurf.

»Wow! Mir fehlen die Worte.«

»Den Schriftzug möchten wir in einem schlichten Schwarz halten. Ein wenig oberhalb soll sich eine lesende Elfe befinden und ein paar Sterne vervollständigen das Bild.« Rose blickt zu ihrem Liebsten. »Mark hat darauf bestanden.«

»Das finde ich gut. Ich vermute, dass es da eine Geschichte dazu gibt.«

»Gibt es. Die erzähle ich dir dann bei einem Bier«, meint Mark.

»Ich kann es kaum erwarten, das Endergebnis zu sehen.« Rose klatscht vor Freude in die Hände und in ihrem Bauch kribbelt es, wenn sie nur daran denkt.

»Leider musst du dich noch ein wenig gedulden«, meint Christian.

»Vorfreude ist bekanntlich die schönste Freude.« Mark nimmt seine Elfe in den Arm und küsst sie leidenschaftlich. Christian schaut verlegen weg.

Er räuspert sich nach ein paar Minuten, denn es scheint, dass die zwei ihn vergessen haben. »Ich mache mich auf den Weg, um die Farben zu beschaffen.«

Rose und Mark fahren auseinander. »Eh, ja. Geht in Ordnung.«

»Bis bald und habt einen schönen Tag!« Mit einem Lächeln verlässt er den Laden.

»Rose.« Mark schüttelt amüsiert den Kopf. »Du lässt einfach alles um mich herum vergessen. Sogar, dass wir Besuch haben.«

»Das freut mich, dass ich immer noch das Feuer in dir entfache!«

»Und wie!«

»Untersteh dich, wir haben keine Vorhänge.«

»Schade aber auch«, raunt Mark.

»Ich habe das Gefühl, dass ich momentan auf der Überholspur lebe.«

»Mir ergeht es ebenso.«

»Vor einem Jahr wagte ich noch nicht, von diesem Buchladen zu träumen, geschweige denn, in einer so wundervollen Beziehung wie mit dir zu sein. Ich bin dir dankbar, dass du mich unterstützt, auch damals, als ich Coco verloren habe.«

Rose schmiegt sich an Mark und für eine Weile verharren sie in dieser Position.

Kapitel 47

Und dann ist es so weit. Der lang ersehnte Traum wird Wirklichkeit. Rose und Mark konnten vor Nervosität kaum schlafen und drehten sich von einer Seite auf die andere. Und doch sind sie am Morgen fit wie ein Turnschuh. Wie gespannte Federn sind sie aus dem Bett gesprungen. Sie sind bereit, um loszurennen und ihre Kundschaft in Empfang zu nehmen und sie zu bedienen.

Bis Mitte Februar mussten sie um die Eröffnung bangen. Denn das Okay der Ämter traf erst in quasi letzter Minute ein. Als sie endlich das gewünschte Papier in den Händen hielten, fiel ihnen ein Berg vom Herzen. So groß war die Last. Mark und Rose sahen sich schon gezwungen, das Eröffnungsdatum zu verschieben. Das hätte Futter für die von Ballmoos gegeben.

Während der Wartezeit haben sie dem Konkurrenz-Buchladen weitere Besuche abgestattet. Glücklicherweise war die von Ballmoos meist nicht zugegen und Rose konnte ihrer ehemaligen Arbeitskollegin auf den Zahn fühlen.

»Der Laden läuft nicht gut«, meinte Anita während einem Gespräch. »Seht euch um! Keine Menschenseele hier. Und das ist praktisch Tagesordnung. Ich bange um meine Arbeitsstelle.«

Sie seufzte schwer. »Wer weiß, wie lange Frau von Ballmoos den Buchladen noch halten kann.« Eine Träne lief über Anitas Wange.

Rose denkt immer an dieses Gespräch zurück. Sie ist hin- und hergerissen. Will sie doch nicht, dass Anita ihren Arbeitsplatz verliert. Wohingegen die Meldung über das Ausbleiben der Kunden sie erfreute.

Und nun zeigte der Kalender den Samstag, 3. März. Dieses Datum werden sich Mark und Rose fett in ihrem Kalender anstreichen. Mehr als sechs arbeitsreiche Monate liegen hinter ihnen, in denen sie den trockenen Papierkram mit größtem Widerwillen erledigt und bei Ämtern vorgesprochen haben. Den Umbau begleiteten, Bücher bestellten, Marketing betrieben und den Laden einrichteten. Und all das überschattete Marks Unfall: ihre Planung und die Umsetzung. Doch beide ließen sich nicht von ihrem Ziel abbringen. Egal, auf welche Art und Weise. Wenn sie ein Ziel haben, setzen sie alles daran, um es zu erreichen. Was bedeutete, dass Mark seine Kumpels anheuerte, die umgehend zur Stelle waren.

Mit einem breiten Lächeln im Gesicht und händchenhaltend stehen sie vor den Regalen. Die Wände leuchten im Veilchenpurpur. Alles erscheint viel schöner als auf den Fotomontagen, die sie zusammengebastelt hatten.

Zu Roses Überraschung hatte Christian im Auftrag von Mark überall, wo ein Freiraum zwischen den Regalen ist, weiße Elfe an die Wand aufgemalen.

»Woher kommen auf einmal die Elfen? Haben wir die besprochen?«

Mark schüttelt den Kopf. »Nein, die sind ein Geschenk an dich, meine Elfe. Als Dank für deinen unermüdlichen Einsatz. Du bist unglaublich. Ich liebe dich, je länger, desto mehr.«

Rose kullert eine Träne des Glücks über die Wange.

»Mein Liebling. Ich bin sprachlos.«

Mark nimmt Rose in die Arme und drückt sie fest.

Rose spürt eine wohlige Wärme, die ihr sagt, dass sie alles richtig gemacht hat, und wenn sie Mark ansieht, verstärkt sich dieses Gefühl umso mehr. Sie küsst ihn innig, denn für die kommenden Stunden wird es wohl der letzte Kuss sein.

Sie lösen die Umarmung auf und halten sich an den Händen. Einen Augenblick schauen sie sich tief in die Augen.

»Öffnen wir offiziell die Tür und beginnen unseren Traum zu leben?« Mark würde am liebsten den Moment hinauszögern: seine Elfe und er allein im noch jungfräulichen Buchladen.

»Noch so gern.« Ihre Augen leuchten wie Sterne. »Ich bin auf die ersten Kunden gespannt.«

»An der Werbung soll es nicht liegen. Du hast dich selbst übertroffen.« Er nimmt Roses Hand und geht zum Schaufenster. »Der gewundene Schriftzug mit der kleinen Elfe an der Seite ist wunderschön. Wer sollte sich da die Zeit nicht nehmen, um hereinzuschauen?«

Ein Klopfen unterbricht ihre Zweisamkeit. Sie wenden sich der Eingangstür zu.

Ines steht unter dem Ballonbogen, der die Tür umrandet. Goldene, silberne und schwarze Ballone begrüßen die Kunden. Auf einer Schiefertafel steht von Rose geschrieben:

»Man kann nicht gleichzeitig vernünftig und in einer Buchhandlung sein.« – *Bibliophile Lebensweisheiten*

»Unsere erste Kundin«, schmunzelt Rose.

Mark öffnet umgehend die Tür. »Hereinspaziert zum Eröffnungstag.« Er hält ihr die Tür offen.

»Danke.« Sie bleibt stehen und sieht sich bewundernd um. »Ihr habt wirklich ein Schmuckstück daraus gemacht. Obwohl ich viel auf der Baustelle war, bin ich über das Ergebnis begeistert! Ihr habt mich nicht enttäuscht.«

Ines zieht zuerst Rose und dann Mark in eine feste Umarmung. »Gern würde ich mich nachher umsehen und die Details bewundern. Aber zuerst überreiche ich euch diesen Glücksklee. Es soll euer Talisman für die Zukunft sein.«

»Herzlichen Dank.« Rose nimmt den Klee in die eine Hand und mit dem freien Arm hakt sie sich bei Ines unter. »Ich führe dich gern umher. Dann kann ich dir einige Details erläutern, die dich sicher interessieren werden. Vor allem die märchenhafte Überraschung, die mir Mark gemacht hat, die ich erst heute Morgen entdeckt habe.« Rose strahlt über das ganze Gesicht und zwinkert Mark zu. »Er ist ein Schatz!«

»Dann zeig mir, wie er dich überrascht hat.«

Nachdem Rose und Ines hinter den Regalen verschwunden sind, trudeln weitere Lesefreudige ein. Nach einer Weile muss Mark die Türglocke deaktivieren, da die sonst dauerhaft gebimmelt hätte.

Gegen Mittag erscheint Adelheid. In der einen Hand eine Schachtel mit dem Schriftzug der Konditorei Glück. Sie bleibt im Türrahmen stehen und sieht sich um. Ihr fällt die Kinnlade runter.

Mark tritt an sie heran. »Mama! Wie schön, dass du vorbeischaust.«

»Das lasse ich mir nicht entgehen, mein Junge. Unglaublich, was ihr auf die Beine gestellt habt.« Erst jetzt sieht sie ihren Sohn an. »Ihr überrascht mich immer wieder.«

»Danke. Schau, da kommt Rose.«

»Adelheid, wie schön.« Rose umarmt ihre Schwiegermutter in spe.

»Mein Kompliment. Ein Traum für alle Lesenden. Aber bevor ich hinter die Regale abrausche, überreiche ich euch eine kleine Stärkung. Ich vermute, ihr habt heute Morgen nicht daran gedacht, euch etwas einzupacken.« Adelheid überreicht die Schachtel Mark und wartet keine Antwort ab. »Es sind belegte Brote drin und etwas Süßes. Ich habe alles in dieselbe Schachtel packen lassen. Warum unnötig Bäume fällen?«

»Danke, Mama. Darf ich dich umherführen?«

»Gern.«

Mark stellt den Karton auf dem Tresen ab.

Gerührt sieht Rose den beiden nach. Ihr Herz schmerzt. Zu gern hätte sie ihre Eltern am heutigen Tag dabeigehabt. Trotz des missglückten Treffens.

Um sich von den betrübten Gedanken abzulenken, macht sie sich an der Schachtel zu schaffen. Sie will sich gerade ein belegtes Brot mit Spargeln herausnehmen, als sie ein vertrautes Lachen vernimmt. Ungläubig blickt sie Richtung Eingang. Und da steht ihre Tante. Augenblicklich ist der Karton vergessen. Rose reibt sich die Augen und als dann die Tante immer noch da steht, stürmt sie freudig zu ihr hin.

»Mein Kind.«

»Tante Edeltraud. Wie schön!«

»Ich habe dir gesagt, dass ich mir eure Eröffnung nicht entgehen lasse. Walter konnte leider nicht mitkommen. Er und seine Termine.« Abschätzend schüttelt sie den Kopf. »Dein Termin wäre wichtiger gewesen. Aber du kennst ihn ja und vermutlich ist es besser, dass er nicht da ist. Ich habe aber eine andere Überraschung für dich.«

»Noch eine?«

»Sieh hinüber zum Baum.«

Rose starrt mit aufgerissenen Augen zum Baum. Wie vorhin muss sie sich die Augen reiben und blinzelt unkontrolliert.

»Es ist kein Trugbild. Deine Eltern warten auf dich. Vermutlich erwarten sie, dass du sie abholst.«

»Wie ...« Rose versagt die Stimme.

»Frag nicht. Geh zu ihnen.«

Rose wischt sich die Tränen weg und schreitet zaghaft auf ihre Eltern zu.

Dora und Bernd haben ihre Tochter noch nicht erblickt, als sie den Laden betrachten.

»Mama, Papa!« Rose kann ihre Tränen nicht zurückhalten. »Ich freu mich so sehr. Ich hatte es gehofft, aber nie zu träumen gewagt.«

Ihren Eltern geht die Begegnung nahe. Ihre Mutter tupft sich eine Träne aus dem Augenwinkel.

»Ich freu mich für dich. Papa und ich haben viel mit Edeltraud gesprochen. Endlich ...« Dora schluckt schwer. »Endlich wissen wir deine Buchverliebtheit einzuschätzen. Wir sind stolz auf dich, Rose!«

Dora nimmt ihre Tochter in die Arme und sie bleiben für einige Minuten so stehen.

»Dürfen wir deinen und Marks Laden auch von innen begutachten?«, fragt ihr Vater.

»Aber sehr gern. Bitte kommt.«

Eingehakt schreiten sie zum Eingang und bleiben dort stehen.

»Willkommen in unserem Buchladen ›Zur lesenden Elfe‹.« Rose zeigt mit einer Handbewegung den Raum.

»Wunderschön! Das habt ihr alles selbst geplant und umgesetzt?«

»Geplant ja, aber nicht umgesetzt. Dazu haben wir Unternehmer engagiert.« In Roses Stimme schwingt der Stolz mit. »Ines, unsere Vermieterin, hat uns wertvolle Tipps gegeben, und wir konnten so einen Architekten einsparen.«

»Unglaublich!«, sagt ihr Vater. »Ich muss ehrlich eingestehen, dass ich dir das nicht zugetraut habe. So einen schönen Buchladen auf die Beine zu stellen. Chapeau!«

Bernd drückt seine Tochter an sich.

Rose, die Komplimente, geschweige denn eine Umarmung von ihrem Vater nicht gewohnt ist, bleibt ohne Worte. Sie beißt sich auf die Unterlippe, um ihrer Gefühle Herrin zu werden. Einen schöneren Tag hätte sie sich nicht erträumen können.

»Möchten wir einen Rundgang machen?«, erkundigt sich Rose bei ihren Eltern.

»Das ist keine Frage!« Ihre Mutter hakt sich wieder bei ihr unter. Heute schon das zweite Mal, wann hatte sie das zuletzt gemacht?

Sie möchten gerade die Runde durch den Laden antreten, als Mark und Adelheid auf sie zukommen.

Rose strahlt wie ein Honigkuchenpferd.

»Darf ich euch einander vorstellen.« Ohne eine Antwort abzuwarten, sagt Rose: »Adelheid, das sind meine Eltern Dora und Bernd. Und das ist Adelheid, Marks Mutter.«

Sie reichen einander die Hände und murmeln eine förmliche Begrüßungsfloskel.

Rose erhascht Marks verwundernden Blick und sie zuckt mit den Schultern.

»Wo ist Tante Edeltraud hin?«, fragt ihre Mutter.

»Sie unterhält sich mit einer Dame im hinteren Bereich über ein Buch.« Mark zeigt in eine Ecke.

»Egal, wo Trudel hinkommt, sie findet umgehend Kontakt.« Bernd schmunzelt. »Das muss an ihrem Beruf liegen.«

»Rose, wollen wir dann?«, bittet ihre Mutter ungeduldig.

Doch Rose reagiert nicht. Sie steht still da und mit Tränen auf den Wangen.

»Was ist denn los, meine Elfe?« Mark legt seinen Arm um ihre Schultern und wischt die Tränen weg.

»Ich bin überwältigt. Nie hätte ich erwartet, dass unsere Eröffnung eine Überraschung nach der anderen für mich bereithält.« Rose seufzt. »Es bedeutet mir unendlich viel, dass ihr heute hier erschienen seid. Danke, Mama und Papa.«

Rose löst sich aus Marks Umarmung und drückt ihre Eltern.

»Gehen wir auf Besichtigungsrundgang?«, fragt Roses Vater peinlich berührt.

»Natürlich. Ihr entschuldigt uns?«, fragt Rose mit erstickter Stimme.

Adelheid und Mark nicken.

»Selbstverständlich.« Mark küsst Rose auf die Nasenspitze und lächelt ihr zu. »Viel Vergnügen.«

Während Rose ihren Rundgang dreht und dabei sehr glücklich wirkt, greift Mark zu den belegten Broten seiner Mutter. Derweil erzählt er ihr von der Besonderheit des heutigen Besuches von Dora und Bernd.

»Das ist aber harter Tobak. Ich hoffe für Rose, dass dieser Besuch der Anfang zu einem engeren Verhältnis ist.«

»Ich hoffe es auch.«

Während sie plauderten, haben sich Kunden hinten angestellt.

»Ich glaube, du wirst verlangt.« Adelheid zeigt nach hinten. »Wir können morgen weitersprechen. Ich freue mich sehr für dich und Rose! Genießt den einzigartigen Tag.«

»Danke, Mama. Bis bald.«

Sie drückt Mark einen Kuss auf die Wange und verabschiedet sich.

Auch Roses Eltern und Tante Edeltraud verabschieden sich nach dem Rundgang. Sie werden an einem ruhigeren Tag vorbeischauen, damit sie mehr Zeit miteinander verbringen können. Immerhin gibt es einiges nachzuholen.

Kapitel 48

Der restliche Tag ist gefüllt mit Lachen, anregenden Buchdiskussionen und vor allem mit guten Wünschen für die Zukunft. Erschöpft, aber überglücklich schließen Mark und Rose abends den Buchladen ab. Einige Ballons haben den Tag nicht überstanden und die restlichen werden sie morgen wegräumen. Dazu sind sie heute Abend zu müde.

Beseelt drehen sie sich zur Fassade hin und staunen, was sie, mit Unterstützung von Ines, auf die Beine gestellt haben.

»Machen wir einen kleinen Umweg?«, fragt Mark in die Stille.

»Warum nicht? Die frische Luft wird uns guttun, da wir den ganzen Tag drinnen waren. Meine Füße sind zwar schwer wie Blei, aber mit dir an meiner Seite vergesse ich diesen Ballast und fühle mich schwerelos wie eine Elfe.«

»Du bist auch eine.«

Arm in Arm schlendern sie durch die Altstadt und genießen die Ruhe nach dem turbulenten Tag.

»Bist du zufrieden?«, fragt Rose ihren Liebsten.

»Und ob! Meine Erwartungen haben sich übertroffen. Nie hätte ich gedacht, dass wir so viele Besucher am ersten Tag haben würden.«

»Ich hoffe, dass es so bleibt.«

»Warum sollte es nicht?«

»Meine Ex-Chefin war da.« Rose verzieht den Mund.

»Ich habe sie nicht gesehen. Hast du mit ihr gesprochen?«

»Es war nicht zu vermeiden.« Rose verzieht den Mund zu einer Schnute und verschränkt die Arme.

»Und?«

»Wie halt so ein Gespräch mit der Ex-Chefin verläuft.« Rose zuckt gelangweilt mit den Schultern.

»Rose!«, Mark wird ungeduldig.

»Sie hat mir vorgeworfen, dass wir ihren Buchladen kopiert haben und uns keine eigenen Gedanken zu einem Konzept gemacht hätten. Wir würden gegen sie nie eine Chance haben. Sie habe den besten Buchladen überhaupt und der würde auch der einzige in Burgdorf bleiben.« Rose tippt sich an die Schläfen. »Ich habe nichts darauf geantwortet. Mich dünkt, dass sie seit meiner Kündigung noch überheblicher geworden ist.«

»Tja, einige können es nicht lassen. Aber Hochmut kommt vor dem Fall. Und wir werden diejenigen sein, die zuletzt lachen.« Mark legt Rose einen Arm um die Schultern und zieht sie zu sich. »Nun weiß sie auch, was ihre Konkurrenz zu bieten hat. Und von wegen, sie hätte den Nonplusultra-Buchladen und sei hier fest verankert. Immer wenn ich an ihrem Laden vorbeiging, waren selten Leute drinnen, obwohl sie bis zu unserer Eröffnung den einzigen Buchladen weit und breit hatte. Woran das wohl liegt? Aber verbannen wir die Gedanken an sie und lassen uns den Abend genießen.« Er zieht Rose in eine festere Umarmung und zeigt auf das vor ihnen stehende Gebäude. »Schau, wir sind da.«

»Was willst du denn in diesem Restaurant? Ist das nicht zu nobel für uns?«

»Unsere Eröffnung feiern! Und nein, es ist nicht zu nobel. Komm!« Mark zieht Rose mit sich.

Beim Eintreten ist die Luft mit feinem Blumenduft geschwängert und im Hintergrund läuft dezente Musik. Sie gelangen in den Vorraum, der durch rote Vorhänge zum Speisesaal getrennt ist.

»Haben Sie reserviert?«, erkundigt sich die Servicekraft, die in ihrer gepflegten Uniform neben dem Reservierungsbuch steht.

»Auf den Namen Mark Dumermuth.«

Sie fährt mit dem Finger über das Blatt und nickt. »Möchten Sie Ihre Jacken an der Garderobe abgeben?«

»Gern.«

Nachdem die Jacken verstaut sind, säuselt die Dame: »Wenn Sie mir bitte folgen würden.« Galant hält sie den Vorhang auf und lässt die Verliebten hindurch.

Im Saal geleitet sie Rose und Mark zu ihrem Platz. »Bitte schön. Ihr Tisch für zwei.«

»Danke.«

»Darf ich Ihnen einen Aperitif bringen?«

»Gern einen Weißwein. Was empfehlen Sie?«

»Johannisberg, Fendant oder Yvorne.«

»Einen Ballon Johannisberg, bitte.«

»Für mich ebenso, danke.«

Als die Bedienung weg ist, greift Mark über den Tisch nach Roses Händen.

»Ich kann es immer noch nicht glauben, dass wir diesen Schritt gemeinsam gewagt haben. Wenn ich an unser erstes Gespräch im Zug denke.« Amüsiert schüttelt er den Kopf.

»Und welche Hochs und Tiefs du mit mir in unserer kurzen Beziehung schon durchgestanden hast. Das hätte nicht jeder«, meint Rose.

»Ich aber! Für meine Elfe tue ich alles.« In seinen dunklen Augen lodert das Feuer. »Ich fühle mich immer noch berauscht vom heutigen Tag. Nach Monaten des Schuftens – was nicht immer einfach war, vor allem für dich – dürfen wir unsere Lorbeeren einsammeln.«

»Geht mir genauso. An den heutigen Tag werde ich mich lange erinnern. Nicht nur wegen der Eröffnung, sondern auch wegen meiner Eltern. Auf uns und unseren Buchladen!«

»Santé!«

Sie küssen sich über den Tisch hinweg. Was ein wenig schwieriger ist als gedacht. Denn ein Kuss ist es nicht wirklich, eher ein Streifen der Lippen. Lachend setzen sie sich wieder auf die Stühle.

Nach dem hervorragenden Essen machen sie sich leicht beschwipst auf den Nachhauseweg. Sie stützen sich gegenseitig, ob es nun dem Wein oder dem Betrachten der sternklaren Nacht zuzuschreiben ist, sei dahingestellt.

Die Frische vom Winter ist noch zu spüren, obwohl es tagsüber mild ist. Froh, dass sie heute Morgen die dickere Jacke angezogen hat, schlägt sie den Kragen hoch.

»Ich will noch mal bei unserem Laden vorbei«, haucht Rose ihrem Liebsten ins Ohr.

»Hast du noch nicht genug?«

»Ich werde nie genug vom Buchladen und von dir kriegen.« Sie schubst ihn mit ihrer Hüfte an. Beide fallen in ein glückliches Lachen ein.

Kapitel 49

Als sie in die Schmiedengasse einbiegen, spiegelt sich blaues Licht von den Fassaden wider.

Schlagartig sind beide nüchtern.

»Die stehen direkt vor unserem Laden. Was hat das zu bedeuten?« Mark rennt los. Rose ihm hinterher.

Mark tritt an einen der Polizisten heran. »Entschuldigen Sie bitte. Was ist hier geschehen?« Er atmet hastig.

»Guten Abend. Darf ich fragen, wer Sie sind?«

Rose hat mittlerweile zu Mark aufgeschlossen.

»Ich und meine Freundin …« Er nimmt Roses Hand und drückt sie fest. »… sind die Mieter der Räumlichkeiten.«

Der Polizist nickt. »Wie Sie selbst sehen, ist die Scheibe eingeschlagen worden und im Innern wurde einiges verwüstet. Bevor ich Ihnen weitere Details preisgebe, möchte ich Sie bitten, mir zu folgen.«

Der Polizist bringt sie zum Einsatzleiter, der wenige Meter daneben steht.

»Beat, die beiden Personen geben vor, die Mieter zu sein.«

»Dann überprüfen wir das. Ich bin der Einsatzleiter Beat Holinger. Guten Abend. Würden Sie sich bitte ausweisen!«

Mark und Rose strecken ihre Ausweiskarten hin, dabei zittert Roses Hand. Der Einsatzleiter nimmt sie entgegen und reicht sie weiter an seinen Kollegen. Der tippt etwas in den Laptop und nickt nach einer Minute.

»Also Frau Zimmermann und Herr Dumermuth. Wie Sie sehen, sichern wir momentan den Ort. Sobald das geschehen ist, werden wir mit Ihnen eine Bestandsaufnahme machen, die uns zeigt, was fehlt. Die Spurensuche wird noch einen Moment dauern. Sie können in der Zwischenzeit nach Hause gehen. Wir kontaktieren Sie, sobald wir hier fertig sind.«

»Ich gehe nirgendwo hin«, konstatiert Mark und nimmt die Ausweiskarte wieder entgegen. »Wir haben unser Geschäft erst heute Morgen eröffnet. Ich will wissen, was geschehen ist und vor allem, warum diese Schandtat ausgeübt wurde!« Marks Stimme ist lauter geworden. Seine Wut richtet sich nicht an den Polizisten, sondern an die Unbekannten. Leider ist Herr Holinger an Ort und Stelle und bekommt die Brause ab.

Der Einsatzleiter nickt. »Dann warten Sie bitte bei meinen Kollegen.« Er zeigt Richtung Polizeiauto.

»Nein, die beiden kommen zu mir.«

Drei Gesichter drehen sich in die Richtung, aus der die dominante Stimme kommt. Ines.

»Bei mir gibt es ein Tässchen, um den Ärger runterzuspülen. Vor allem möchte ich über die aktuellen Erkenntnisse ins Bild gesetzt werden. Immerhin gehört das Haus mir.«

»Und Sie sind?«

»Ines Brunner.«

»Hätten Sie mir Ihren Ausweis?«

»In der Wohnung oben. Wie Sie sehen, stehe ich nur mit Morgenrock vor Ihnen und würde mich gern nicht weiter zur Schau stellen. Wenn Sie mir bitte folgen würden.« Sie hält sich mit der einen Hand an ihrem Gehstock und mit der anderen rückt sie ihre Lockenwickler zurecht.

»Selbstverständlich.« Holinger nickt und folgt Ines.

Mark und Rose sehen sich nach ihrem Laden um. Ein erneuter Schauer durchfährt sie beim Anblick der zerstörten Scheibe. Sie wollen momentan nicht daran denken, wie es im Innern aussieht. Welche Verwüstung sie antreffen werden und mit welchem Schaden sie rechnen müssen. Wenige Minuten später folgen sie den beiden.

Kapitel 50

Die Untersuchungen ziehen sich bis in die frühen Morgenstunden hin. Die Spurensicherung hat zig Fingerabdrücke genommen. Kein Wunder, fand doch gestern die Eröffnung statt. Dadurch gibt es momentan keinen bestimmten Anhaltspunkt, der auf die Täterschaft hinweisen würde. Die Spurensicherung verlässt müde den Tatort.

Der Einsatzleiter klingelt bei Ines. Statt ihrer öffnet Mark die Tür.

»Die Spurensicherung ist beendet und wir würden gern mit Ihnen eine Bestandsaufnahme machen«, beginnt Holinger ohne große Umschweife das Gespräch. »Fühlen Sie sich dazu in der Lage?«

Mark nickt.

»Ich hole Rose und dann können wir das Ausmaß des Einbruches begutachten. Ich hoffe, dass dann die Gedankenspiele aufhören, wenn wir Gewissheit haben.«

Als Rose im Türrahmen auftaucht, dreht sich der Einsatzleiter ab und geht voran. Rose und Mark folgen ihm ohne Worte.

An der Eingangstür zum Laden bleiben sie wie angewurzelt stehen. Ihre Gedanken sind wie weggefegt. An Atmen ist kaum zu denken. Rose entweicht ein Wimmern und ihre Tränen finden allein den Weg.

»Warum?«, flüstert sie.

»Das finden wir heraus!« Mark legt seinen Arm um Rose und zieht sie an sich. »Den oder die Übeltäter lassen wir nicht ungeschoren davonkommen.«

In Mark steigt erneut Wut auf. Wut auf die sinnlose Tat, die im Nullkommanichts einen hart erarbeiteten Traum zerstört. Wut auf das Spiel mit ihren Gefühlen. Wut auf die Feigheit der Täter.

»Haben Sie Widersacher, die Ihnen schaden möchten?«, erkundigt sich Herr Holinger, nachdem sich Rose ein wenig gefasst hat.

»Nicht, dass ich wüsste«, antwortet Mark.

»Ich auch nicht«, sagt Rose mit erstickter Stimme.

»Auch wenn es schwierig ist, müssen wir die Räumlichkeit abgehen. Jedes Detail, das Ihnen auffällt, kann wichtig sein.«

»Gut. Bringen wir es hinter uns.«

Der Anblick des zerbrochenen Schaufensters ließ Rose zittern.

Und erst die extra geschreinerten Regale von Dani ... bis zum Unbrauchbaren wurden sie demoliert. Für eine solche Tat gibt es keine Worte.

Rose bückt sich nach den Büchern, die sich unter den Regalen befinden. Kopfschüttelnd erhebt sie sich wieder.

»Unbrauchbar.« Roses Mundwinkel wandern nach unten.

Wenigstens die Theke sowie der Pausenraum und die Toilette wurden nicht verwüstet. Ein Lichtblick in dieser düsteren Angelegenheit.

Beim Anblick des Glücksklees breitet sich ein Lächeln auf Roses Gesicht. Das Präsent von Ines hat den Einbruch unbeschadet überlebt. Sie nimmt ihn an sich. Er gibt ihr Zuversicht, dass alles wieder gut wird.

Doch dann fällt ihr Blick zum Safe, besser gesagt: zum klaffenden Loch in der Wand, wo er hätte sein sollen.

»Sie haben den Safe geklaut!«, schreit Rose.

»Nein! Unsere gesamten Einnahmen sind weg!« Mark rauft sich die Haare. »Das darf nicht wahr sein.«

Sein Blick wandert zum zerrissenen Plakat, das als Abdeckung diente.

»Ein immenser Verlust.« Rose bleibt vor der Wand stehen. Ihre Knie zittern und sie lehnt sich an Mark. »Ich dachte, das sei eine gute Lösung«, haucht sie mit flatternder Stimme.

»Das dachten wir beide«, fährt Mark fort. »Darin befanden sich die gesamten Einnahmen der gestrigen Eröffnung.«

»Wie hoch waren die?«

»Es waren knapp dreitausend Franken«, erklärt Mark. »Ich habe abends die Kassenabrechnung gemacht, während Rose die Regale aufräumte.«

»Den Safe nur in die Wand einzulassen, genügt nicht. Den hätte man zusätzlich verankern müssen«, erklärt Herr Holinger.

»Das wissen wir nun auch.« Mark fühlt sich wie ein Schuljunge, dem man den Kopf zurechtrückt, nachdem er einen Streich in den Sand gesetzt hat.

»Sie hatten gestern Ihren Eröffnungstag?«

»Ja. Es war ein voller Erfolg.« Bei diesen Gedanken hellt sich Roses Gesicht auf. »Wir wurden regelrecht überrannt. Von der ersten Minute an bis zum Ladenschluss war der Buchladen von wissbegierigen Kunden besetzt. Mark musste sogar die Türglocke aushängen, da es sonst ein Dauerbimmeln gegeben hätte.«

Herr Holinger nickt. »Ich vermute somit, dass es ein Zufallsüberfall war.«

»Zufallsüberfall?«

»Ich gehe davon aus, dass Sie die Eröffnung publik gemacht haben?«

»Natürlich! Sonst wäre ja niemand erschienen.«

»Die vorangehenden Umbauarbeiten konnten die Kunden auf unserer Homepage mitverfolgen«, ergänzt Mark.

»Dann wussten die Täter einiges über Ihren Laden.« Holinger schüttelt den Kopf.

»Aber welches neue Geschäft macht das nicht, um an Kunden zu kommen?«, verteidigt sich Mark.

»Das verstehe ich. Doch das ist Nährboden für solche Resultate.« Holinger lässt seine Hand durch den Raum schweifen. »Die Täter könnten Sie den ganzen Tag über, wenn nicht schon Tage davor, beobachtet haben.«

»Oh Gott.« Rose weitet ihre Augen. »Aber sie konnten ja nicht davon ausgehen, dass wir das Geld im Laden lassen.«

»Dem ist so. Deswegen nennen wir es Zufallsüberfall. Leider ist der Erfolg, die Täter zu finden, gering. Natürlich werden wir die Fingerabdrücke untersuchen, doch es sind einige. Die direkten Nachbarn wurden bereits befragt. Bis jetzt hat niemand etwas gemerkt oder gesehen.«

»Wenn ich Sie richtig verstehe, ist es am besten, wenn wir nicht mit dem Zwischenfall hadern, sondern in die Zukunft schauen?«, erkundigt sich Mark.

Herr Holinger nickt.

»Okay.« Mark schluckt schwer und räuspert sich. »Ab wann dürfen wir unseren Buchladen wieder eröffnen?«

»Sobald Sie sich in der Lage fühlen. Wir haben die Spuren gesichert und werden uns nun an die Überprüfung machen. Ich empfehle ihnen, mit Frau Brunner die weiteren Schritte zu besprechen. Vor allem müssen Sie heute unbedingt mit der Versicherung Kontakt aufnehmen.«

»Wir werden mit Frau Brunner sprechen. Sie musste sich hinlegen. Die Aufregung hat ihr nicht gutgetan.«

»Das verstehe ich.« Herr Holinger zeigt Richtung Schaufenster. »Ich rate Ihnen, umgehend die Scheibe provisorisch reparieren zu lassen. Nicht dass sich Fremde an den Büchern bedienen. Die Türschlosser würde ich in der gesamten Liegenschaft auswechseln.«

»Machen wir. Danke.«

»Ich gebe Ihnen meine Karte. Sie können mich jederzeit erreichen. Ich wünsche Ihnen alles Gute.« Mit einem Händedruck verabschiedet sich Herr Holinger.

Verloren stehen Mark und Rose inmitten der umherliegenden Bücher und Regale. Seit Mitternacht sind sie das erste Mal allein. Es benötigt keine Worte. Eine feste Umarmung und die Wärme des anderen genügen, um dem jeweilig anderen Halt zu geben.

Wie lange sie umschlungen dastanden, wissen sie nicht.

»Wie geht es euch?« Ines holt sie aus ihrer Lethargie.

»Ich könnte nur noch heulen.« Bei diesen Worten laufen schon wieder bei Rose die Tränen. Mark streichelt ihr über den Rücken.

»Dein Gefühlszustand verstehe ich nur zu gut.« Ines drückt Roses Arm. »Konnte Herr Holinger bereits etwas sagen? Oder wie es weitergeht?«

»Herr Holinger nimmt an, dass es ein Zufallsüberfall war und wir uns keine großen Hoffnungen auf die Festnahme des Täters machen sollen«, gibt Mark die Worte vom Einsatzleiter wieder.

»Ihr sollt einfach an den Eröffnungstag anknöpfen, als wäre nichts gewesen?«, fragt Ines erstaunt.

»Ja.«

»Typisch. Dein Freund und Helfer weiß nicht weiter und lässt alles im Sand verlaufen.« Sie schüttelt missbilligend den Kopf. »Ich habe die Versicherungsunterlagen mitgebracht. Ihr habt sicher eure Handys dabei, dann können wir den Anruf von hier aus regeln.«

»Heute wirst du vermutlich niemanden erreichen, Ines.«

»Wieso denn nicht?«

»Es ist Sonntag.«

»Mit der durchzechten Nacht bin ich ein wenig durcheinander. Entschuldigt. Es spielt ja keine Rolle, ob wir den Schaden heute oder morgen melden. Die Verwüstung wird sich nicht davonschleichen.«

»Wir sind es auch, Ines. Und nein, das wird sie leider nicht. Auch wenn ich es mir sehnlichst wünsche.«

»Ich kontaktiere unseren Schreiner. Hoffentlich hat er Zeit, um vorbeizukommen und das Fenster notdürftig zu verriegeln.« Mark entfernt sich von den Frauen.

»Womit haben wir das verdient?« Roses Stimme klingt weinerlich.

»Wenn ich das wüsste, Rose.«

»Warum wurde bei uns eingebrochen und nicht bei der von Ballmoos?« Rose reißt die Augen auf. »Entschuldige, das hätte ich nicht sagen sollen.«

»Ich verstehe deinen Missmut.«

Mark tritt wieder zu ihnen. »Dani kommt heute Nachmittag vorbei.«

»Ich warte mit euch, dann sind wir alle auf dem neuesten Stand«, meint Ines.

»Ich mache ein paar Fotos. Das kann nicht schaden.«

»Rose?«

»Ja?«

»Könntest du bitte einen Zuckerschub bei Glück holen?« Ines hält ihr einen Fünfzig-Franken-Schein entgegen. »Ich muss etwas in den Magen kriegen. Ich habe heute noch nichts gegessen und es ist schon bald Mittag. Ich vermute, dass es euch ebenso ergeht. Könntest du ein paar belegte Brote oder Sandwiches sowie ein Dessert holen? Das wäre fein.«

»Das mache ich gern. Danke, dass du dran denkst. Ich bin mit meinen Gedanken ganz anderswo.«

»Verständlich, aber es nützt niemanden etwas, wenn du und Mark zusammenklappt.«

Insgeheim will Ines Rose durch eine Aufgabe vom Einbruch ablenken und ihr so einen kurzen Tapetenwechsel gönnen.

Kapitel 51

Rose trinkt ihren Kaffee aus, als Dani im Türrahmen auftaucht und eintritt.

»Diese Mistkerle!« Dani schüttelt missbilligend den Kopf. »Mir fehlen die Worte.« Er tritt näher ans Fenster heran und betrachtet es eingehend, bevor er wieder zur Dreiergruppe zurückkehrt.

»Ich montiere ein paar Läden, die ich mitgebracht habe. Aber eine Augenweide wird es nicht sein. Das Ziel muss sein, dass niemand einfach so in den Laden spazieren kann.«

»Das ist momentan das Wesentlichste. Danke für deine Hilfe, Dani.«

»Unter Freunden ist das selbstverständlich, Mark. Soll ich für euch das Fenster nachbestellen?«

»Das wäre nett, danke. Du kennst dich am besten aus.«

»Ich kann euch momentan nicht sagen, wann das Fenster eintreffen wird. Es könnte eventuell ein wenig länger dauern.«

»Wäre ja sonst zu schön gewesen, um wahr zu sein, oder?« Mark bringt ein schwaches Lächeln zustande.

Rose sieht, dass Mark dabei sein Gesicht minimal verzieht. Für Außenstehende nicht sichtbar, aber für sie schon. Kennt sie ihn gut genug. »Wie geht's mit deinem Handgelenk?«, erkundigt sie sich.

»Es schmerzt. Aber verglichen mit dem hier …« Er zeigt auf die Regale. »Ist der Schmerz vernichtend klein.«

»Konntest du den Schlüsseldienst erreichen?«

»Er kommt um fünf. Bis dahin können wir ein wenig aufräumen.«

»Mit deiner pochenden Hand?«

»Du hast recht. Ich rufe Ben und Jon an. Die kommen sicher vorbei.«

»Gut. Ich werde mit Ines nach oben gehen. Sie sieht mir sehr mitgenommen aus.«

»Mach das. Vielleicht trinkst du mit ihr ein Tässchen?«

»Wenn ich nicht einschlafen möchte, wäre eine Tasse Kaffee gerade richtig. Und du? Bist du nicht müde?«

»Solange ich etwas zu tun habe, nicht.«

»Gönn dir auch eine Pause! Du hattest erst vor wenigen Tagen eine Operation.«

»Danke für dein Mitgefühl, aber ich weiß, was ich tue.«

»Na dann. Kommst du mich holen, wenn du hier fertig bist?«

»Natürlich.«

»In all der Hektik habe ich vergessen, meine Eltern zu informieren. Hast du Adelheid vom Einbruch erzählt?«

»Nein. Ich hole das gleich nach.«

»Mutter wollte umgehend herkommen«, sagt Mark nach dem Telefongespräch zu Rose.

»Aber ich habe es ihr ausgeredet. Momentan kann sie nicht viel machen. Wir müssen ja selbst warten.«

»Meine Eltern wollen sich am Wiederaufbau finanziell beteiligen.«

»Das sind brillante Neuigkeiten, die uns Sicherheit geben. Aber das passt dir nicht, oder?«

»Nein. Ich hätte es lieber, wenn sie mir beistehen würden, anstatt Geld zu schicken.«

»Das kann ich nachvollziehen. Aber du darfst nicht allzu viel von ihnen verlangen. Immerhin findet ihr langsam zueinander.«

»Stimmt.« Rose seufzt. »Ich hole Ines aus unserem Pausenraum und gehe mit ihr hoch.«

»Mach das und lass dich von der Antwort deiner Eltern nicht unterkriegen. Sie müssen zuerst mit der Situation zurechtkommen.«

Rose nickt und geht zu Ines. Eingehakt kommen sie umgehend wieder bei Mark vorbei.

»Erhol dich, Ines!«

»Danke, Mark. Dasselbe gilt für dich und dein Handgelenk.«

»Später, Ines. Später«

»Männer«, zischt sie und verlässt lachend mit Rose den Laden.

»Danke, Liebes, dass du bei mir bist. Der heutige Tag war für mich kräftezehrend.« Ines hält Roses Arm fest umklammert, als sie die Treppen hochsteigen. »Meine Beine zittern vom langen Umherstehen und ich bin erschöpft.«

»Begreiflich. Für uns alle ist das Geschehene nicht einfach zu verkraften. Vor allem: Was jetzt auf uns zukommt, wird anspruchsvoll und kostet Nerven.«

»Und das, was ich dir erzählen werde, auch.«

Fragend sieht Rose ihre Vermieterin an. Die jedoch würdigt sie keines Blickes, sondern schließt die Tür auf.

Ohne Worte treten sie ein.

»Machst du uns bitte ein Tässchen? Ich geh voran, um meine alten Beine zu erleichtern.«

Rose zieht ihre Augenbrauen hoch und möchte etwas sagen, doch Ines ist bereits in das Wohnzimmer verschwunden.

Mit zwei dampfenden Tassen tritt Rose ein wenig später ins Wohnzimmer.

Ines hat es sich auf dem Sofa bequem gemacht und ihre in eine Decke eingepackten Füße auf dem Fußhocker abgelegt. Rose setzt sich neben sie und reicht ihr eine Tasse. Das Sofa fühlt sich bequem an. Rose könnte umgehend darin versinken und schlafen.

»Danke.« Ines gönnt sich einen Schluck davon und stellt die Tasse auf die breite Sofalehne.

»Mir geht deine Aussage über Hilde und Friedrich nicht aus dem Kopf«, nimmt Ines das Gespräch auf.

»Das hätte ich nie sagen dürfen. Entschuldige bitte. Aber ich war wütend, müde und frustriert. Die von Ballmoos war ein geeignetes Ventil, um meinen Dampf abzulassen.« Sicherheitshalber stellt Rose ihre Tasse ebenso auf die Sofalehne ab.

»Entschuldige dich nicht. Was ist, wenn sie es waren? Oder wenn sie den Einbruch in Auftrag gegeben haben?«

»Würdest du ihnen das zutrauen?«

»Geld regiert die Welt, oder nicht? Erst kürzlich habe ich diesen Ausdruck schon in Zusammenhang mit den beiden benutzt.«

»Stimmt. Aber sie eines Einbruches zu beschuldigen ... ich weiß nicht.« Rose verschränkt ihre Arme vor der Brust.

»Ich spreche mit Friedrich, bevor wir die Polizei aufsuchen.«

»Meinst du nicht, dass du durch deine Vermutung euer Verhältnis noch mehr anspannst?«

»Wenn ich nicht einmal mehr eine Frage stellen darf, wo wären wir dann?«

»Eins zu null für dich.«

»Wie lange möchte Mark heute noch auf den Beinen stehen?« Ines wechselt gekonnt das unangenehme Thema. »Ich behaupte, dass das nicht förderlich für seine Genesung ist.«

»Er meinte, er sei alt genug, um zu wissen, was er tue. Ich habe ihn nämlich dasselbe gefragt.«

»Typisch Mann.«

Weitere zwei Stunden verstreichen, bis es an der Tür klopft und Mark kurzerhand im Wohnzimmer erscheint.

»Was für ein Tag!« Mark lässt sich auf den Stuhl neben Rose nieder.

»Müde siehst du aus, mein Junge.« Ines wirft ihm einen tadelnden Blick zu.

»Bin ich. Ich würde gern nach Hause und mich ins Bett legen.«

»Geht ruhig und erholt euch gut. Wir sprechen uns morgen.«

Ineinander gehakt schlendern sie in ihre Wohnung zurück. Sie stützen sich gegenseitig und nehmen die Umgebung nicht wahr. Zu müde sind sie von den Ereignissen und sehnen sich nach Schlaf.

Rose hält das Glückskleeblatt in ihrer freien Hand und hält es hoch. »Unser Talisman hat den Überfall gut überstanden und wir werden mit diesem Rückschlag ebenso fertig.«

Trotzig streckt sie das Kinn nach vorn.

»Genau! Wir lassen uns nicht unterkriegen. Die wichtigsten Schritte haben wir heute unternommen. Dank des Sondereinsatzes von Dani und dem Schlüsseldienst. Die Versicherung rufen wir morgen an. Dann können wir uns an die Aufräumarbeiten machen. Ben und Jon werden uns unterstützen und bis dahin erholen wir uns vom Schrecken und tanken Kraft. Gehen wir noch mal auf Anfang zurück und starten mit Turbo durch!«

Mark zieht seine Elfe mit der gesunden Hand näher an sich heran und küsst sie liebevoll auf die Stirn.

Kapitel 52

Montagmorgen um acht Uhr treffen sich Ines, Rose und Mark im Buchladen. Den Sonntagnachmittag haben alle zum Schlafen und zur Erholung genutzt.

Leider war der Einbruch kein böser Traum, wie Rose erhofft hatte. Auch heute ist alles ein riesiges Durcheinander von Holz, Büchern und Scherben. Es zerreißt ihr das Herz, das alles ansehen zu müssen.

»Dürfte ich ein Handy von euch ausleihen?«, fragt Ines in die betretene Stille. »Ich möchte die Versicherung kontaktieren, damit wir endlich mit den Aufräumarbeiten beginnen können. Umso eher das erledigt ist, desto eher könnt ihr den Laden wieder eröffnen.«

»Genau. Doch es schmerzt.«

»Und das dürft ihr nicht zulassen. Die Einbrecher wünschen sich, dass ihr euch im Elend suhlt. Aber das gönnt ihr ihnen nicht. Ihr zwei seid starke Persönlichkeiten und lasst euch nicht unterkriegen!«

Rose reicht Ines ihr Handy.

Die ältere Dame starrt auf das rote Rechteck.

»Ich wähle für dich die Nummer. Könntest du mir sie mitteilen?«

»Die steht auf dem Blatt. Hier.« Ines hält Rose den Versicherungsvertrag hin.

Als es klingelt, reicht Rose ihr Handy an Ines.

»Danke.« Sie geht die wenigen Schritte zum Pausenraum und setzt sich auf einen Stuhl.

Nach einem längeren Telefonat linst Ines aus dem Raum und lächelt zufrieden.

»Deinem Gesichtsausdruck nach warst du erfolgreich«, meint Mark.

»Der Versicherungsexperte wird vor dem Mittag vorbeikommen. Lasst uns die Zeit bis dahin mit einem Kaffee in der Konditorei Glück verbringen.«

»Nach einem Tässchen, oder zwei, sieht die Welt schon wieder ganz anders aus«, meint Mark lachend.

»Du lernst schnell, mein Junge.«

Zwei Stunden später biegen die drei um die Ecke und treffen vor dem Eingang auf zwei wartende Herren.

»Guten Tag, die Herren. Mein Name ist Ines Brunner. Sind sie von der Versicherung?«

»Guten Tag, Frau Brunner. Ja, das sind wir. Ich bin Herr Lehmann und mein Kollege Herr Steiner.«

»Danke, dass Sie umgehend zu uns gekommen sind.«

»Wir haben uns ein Bild vom Schaufenster gemacht. Das haben Sie zum Glück provisorisch abdecken lassen.«

»Die Türschlösser haben wir in der gesamten Liegenschaft austauschen lassen«, meint Ines. »Bevor wir weitersprechen, möchte ich Ihnen meine Mieter Rose Zimmermann und Mark Dumermuth vorstellen. Sie sind die Leidtragenden des Schlamassels hier.« Ines zeigt mit der Hand auf den Missstand. »Am Samstag hatten sie die Eröffnung der Buchhandlung. Leider endete dieser erfreuliche Tag mit dem nächtlichen Einbruch. Aber bitte sehen Sie sich alles selber an.«

Mark geht voran und schließt auf. Er hält die Tür auf, bis alle eingetreten sind, und macht sie hinter sich zu.

»Da wurde wieder ganze Arbeit geleistet. Meine Anteilnahme. Ich verstehe nie die Hintergedanken dieser Schandtaten. Das Traurige ist: Die Täter werden zu fünfundneunzig Prozent nicht aufgespürt. Machst du bitte ein paar Fotos, Moritz?«

Der Angesprochene zückt umgehend sein Handy.

»Das hat uns die Polizei auch gesagt.«

»Zum Glück sind sie gut versichert, Frau Brunner. Wenn ich mir das alles anschaue ...« Herr Lehmann lässt seinen Blick umherschweifen. »Wir werden sämtliche Details aufnehmen. Sobald wir weg sind, können Sie mit dem Aufräumen beginnen. Vermutlich werden wir Sie in den kommenden Tagen nochmals kontaktieren, wenn wir Fragen haben.«

»Wir sind immer erreichbar. Ich werde Ihnen meine Handynummer und die E-Mail-Adresse notieren«, sagt Rose.

»Gern, danke.« Er zückt seine Liste und einen Kugelschreiber und macht sich daran, den Schaden aufzulisten.

Eine Stunde später reichen sie sich zum Abschied die Hände, und die Herren von der Versicherung sprechen Mark und Rose Mut zu.

»Es lohnt sich also doch, einen höheren Versicherungsbeitrag einzuzahlen. Ansonsten hätte ich alle Kosten selbst bezahlt.«

»Das habe ich im vorherigen Beruf einige Male erlebt, dass die Kunden nicht ausreichend versichert waren und dann vor dem Nichts standen. Deswegen habe ich gekündigt, da ich das Leid nicht mehr ertragen konnte. Wie können wir uns erkenntlich zeigen?«, fragt Mark.

»Was soll diese Frage?« Ines hebt eine Augenbraue.

Er zuckt mit den Schultern.

»Ihr werdet mir nichts bezahlen, sondern schaut, dass ihr baldmöglichst wieder euren Laden eröffnen könnt. Das dient euch viel mehr als das Geld-Hin-und-Hergeschiebe.«

»Danke vielmals, Ines. Deine Großzügigkeit wissen wir zu schätzen.«

Kapitel 53

Nach dem Mittagessen beginnen Rose und Mark umgehend mit dem Aufräumen. Sie könnten sich beide schönere Arbeiten vorstellen als diese.

»Ich hoffe, dass mir Simone sagen kann, warum meine Hand schmerzt«, meint Mark.

»Sie wird dich zurechtweisen und dir vorhalten, dass du dich nicht geschont hast.«

»Ach wo! Ich habe nichts Unüberlegtes getan, Rose.«

»Und was war gestern Nachmittag, als du den übervollen Ordner aus dem Regal genommen hast?«

»Jetzt, wo du es erwähnst.«

Rose grinst selbstbewusst.

Wenig später verlässt Mark den Laden, um die Therapiestunde zu besuchen. Rose bleibt allein zurück. Sie ist froh um die Ruhe. Doch wie aus dem Nichts sucht sie ein Weinkrampf heim. Ihr Körper wird durchgeschüttelt. Schniefend setzt sie sich auf eine umherstehende Kiste mit beschädigten Büchern.

»Was ist denn los, Rose?«

Erschrocken hebt sie den Kopf, bringt jedoch kein Wort heraus.

Adelheid setzt sich auf die danebenstehende Kiste und zieht Rose in eine feste Umarmung. Sie wiegt sie hin und her wie früher, als sich Mark und Chantal das Knie aufgeschlagen hatten oder von Albträumen heimgesucht wurden.

Nach einer Weile streicht Adelheid über Roses Kopf und hält sie eine Armlänge von sich weg.

»Besser?«

Rose nickt.

»Ist dir alles zu viel?«

Roses Augen werden wässrig.

»Das darf es auch.« Und mit diesen Worten wird Rose wieder in eine feste Umarmung gezogen. »Weißt du, es wird eine Weile brauchen, bis es dir besser geht. Wichtig ist, dass du deinen Gefühlen Platz gibst. Unterdrücke sie nicht! Ich bin jederzeit für dich da, um über den Einbruch, die Eröffnungsfeier und wenn du möchtest, über deine Eltern zu sprechen.«

»Danke.«

»Fertig mit Trübsalblasen für heute! Darf ich einen Kaffee haben?«

Überrascht vom Themenwechsel sieht Rose Adelheid an.

»Du kannst den Tag nicht nur mit schlechten Gedanken verbringen. Das wird dir mehr schaden, als es guttut.«

Rose nickt und geht in den Pausenraum.

»Wo ist Mark?«, erkundigt sich Adelheid, die ihr gefolgt ist.

»In der Therapie. Ich bin gespannt, ob ihm Simone die Leviten liest.«

»Warum?«

»Er hat seit gestern Schmerzen.«

»Wie das?«

»Er hat einen prall gefüllten Ordner aus dem Regal geholt. Und erst recht einen von den breiten.« Rose zeigt mit den Fingern die Ordnerbreite an.

»Typisch. Er kann es nicht sein lassen.« Adelheid schüttelt den Kopf. »Wie kann ich euch helfen?«

»Danke der Nachfrage. Du hast mir vorhin geholfen. Das genügt. Ich weiß nicht, was mich überkam.«

»Nicht alle stecken einen Einbruch einfach so weg. Sprich darüber, das macht es leichter.« Sie drückt leicht den Oberarm von Rose und nickt ihr aufmunternd zu.

»Mache ich.«

»Und, wie ist die Lage?«

»Einige Bücher, die nicht mehr zu retten waren, haben wir schon in Kisten gepackt. Andere, die wieder ins Regal gehören, wurden gestapelt. Und in …« Sie blickt auf die Uhr. »… zwei Stunden treffen Ben und Jon ein. Sie werden uns mit den Regalen helfen.«

»Gut. Dann übernehme ich die Verpflegung.«

Kapitel 54

Gegen sechs Uhr kommen Ben und Jon.

»Das sieht aber aus!«, sagt Ben.

»Wer macht so was? So eine Brut!«, echauffiert sich Jon.

Marks Freunde zetern los, ehe sie einander begrüßen können.

»Seid froh, dass ihr nicht die ganze Übeltat mitansehen müsst. Rose hat schon einiges weggeräumt.« Mark zeigt Richtung Kisten.

»Hallo zusammen.« Adelheid betritt den Laden mit fünf Pizzaschachteln. »Ich habe mir gedacht, dass ihr eine Stärkung benötigt, bevor ihr mit dem Aufräumen beginnt. Ihr seid wohl direkt von der Arbeit gekommen?«

»Mit Zwischenstopp zu Hause, um die Kleidung zu wechseln. Danke für die Pizza, Adelheid«, sagt Ben.

»Super! Danke, Adelheid. Du denkst an uns. So wie immer schon.« Jon nimmt seine Schachtel entgegen.

Alle lassen sich auf Kisten nieder und verspeisen schweigend die Pizza.

Das Beisammensein gibt Mark und Rose eine gewisse Normalität zurück. Die Gedanken kreisen nicht immer um das Geschehene, sondern auch um die Zukunft. Ihre Angespanntheit nimmt ab und weicht einer Gelassenheit, bei der viel gelacht wird.

»Machen wir uns ans Werk!«, meint Ben und steht auf.

»Und beseitigen die Spuren«, ergänzt Jon.

Die beiden machen sich daran, die Regale wieder aufzustellen. Umgehend wird klar, dass die derart verbogen sind, dass neue hermüssen.

Ben und Jon haben sie auseinandergeschraubt und aufeinandergelegt.

»Entschuldigt, dass wir euch nicht mehr unterstützen können. Aber da sind uns die Hände gebunden. Holz wieder geradebiegen können wir nicht.«

»Macht euch keinen Kopf.« Mark boxt Ben in den Oberarm. »Dafür können wir uns noch einen Kaffee mit Dessert gönnen. Rose und mir tut die Abwechslung gut.«

»Stimmt«, pflichtet sie ihm bei. »Die Regale werden wir morgen mit Dani ansehen. Vielleicht kann er aus den defekten Regalen noch was bauen. Und ansonsten gibt es neue. Ändern können wir unsere Lage nicht, sondern lediglich akzeptieren.«

»Meine Optimistin!« Er nimmt seine Elfe in die Arme und schmunzelt.

Gemeinsam schlendern sie durch die Altstadt und freuen sich auf einen feinen Kaffee mit einer Schokokugel. Zum Leidwesen von Rose und Mark hat ihre Lieblingskonditorei geschlossen und sie müssen mit einem anderen Restaurant vorliebnehmen.

Der Morgen beginnt früh, wenn es nach dem Wecker ginge, doch Rose und Mark gönnen sich eine weitere Stunde Schlaf. Sie müssen den Laden nicht öffnen – leider.

Um zehn stehen sie mit Dani im Laden und besprechen, wie die Regale massiver erstellt werden können, ohne klobig zu wirken.

»Möchtet ihr die restlichen Regale nur befestigen oder direkt erneuern?«

»Gibt es eine Möglichkeit, die Bestehenden zu verstärken?«

»Das gibt es, ja.«

»Oder kannst du sie anderweitig einsetzen?«

»Das könnte ich auch, warum?« Dani wirkt verwirrt.

»Weil ich gern alle Regale gleich hätte.« Rose zwinkert Mark zu. »Ich mag es nicht, wenn zu viel gemischt wird. Da bin ich eigen.«

»Das kann ich bestätigen«, meint Mark lachend.

»Okay. Wie viel möchtet ihr für die Regale?«

»Nichts. Du hast uns genug unter die Arme gegriffen.«

»Vielen Dank!« Dani streift sich durch die Haare und runzelt die Stirn. »Morgen hätte ich ein Zeitfenster.«

»Echt?«

»Es eilt, oder nicht?«

»Schon.«

»Gut. Dann mache ich mich auf den Weg. Ich habe einiges zu tun.« Dani hebt die Hand zum Gruß und verlässt pfeifend den Laden.

»Unglaublich! Wie uns alle unterstützen.«

»Freundschaft ist das Zauberwort und das ungeschriebene Gesetz des Gebens und Nehmens.«

»Wie geht es deiner Hand? Vor lauter Regalen und Büchern habe ich ganz vergessen zu fragen. Entschuldige bitte.«

»Danke der Nachfrage. Es geht besser. Seit Simone gestern den eingeklemmten Nerv behandelt hat, sind die Schmerzen zurückgegangen.«

»Bist du nun nachsichtiger geworden?«

»Wohl oder übel. Simone hat mir eine Standpauke gehalten ...«

»Recht so!«

»Hackt nur alle auf mir herum. Ich bin immer noch in der Genesungsphase und benötige viel Aufmerksamkeit und liebevolle Pflege.«

»Ha! Das hättest du gerne. Ich labe mich nur zu gerne an deinem angekratzten Ego.«

»Witzig.« Er streckt ihr spielerisch die Zunge raus. »Was machen wir mit dem angebrochenen Tag?«

»Bücher nachbestellen.«

»Wie kann ich dir dabei helfen?«

»Gar nicht. Am besten du legst dich hin und ruhst dich aus.«

»Oder ich leiste dir Gesellschaft, damit du nicht allein bist.«

»Das ist lieb von dir.« Rose küsst seine Nasenspitze.

Den ganzen Nachmittag über brüten sie über der Nachbestellung. Streichen durch und ergänzen wieder, bis Rose zufrieden ist.

Rose fährt gerade den Computer herunter, als es an der Tür klopft.

Mark öffnet. Es ist Ines, die vor der Tür steht.

»Habe ich mir gedacht, dass ich euch hier antreffe.« Sie sieht sich um. »Ein paar Spuren sind weniger. Super!«

»Morgen werden neue Regale montiert«, sagt Mark euphorisch und strahlt über beide Wangen.

»Das ist Weltklasse! Ich freue mich, dass ihr mit positivem Elan weitermacht und Dani Zeit hat. Einige hätten das Handtuch längst geworfen.«

»Wir haben viel Unterstützung in Gesprächen und Mithilfe erfahren. Das hat uns in dieser Zeit geholfen. Ohne das hätten wir wohl hingeschmissen.«

»Dank deiner Erbschaft können wir weitermachen«, wirft Rose ein. »Wenn die nicht wäre, müssten wir wohl oder übel aufgeben. Auch wenn wir nicht möchten.«

»Und auch hier regiert wieder das Geld.« Ines schüttelt den Kopf. »Wann wird die Fensterfront ersetzt?«

»Wenn ich mich recht entsinne, erst in drei Wochen.«

»Bis dahin hängt die Holzverkleidung«, ergänzt Rose.

»Und ihr eröffnet wann? Hoffentlich nicht erst in drei Wochen?«

»Nein.« Diesmal ist es Rose, die den Kopf schüttelt. »Wir wollen so rasch wie möglich eröffnen. Die Holzwand könnte sogar als Publikumsmagnet dienen. Wissen doch alle, dass es einen Einbruch gab. Und wie mir zu Ohren kam, brodelt die Gerüchteküche. Vermutlich werden sich einige nur blicken lassen, um das defekte Schaufenster von innen sehen zu können.«

»Und wenn es nur das ist. Die Idee ist perfekt!« Die Gesichtszüge von Ines verdüstern sich. »Ich begreife immer noch nicht, warum Menschen anderen so was antun. Meine Vermutung konnte ich noch nicht an Friedrich herantragen. Er weilt in den Ferien.«

»Welche Vermutung?«, will Mark wissen.

»Das erkläre ich dir zu einem späteren Zeitpunkt.«

»Du weißt davon, Rose?«

»Rose hat mich erst auf die Idee gebracht«, antworte Ines an Roses Stelle. »Und sie wird dir nichts verraten. Da halten wir Frauen zusammen.« Ines hakt sich bei Rose unter. »Ein Tässchen?«

»Immer doch, Ines.«

Die beiden Frauen verlassen den Laden und lassen einen verdatterten Mark zurück.

Keine halbe Stunde ist verstrichen und Mark klopft an die Haustür von Ines. Herzlich wird er von der älteren Dame hereingebeten.

Nach drei Tässchen Kaffee machen sich Mark und Rose Arm in Arm auf den Nachhauseweg.

»Mir geht ständig der Gedanke umher, was wäre, wenn wir nicht die Mieter wären? Wäre der Einbruch trotzdem geschehen? Müsste sich Ines ängstigen? Ich bin seither schreckhafter und habe Angst.«

»Warum? Wir haben die Polizei auf unserer Seite, die Türschlösser sind ausgewechselt, das Fenster provisorisch verschlossen und bald kommt ein neues.«

»Was ist, wenn dasselbe noch mal geschieht?«

»Wird es nicht.« Er küsst ihre Wange. »Ich habe bei der Theke eine Kamera installiert. Die hat zu neunzig Prozent alles auf der Linse. Falls es noch mal so weit kommen sollte, haben wir Beweise.«

»Die Täter werden unseren Laden im Visier behalten.«

»Denke ich nicht. Bisher wurden keine Tatverdächtigen aufgespürt, geschweige denn gefasst. Und wenn Herr Holinger recht hat – davon gehe ich aus –, war es reines Schicksal, dass unser Laden ausgesucht wurde. Innerhalb einer Woche werden sie nicht noch mal dasselbe Geschäft überfallen. Ansonsten wären sie ganz große Deppen.«

»Ich ...«

»Betrübe deinen wunderschönen Kopf nicht mit solchen Hirngespinsten. Lass uns an die Wiedereröffnung denken und was wir bis dahin noch alles tun müssen.«

Kapitel 55

Voller Optimismus gehen sie die Arbeiten an. Am Donnerstag werden die übrig gebliebenen Bücher wieder in die Regale eingeordnet und am Freitag sollten die Nachbestellungen eintreffen. Alles läuft nach Plan.

Ihre Aufmerksamkeit legen sie ebenso auf die kleinen Details. So geben sie anstelle eines Inserats ein Interview und zeigen so, dass sie sich nicht unterkriegen lassen. Da das Interview erst in der kommenden Woche erscheint, werden sie die zweite Eröffnung um eine Woche verschieben, obwohl alles bereit wäre. Sie erhoffen sich durch das Interview noch mehr neugierige Personen anzulocken.

Ihren Blog füttern sie mit Fotos der Verwüstung und der provisorischen Fensterfront. Einige bissige Artikel sind ebenfalls zu lesen.

Eine Woche vor der zweiten Eröffnung lassen sie erneut einen Countdown rückwärtslaufen.

Mit freudiger Erwartung sehnen sie den siebzehnten März herbei.

Doch davor entführt Mark seine Rose an den Vierwaldstättersee. Er möchte ihr eine kurze Erholung gönnen, damit sie ihre trüben Gedanken loswird, die sie immer wieder heimsuchen.

Mit dem Zug sind sie in neunzig Minuten in Luzern. Sie genießen die Fahrt und staunen über die vorbeiziehende Landschaft. Sie sprechen nicht viel, sondern genießen den Moment.

In Luzern dirigiert Mark Rose zu einem edlen Hotel und bleibt davor stehen.

»Da wären wir.«

Mit großen Augen sieht sie ihn an. »Echt?«

»Und ob! Komm, wir gehen hinein.«

Rose staunt über den Luxus. Noch nie war sie in einem Fünf-Sterne-Hotel. Allein die Eingangshalle ist pompös und mit Schnickschnack und Klimbim versehen. Da kommt frau nicht aus dem Staunen heraus.

»Bist du verrückt? Dieser Luxus«, sagt Rose zu Mark, sobald sie ihr Zimmer bezogen haben.

»Gefällt es dir nicht? Ich dachte ...«

Rose schneidet ihm das Wort mit einem innigen Kuss ab. »Natürlich! Ich denke leider immer zu oft an unser klägliches Konto.« Ihre Mundwinkel sinken nach unten. »Das hier überstrapaziert alles.«

»Ich ebenso, doch wir hatten keinen guten Start und du hast während des Umbaus viel geleistet. Da ist es nur recht, wenn du eine kurze Auszeit machen darfst. Und ich weiß nicht, wann wir unsere nächsten Ferien haben werden. Daher ist ein wenig Luxus willkommen. Zudem sind es klägliche zwei Übernachtungen. Ferien kann man das also nicht nennen. Ich hoffe, dass dir dieser kurze Aufenthalt hilft, die bedrückenden Gedanken loszuwerden.«

»Wenn ich dich nicht hätte, würde ich arbeiten, bis zum Gehtnichtmehr und mich selbst total vergessen.«

»Ich fühle mich geehrt, dein Retter zu sein.« Mark hebt Rose hoch und küssend begeben sie sich Richtung Bett.

Eigentlich wollten sie eine Seerundfahrt machen, die Altstadt und das Löwendenkmal besichtigen und wenn die Zeit gereicht hätte, auf den Pilatus oder die Rigi fahren. Doch sie blieben die ganze Zeit über im Hotelzimmer und genossen das Nichtstun. Sie sprachen viel über die Zukunft und den Einbruch, schliefen oder machten Liebe.

Sogar das Essen ließen sie sich aufs Zimmer bringen. Zum Glück überquerten sie die Kapellbrücke bei der Anreise zum Hotel. Sonst wäre auch diese touristische Attraktion ins Wasser gefallen.

Kapitel 56

Gestärkt von der Auszeit öffnet Rose voller Elan ihren Buchladen. Sie könnte die ganze Welt umarmen.

Wie bei der ersten Eröffnung zeigt sich die Sonne von der besten Seite und will Teil des Geschehens sein. Rose strahlt mit ihr um die Wette.

Auch heute steht die Schiefertafel draußen, jedoch kein Ballonbogen. Was der guten Stimmung nichts anhaben kann.

Wie bei der Eröffnung vor zwei Wochen ist Ines ihre erste Besucherin.

»Wie schön, dich zu sehen.« Rose strahlt übers ganze Gesicht.

»Ich lasse mir doch eure Eröffnung nicht entgehen. Du siehst glücklich aus, Rose. Das steht dir gut! Der Tapetenwechsel war Balsam für deine Seele.«

»Und wie!«

Ines zaubert einen Glücksklee hinter dem Rücken hervor. »Doppeltes Glück hält besser.« Lachend überreicht sie die Pflanze. »Wo ist Mark?«

»Er holt die Getränke und Knabbereien.«

Rose stellt den Klee zum anderen.

»Geht es dir wirklich gut?«

»Ja, danke. Wie gesagt, die Auszeit war notwendig. Zum Glück hat Mark die Reise arrangiert. Wir haben ausgespannt und nichts gemacht, außer im Bett zu liegen. So konnten wir beide Kraft tanken und uns auf heute vorbereiten. Wobei es nicht viel zu tun gab. Eigentlich war und ist die Freude am größten.«

»Schön zu hören. Wie kommst du mit dem Einbruch zurecht?«

Roses Augen flackern. In dem Moment betritt Mark die Buchhandlung.

»Hallo, Ines.« Er stellt die Flaschen und Snacks auf die Theke, bevor er sie herzlich umarmt.

Rose ist dankbar für die Unterbrechung und macht sich daran, die von Mark gebrachten Flaschen und Snacks anzurichten.

»Mark! Ich freue mich, wieder hier im instandgesetzten Buchladen stehen zu dürfen. Und nicht im Chaos von vorletzter Woche.« Ines schüttelt angewidert den Kopf. »Ich bewundere eure Energie. So kurz nach dem Einbruch wieder zu öffnen und noch dazu mit defektem Fenster.«

»Das können wir nur machen, da es Mitte März ist und draußen milde Temperaturen herrschen. Ansonsten würden die Heizkosten ins Unermessliche steigen. Rose und ich geben nicht auf und möchten unseren Traum weiterleben. Egal, ob mit oder ohne Fensterfront«, sagt Mark voller Stolz. »Die sensationssüchtigen Kunden können sich das Schaufenster von innen ansehen. Das ist doch auch mal was, oder nicht? Und nebenbei erhalten sie den neuesten Tratsch zum Einbruch. Ob der stimmt oder nicht, überlasse ich ihnen selbst.« Er zwinkert ihr verschmitzt zu.

»Wo du recht hast, hast du recht. Dank eures Interviews könnte das zu einer Attraktion werden. Du weißt ja, wie wir Klatschtanten ticken.« Ines lächelt Mark an. »Ich habe den Friedrich entdeckt. Du entschuldigst mich?«

Erstaunt sieht Mark ihr hinterher. Tatsächlich steht Herr Schneider vor dem zerbrochenen Schaufenster. Und nicht nur er allein. Während des Gesprächs mit Ines hat sich der Buchladen mit Kunden gefüllt.

Bis zur Mittagszeit ist die Eröffnung nicht mit derjenigen vor zwei Wochen zu vergleichen. Es waren mehr Leute anwesend, wegen des Einbruchs – der Verkauf jedoch hielt sich in Grenzen. Ines sollte wie immer recht behalten. Das defekte Fenster mutierte zum Publikumsmagneten. Was der Mundpropaganda sehr dienlich ist.

In Mark reift der Gedanke, das Fenster extra später einsetzen zu lassen, um die Personen weiter in Scharen anzuziehen. Wer weiß, wenn sie daherkommen, um nur das Fenster zu sehen, sticht ihnen plötzlich ein Buch ins Auge, welches sie unbedingt kaufen müssen. Ob man nun ein Büchernarr ist, oder nicht. Mark wird die Besucherzahlen die kommenden Tage im Auge behalten.

»Mark!«

»Mama! Wie schön, dich zu sehen.« Mark nimmt seine Mutter in die Arme.

»Das lasse ich mir nicht entgehen. Wer sieht schon einen Schauplatz aus nächster Nähe? Natürlich hätte ich es lieber, wenn es nicht euer Buchladen wäre, aber du weißt, die Gerüchteküche brodelt und da möchte ich mitsprechen können.« Adelheid schmunzelt.

»Du bist auch so eine?«, fragt Mark belustigt.

»Da solltest du mich besser kennen, mein Junge.«

»Ich weiß, Mama, ich weiß. Soll ich dich herumführen oder willst du allein eine Runde drehen?«

»Ich mache mich allein auf den Weg. Bis später.«

Seine Mutter ist keine Minute weg, da gesellt sich Rose zu ihm.

»Ein fantastisches Gefühl, nicht?« Rose küsst ihn auf die Wange.

»Und wie! Jetzt hast du Mutter verpasst.«

»Adelheid ist hier? Wie schön! Ich werde sie sicher nachher sehen.«

»Haben deine Eltern sich gemeldet?«

»Nein.« Roses Mundwinkel wandern nach unten. Ihr Kopf folgt.

Mark legt zwei Finger unter ihr Kinn und drückt es sachte nach oben. »Wir schaffen das auch ohne deine Eltern. Bestimmt ist ihnen etwas dazwischengekommen.«

»Bestimmt«, sagt Rose traurig. »Ich mische mich unter die Leute. So können sich die üblen Gedanken nicht ausbreiten.«

»Ist gut.« Mark zerreißt es das Herz, wenn seine Elfe traurig ist. Am liebsten würde er ihre Eltern anrufen und ihnen sagen, wie sehr Rose leidet. Doch er kennt die Familienverhältnisse zu wenig, um sich einzumischen.

Der Nachmittag bringt einiges mehr an Personen und die Stunden verfliegen wie das Laub im Herbststurm.

Nachdem die Sensationssüchtigen gegangen sind und aufgeräumt ist, stehen Rose und Mark im menschenleeren Laden. Sie lassen die Stille auf sich wirken. Genießen den Moment. Sie sind glücklich, dass alles geklappt hat und erneut zahlreiche Besucher da waren. Obwohl in Roses Augen drei Personen fehlten.

»Wollen wir?«, fragt Mark.

»Ich weiß nicht.« Rose knetet ihre Hände. »Außer der Anzahl Besucher und des Umsatzes lief alles wie vorletzte Woche ab. Was ist ...«

»Rose, wir dürfen uns nicht verrückt machen lassen. Es wird sicher nicht wie beim letzten Mal sein. Auch wenn sich der Tag ähnlich wie dazumal anfühlt. Zudem haben wir nun unsere Kamera.« Er zeigt mit dem Finger Richtung Theke.

Rose nickt zaghaft.

Mark führt sie am Ellenbogen zur Tür. Gemeinsam schließen sie ab. Zur Sicherheit drückt Mark noch mal die Türklinke nach unten.

»Abgeschlossen.« Er lächelt sie an und nimmt ihre Hand. Jeder mit seinen Gedanken beschäftigt, spazieren sie nach Hause. Doch das ungute Gefühl verspürt Rose immer noch.

Den Abend verbringen sie auf dem Balkon und lassen den Tag Revue passieren. Für eine Weile konnte Rose ihr Unbehagen vergessen. Doch nun sitzt sie allein und in einer Decke eingehüllt hier draußen. Die Dunkelheit umgibt sie wie ein Kokon und irgendwo schreit ein Nachtkauz.

Mark liegt im Bett und träumt. Er hat umgehend in den Schlaf gefunden. Ihr Handy zeigt Mitternacht. Letzte Woche um diese Zeit geschah der Einbruch. Roses Nackenhaare stellen sich auf und ihr Körper schaudert. Unverzüglich zieht sie die Decke enger um sich. Brettsteif starrt sie in die Dunkelheit und hofft, dass kein Anruf eingeht.

Um sich die Zeit zu vertreiben, zählt sie die Sterne und schaut den blinkenden Flugzeugen hinterher.

Das nächste Mal, als sie auf ihr Handy sieht, ist es bereits ein Uhr und es ist kein Anruf eingegangen. Ihre Anspannung lässt nach und sie fröstelt trotz der Decke. Je weiter die Nacht voranschreitet, desto mehr hat sie Mühe, die Augen offen zu halten. Ein Gähnen folgt dem nächsten. Sie streckt und reckt sich, doch auch das nützt nichts. Bevor sie vom Hocker fällt, erhebt sie sich und schlurft samt Decke, die sie wie eine Göttin aussehen lässt, ins Wohnzimmer. Um Mark nicht zu wecken, legt sich Rose aufs Sofa. Sie zieht eine zusätzliche Decke über sich und schläft umgehend ein.

Kapitel 57

Mark erwacht aus einem erholsamen Schlaf. Er tastet nach Rose, doch ihre Betthälfte ist leer. Schlagartig setzt er sich auf und sieht sich im Zimmer um. Ihre Seite ist nicht nur leer, sie wurde gar nicht benutzt.

Mit einem Satz ist er aus dem Bett und eilt ins Wohnzimmer. Seine Unruhe wird von einem Entzücken übermannt. Seine Elfe schläft seelenruhig auf dem Sofa. Die Decken bis zum Kinn hochgezogen. Ihr Haar umgibt sie wie ein Fächer. Er könnte ihr stundenlang zusehen. Leider muss er sie wecken, damit sie nicht zu spät zum Brunch bei Ines eintreffen. Er bückt sich zu ihr nieder und küsst sie sanft wach.

Erschrocken schlägt sie die Augen auf. Beruhigt sich aber sogleich, als sie Mark wahrnimmt.

»Guten Morgen, mein Sonnenschein.«

»Habe ich verschlafen?«

»Nein, alles okay. Ich habe dich rechtzeitig geweckt. Aber warum bist du hier auf dem Sofa und nicht im Bett?«

»Ich konnte nicht schlafen, und als der Schlaf endlich kam, wollte ich dich nicht aufwecken.«

»Immer noch dasselbe Thema?« Mark kraust seine Stirn.

Rose nickt.

»Bisher ist nichts Außergewöhnliches geschehen. Was vorletzte Woche war, das ist vorbei. Wie Herr Holinger betonte, handelte es sich um einen Zufall. Mehr nicht. Versuch, dich vom Vorfall zu trennen. Ansonsten begleitet dich die Angst ständig. Kaffee?«

»Zuerst Dusche zu zweit.«

Gut gelaunt verlassen sie ihre Wohnung. Für den Kaffee hat es nicht mehr gereicht, aber den gibt es gleich beim Brunch von Ines. Beim Bäcker um die Ecke holen sie Croissants und Brötchen und das Süße wird bei der Konditorei Glück erstanden. Wo auch sonst?

Ihre Vermieterin will es sich nicht entgehen lassen, das Neueste zu erfahren. Sicher, Ines könnte im Laden nachfragen, aber das ist nicht dasselbe und es sind ständig andere Leute umher, für dessen Ohren nicht alles bestimmt ist. Deshalb steht heute der Brunch an.

Um zehn stehen Mark und Rose bei Ines vor der Tür. Ohne zu klopfen, wird ihnen geöffnet.

»Hereinspaziert, meine Lieben.«

»Wir haben die Sünde mitgebracht.« Mark hält die Tüten hoch und Rose den Karton. Lachend treten sie ein und schließen die Tür.

Ines hat im Wohnzimmer alles hergerichtet. Die Kanne mit Kaffee duftet vor sich hin, daneben stehen das Milchkännchen und die Tassen bereit. Ihre selbst gemachten Marmeladen und die Butter sind gegenüber aufgetischt.

»Da läuft mir das Wasser im Mund zusammen. Der Kaffeeduft tut sein Übriges«, meint Rose.

»Was habt ihr alles in den Tüten? Die duften fein.«

Mark legt die Papiertüte mittig auf den Tisch und reißt sie auf. Zum Vorschein kommen verschiedene Sorten Croissants und Brötchen.

»Das sieht einladend aus. Ein Tässchen?«

»Gern.«

Als sich alle bedient haben, erkundigt sich Ines: »Alles in Ordnung oder gab es irgendwelche Vorkommnisse oder Ungereimtheiten?«

»Zum Glück nichts dergleichen. Doch Rose hatte keine gute Nacht.« Mark drückt ihren Arm.

Ines blickt besorgt in ihre Richtung.

»Nicht der Rede wert.« Rose wischt das Gesagte mit der Hand weg. »Jeder schläft mal schlecht, oder?«

»Wie du meinst, Rose. Wenn du über den Vorfall sprechen möchtest, ich habe ein offenes Ohr. Zum Glück ist heute Sonntag, da könnt ihr es gemütlicher angehen und den gestrigen Tag setzen lassen.«

»Danke, Ines.«

»Wie läuft es mit deinem Roman?« Ines wechselt das Thema.

»Ich habe letzte Woche die Rückmeldung auf meinen überarbeiteten Text erhalten.«

»Und?«

»Es gibt nicht mehr viel zu tun. Zum Glück. Jetzt mache ich den Feinschliff und werde den Text sicher noch mal Mark und Adelheid zum Lesen geben. Da bin ich gespannt, was sie zu den Änderungen sagen werden.« Rose zwinkert Mark zu.

»Und ich erst. Ich freue mich schon jetzt.«

»Wie geht es dann weiter?«, möchte Ines wissen.

»Ich werde mich demnächst bei der Self-Publishing-Plattform anmelden und das Cover und den Buchsatz in Auftrag geben. Das möchte ich beim ersten Buch nicht alles selbst machen. Dazu bin ich zu wenig auf dem Gebiet bewandert. Zudem sind wir in der Anfangsphase unseres Buchladens und da möchte ich Mark nicht allein lassen.«

»Das klingt spannend. Wenn ihr Unterstützung benötigt, meldet euch bitte.«

»Danke, Ines, du hast schon so viel für uns getan.«

Sie winkt alles ab. »Übrigens, gestern war Friedrich im Laden.« Ines sieht sie mit erwartungsvoller Miene an.

»Ach ja? Ich habe ihn gar nicht gesehen«, sagt Rose.

»Ich nur, als du zu ihm gingst.«

»Er war hier, um das Fenster zu begutachten.«

»Wie so viele gestern.«

»Ich habe ihn zu einem Kaffee eingeladen. Nicht bei mir, sondern auf neutralem Boden, in einem Restaurant.«

»Um die Thematik zu besprechen, die ihr gestern angesprochen hattet?« Mark sieht von einer Frau zur anderen.

»Ja, deswegen.«

»Wieso macht ihr so eine Geheimniskrämerei daraus?«

»Weil ich nicht zu viele mit meiner Annahme anstecken wollte. Mein Verdacht kam im Gespräch mit Rose zutage. Daher hat sie davon gewusst.«

»Okay.« Mark blickt Rose an, die ihm zunickt. »Aber jetzt darf ich es erfahren? Oder wie lange bleibt es euer Geheimnis?«

»Ah, Männer!« Ines schüttelt belustigt den Kopf. »Nun, ich habe Friedrich direkt ins Gesicht gesagt, dass er verantwortlich für den Einbruch ist. Seine Miene und sein Zögern haben ihn verraten. Sein Pokerface hat bei mir keine Chance. Ich kenne ihn zu gut und lese seine Gesichtszüge wie ein offenes Buch.«

»Habe ich das korrekt verstanden, Herr Schneider ist verantwortlich für den Einbruch?«, fragt Mark ungläubig.

»Und seine Tochter.« Ines nickt.

»Wie bitte? Und warum?« Diesmal ist es Rose, die fassungslos ist.

»Das liegt doch auf der Hand, meine Liebe. Helene von Ballmoos weiß haargenau, dass sie mit ihrem Buchladen keine Chance gegen euch hat. Der Laden in Bern wurde geschlossen und die Buchhandlung hier sollte ein Neuanfang sein. Deine Kündigung, Rose, hatte nichts mit Sparmaßnahmen zu tun. Helene ist eifersüchtig auf dich und dein Können. Die Kunden sprachen lieber mit dir über ihre Wünsche als mit der Chefin. Für Helene warst und ein Dorn im Auge, der immer ekliger wurde. Deshalb hat sie dich kurzerhand ›entsorgt‹. Doch nun bist du wieder aufgetaucht und diesmal bist du noch ein größerer Dorn! Immerhin seid ihr nun zu zweit und euch kann sie nicht einfach mit einer Kündigung aus dem Weg schaffen.«

»Und warum schließt sie in Bern und eröffnet ausgerechnet hier einen neuen Laden?«

»Vitamin B! Geld regiert die Welt, mein Kind. Mit diesem Schachzug wollte sie dir eins auswischen und dir dein Vorhaben aus dem Kopf schlagen. Vor allem wollte sie verhindern, dass du die Räumlichkeiten ihres Vaters erhältst. Sie will dich nicht als Mitarbeiterin und schon gar nicht als Mieterin von Familienliegenschaften. Aber da hat sie die Rechnung ohne dich und Mark gemacht. Sie erhoffte sich auch, dass sie hier weniger Konkurrenz hat als in Bern.«

»Aber sie wusste doch, dass ich einen Buchladen eröffnen werde. Ob nun hier oder anderswo.«

»Sie ist naiv bis zum Gehtnichtmehr. Wie gesagt, dachte sie, dass du nach der Absage deinen Mut für einen eigenen Buchladen verlierst und dir etwas anderes suchst. Friedrich wurde erst die letzten Tage über eure Geschichte informiert, als alles schon im Argen lag und nichts mehr zu retten war. Ihr müsst wissen, Helene hat bisher keinen Finger krumm gemacht. Sie lebt von Friedrichs Geld. Sie ist und bleibt eine verwöhnte Göre, die meint, dass sie die Weisheit mit Suppenkellen gegessen hätte.«

»Hat sie den Einbruch selbst durchgezogen?«

»Wo denkt ihr hin? Sie und Friedrich würden sich nie die Finger schmutzig machen. Sie haben den Einbruch in Auftrag gegeben.«

»Und was machen wir jetzt?«

»Nichts.«

»Wie … nichts? Wir müssen zur Polizei! Oder noch besser, wir informieren Herrn Holinger«, meint Rose.

»Geld regiert die Welt, meine Lieben.« Ines lächelt verschmitzt. »Ich kann es nicht genug sagen.«

»Was bedeutet das?«

»Friedrich wird euch die nächsten zehn Jahre die Miete bezahlen. Inklusive Nebenkosten.«

»Echt?« Mark und Rose reißen ihre Augen auf.

»Aber so was von echt! Schneiders langen lieber tief in die Tasche, als sich einen Skandal anhängen zu lassen.«

Rose und Mark umrunden den Tisch. Stürmisch umarmen sie Ines, die fast vom Stuhl fällt.

»Du bist ein Tausendsassa, Ines! Uns fehlen die Worte, um dir einen angemessenen Dank auszusprechen.«

Kapitel 58

Am Ostersamstag hatte Rose ihr Ansichtsexemplar im Briefkasten vorgefunden. Mit zitternden Fingern öffnete sie das kleine, kompakte Päckchen und strich ehrfürchtig über das Cover und ihren Namen. Ein jungfräuliches Buch. Extra für sie gedruckt.

Rose konnte ihre Gefühle nicht beschreiben. Sie schwankte zwischen Unglauben und Euphorie.

Beglückt reichte sie Mark das Buch; der stieß einen Freudenschrei aus.

Das gesamte Osterwochenende lasen sie das Buch vor und zurück. Besprachen Details und gaben ihre Anregungen und Bemerkungen an die Self-Publishing-Plattform.

Mit zitternden Fingern gab Rose das Okay zum Druck. Nachdem die Mail weg war, durchströmte sie eine heiße Welle der Freude, aber auch der Gelassenheit. Denn nun war der Text zum Druck freigegeben.

Rose entschied sich, auf Anhieb zweihundert Exemplare drucken zu lassen. Und ja, die trafen Ende April ein. Zum Glück, denn Rose hatte eine Vernissage auf den ersten Mai organisiert. Die war sehr zur Freude von ihr innerhalb kürzester Zeit ausgebucht.

Heute Abend steht das große Ereignis bevor. Rose ist bereits den ganzen Tag über nervös.

Nach Ladenschluss schließen sie die Tür nicht wie gewohnt ab, denn die Lesung beginnt demnächst.

Mark und Rose stehen gegenwärtig noch allein vor den aufgestellten Stühlen. Momentan herrscht Stille, doch nicht mehr lange.

»Bist du bereit?«

»Nein.« Rose hält ihm ihre zitternde Hand hin.

»Meine Elfe!« Mark nimmt sie in seine Arme. »Ich bin bei dir und stehe dir bei. Es genügt ein Augenzwinkern und ich entführe dich.«

»Mein Fels in der Brandung. Wie eh und je.«

»Ich freue mich sehr, dass deine Eltern und Tante Edeltraud anwesend sind.«

»Ich auch. In meinen kühnsten Träumen hätte ich mich nicht getraut, mir diesen Abend so auszumahlen.«

»Das glaube ich Dir aufs Wort. Alles wird gut. Lass ihnen und dir Zeit.«

Ein Klopfen unterbricht ihre Zweisamkeit.

»Eröffnen wir die Feier zu deinem ersten Bestseller!« Mark strahlt seine Liebe an und küsst sie auf die Stirn. Gemeinsam drehen sie sich zur Tür hin, um zu sehen, wer da ist.

Roses Eltern und Tante Edeltraud betreten gerade den Laden. Sogar Walter ist mit dabei.

»Mein Kind! Ich habe mich sehr auf den heutigen Abend gefreut.« Roses Mutter zieht sie in eine feste Umarmung.

»Danke, Mama.«

»Rose.« Ihr Vater tritt an sie heran und ihre Mutter entlässt sie aus ihren Armen.

»Auch ich habe mich gefreut. Ob du es glaubst oder nicht. Deine Tante …« Er blickt zu seiner Schwester. »… hat sich sehr für dich eingesetzt und beim Besuch an der Eröffnung ist mir ein Licht aufgegangen.« Seine Augen glänzen verräterisch. Um seine Gefühle zu verbergen, drückt er Rose einen riesigen Blumenstrauß in die Hände.

»Danke, Papa.«

Auch ihre Tante zieht Rose in eine feste Umarmung und ist voll des Lobes. Walter belässt es bei einem Händedruck.

Wenig später kommt Adelheid herein und drückt sie. Ihr aufmunterndes Nicken reicht auch ohne Worte.

Ines setzt sich in die erste Reihe und hält beide Daumen hoch. Rose stellt sich vor die versammelte Gesellschaft. Stolz, dass nicht nur bekannte Gesichter anwesend sind, sondern auch fremde.

Bevor sie sich setzt und beginnt, trinkt sie einen Schluck Wasser, um ihre trockene Kehle zu benetzen und ihre Nerven zu beruhigen.

Nach einer halben Stunde ist ihr Part beendet und sie wendet sich an die Zuhörer:

»Ich danke für Ihr Erscheinen. Es hat mich mit Glück erfüllt, heute hier meinen ersten Roman vorstellen zu dürfen. Gern stehe ich für Fragen während des Apéros zur Verfügung, der somit eröffnet ist.«

Rose führt intensiv Gespräche mit praktisch allen Anwesenden. Dabei wird nicht nur über ihr Buch gesprochen, sondern auch über die Eröffnung und den Einbruch. Mit ihren Eltern konnte sie leider nicht so viel Zeit verbringen, wie sie es gern getan hätte. Doch ein baldiges Wiedersehen ist in Aussicht.

Kurz nach Mitternacht schließen Mark und Rose den Buchladen. Beseelt schlendern sie nach Hause.

Kapitel 59

Rose und Mark stehen aneinandergeschmiegt ein wenig abseits der Menschentraube. Je länger sie die Runde betrachten, desto seliger fühlen sie sich. Das Gemurmel gleicht dem in einem Bienenstock. Ein steter Austausch, der durch glückliches Gelächter unterbrochen wird.

Seit einem Jahr behauptet sich ihre Buchhandlung ›Zur lesenden Elfe‹. Wohingegen Helene von Ballmoos' Buchladen in kürzester Zeit geschlossen wurde. Die Gründe, die zur Schließung führten, wurden nie erwähnt. Jedenfalls sahen Rose und Mark ihre Widersacherin nie wieder. Traurig waren sie darüber nicht.

Trotz der Anfangsschwierigkeiten haben sie ihren Traum nie aus den Augen verloren. Der monatliche Zuschuss von Herrn Schneider hat ihnen in dieser Zeit geholfen. So konnten sie sich ohne Geldsorgen dem Marketing zuwenden und ein paar größere Investitionen tätigen.

Mark und Rose können stolz auf das Erreichte sein. Nicht nur ihr Buchladen brummt, auch ihre Liebe ist intensiver geworden. Sie haben sich als Paar Inseln geschaffen, die notwendig waren, um sich nicht zu verlieren.

Neben dem Buchladen kann Rose einen weiteren Meilenstein vorzeigen. Der Verkauf ihres Buches kann sich sehen lassen und der Roman macht sich im eigenen Buchladen gut. Nach der Vernissage konnte sie einige weitere Lesungen abhalten. Der Erfolg verleiht ihr den Schwung, um das nächste Manuskript zu überarbeiten und zu veröffentlichen.

Seit der Schlüsselübergabe wurden sie von Ines in jeder Situation unterstützt. Auch dann, als beide vergangenen Winter mit Grippe im Bett lagen. Kurzentschlossen stand, beziehungsweise saß sie selbst im Buchladen und bediente die Kunden. Vermutlich artete es mehr in ein Kaffeekränzchen aus, aber das passte für Mark und Rose. Hauptsache, ihr Buchladen war offen.

Rose stupst Mark an und flüstert ihm zu: »Ich bin froh, dass mir Frau von Ballmoos gekündigt hat. Dank dieses Wendepunktes können wir auf ein ereignisreiches Jahr zurückblicken.« Ihre Augen funkeln. »Ansonsten stünden wir nicht hier und könnten die Verwirklichung unseres Traumes feiern.«

»Es wird noch mehr zu feiern geben.« Mark grinst spitzbübisch. »Ich möchte gern ein paar Worte an unsere Gesellschaft und dich richten.«

»Nur zu.«

Mark nimmt ein leeres Glas von der Theke und schlägt leicht mit einem Kaffeelöffel daran. »Liebe Anwesenden.«

Er hält inne und nimmt Roses Hand. »Wir bedanken uns für eure Treue und anhaltende Unterstützung. Die wöchentlichen Diskussionen um Bücher, die ab und zu heiß laufen, möchten wir nicht mehr missen.«

Ein Lachen geht durch die Anwesenden.

»Unseren Erfolg verdanken wir euch allen. Aber einer Person besonders. Danke, Ines, dass wir hier stehen. Ohne deine Zusage hätten wir nie unseren Buchladen an diesem Standort eröffnen können. Du hast uns mehrmals mit deinen Checklisten aus der Patsche geholfen und wusstest immer Rat. Noch heute setzen wir uns gern zu dir an den Tisch und trinken ein Tässchen. Doch mein größtes Glück steht neben mir.«

Mark dreht sich zu Rose hin und sieht ihr tief in die Augen, bevor er sich niederkniet. Mit der freien Hand zieht er eine kleine schwarze Schatulle hervor und öffnet sie mit zitternden Fingern. Roses Augen weiten sich und im Buchladen hätte man eine Stecknadel fallen hören.

»Meine über alles geliebte Rose.« Mark nimmt ihre Hand. »Möchtest du meine Frau werden?«

»Ja! Ich will!« Mark steht auf und steckt ihr den Verlobungsring an. Rose legt ihre

Hände an seine Wangen. »Ich liebe dich über alles.«

»Ich dich auch.«

Innige Küsse besiegeln ihre Worte. Die Anwesenden klatschen und jubeln vor Freude. Weitere Korken knallen und die Gläser klirren freudig.

Nach der ersten Freudenwelle verschafft sich Ines mit dem Bimmeln der Türglocke Aufmerksamkeit.

»Liebe Anwesenden. Wie ich es geahnt hätte, habe ich eine Überraschung für das frisch verlobte Paar.«

Ines wartet, bis sie sich der Anteilnahme aller Anwesenden sicher sein kann. »Ich bin dankbar, euch als Mieter zu haben. Ihr erinnert mich seit unserer ersten Begegnung an meinen Mann und mich, Gott hab ihn selig! Ihr habt mir eine Riesenfreude gemacht, indem ihr die Räumlichkeiten wieder so hergestellt habt, wie sie zu unseren Zeiten waren. Dafür bin ich euch ewig dankbar!«

Ines räuspert sich. »Mittlerweile bin ich in einem fortgeschrittenen Alter. Nur der liebe Gott weiß, wann ich zu meinem Hans gerufen werde. Daher möchte ich euch ein Verlobungsgeschenk überreichen. Leider hatte ich kein so großes Geschenkpapier.«

Ein Raunen geht durch die versammelte Menge.

»Ihr steht mitten in eurem Geschenk. Soll heißen, ich vermache euch die gesamte Liegenschaft.«

Rose und Mark fallen die Kinnladen herunter. Auch die Anwesenden sind still.

»Das ... das können wir nicht annehmen, Ines«, meint Rose, die ihre Stimme wieder gefunden hat.

»Und ob ihr das könnt!« Ines tritt auf die beiden zu und überreicht ihnen einen Umschlag. »In diesem Kuvert befinden sich sämtliche Unterlagen. Ich wünsche euch für die Zukunft nur das Beste! Und sollte ich erleben dürfen, wie kleine Beinchen durch den Laden rennen, bin ich mir nicht zu schade, das kleine Persönchen in die Konditorei zu entführen.«

Rose kommen vor Rührung die Tränen. Sie fällt Ines um den Hals und drückt sie fest an sich. Mark umarmt beide. Auch seine Augen sind wässrig.

Die Anwesenden jubeln erneut. Weitere Korken und Luftschlangen fliegen durch die Luft.

Nach der langen Feier erwacht Rose gegen Mittag im kuscheligen Bett. Lächelnd betrachtet sie ihren Ring. Was für ein Abend! Zuerst den Heiratsantrag von Mark und dann die Überraschung von Ines. Sie könnte sich nicht glücklicher schätzen.

Seit dem Tod von Coco und der Kündigung findet ihr Leben auf einer Erfolgswelle statt. Rose hofft, dass sich ihre Glücksblase nicht an einem spitzen Gegenstand stößt und zerplatzt. Für sie könnte es ewig so weitergehen.

Zufrieden mit sich und der Welt wendet sie sich ihrem Verlobten zu, der immer noch schlafend neben ihr liegt. Aber nicht mehr lange ...

Danksagung

Ein unendlich grosses Dankeschön spreche ich meinem Mann und unserer Tochter aus. Sie haben mich stets unterstützt und ermutigt weiterzumachen. Aber vor allem haben sie mir die Zeit zum Schreiben geschenkt.

Ein weiteres Dankeschön gilt meinen Eltern, meinem Chrismergotti Rita Siffert sowie Esther Mauron.

Danke an Jean-Pascal Ansermoz für seine Anregungen und Korrekturen sowie Michael Lohmann (worttaten.de) für sein Lektorat und Korrektorat.

Diese Geschichte ist frei erfunden. Alle Namen, handelnde Personen und Begebenheiten entspringen der Phantasterei der Autorin. Ähnlichkeiten mit lebenden oder toten Menschen sowie Ereignissen sind völlig unbeabsichtigt und reiner Zufall.